久坂葉子作品集

kusaka yōko

久坂葉子

講談社文芸文庫

目次

幾度目かの最期

久坂葉子作品集

四年のあいだのこと

うすねずみいろの毛地のワンピースを着て、私は花束を持っている。今さっき、知合の家へあそびに行き、その庭に一ぱいあふれるように咲いていたスイートピーをすきなだけきらせてもらい、その帰りである。花はむっとした少し鼻につきすぎる位の香りで、それはこいむらさきやうすいピンクや白や各々の色より発散したものが、また一つになって新しく別なものをこしらえ私に投げかけるようだ。この香りに、何か、不思議な作用があるのだろうか。

大きな木立のある邸の横手の細いみちを、時々明るくなったり暗くなったりする青葉から洩れてくる五月の太陽。このひかりに何か魔術がかかっているのだろうか。

私はこれからまっすぐ家へかえるべきであるのに、邸裏をぬけて駅へ出ると、そこから電車で十分とかゝらないA駅への切符を買い求めてしまった。

川っぷちのA駅に降りたったのは、私の記憶の中では初めてのことらしい。南側の出口を無意識に切符を渡して出ると、丁度三時の光線が白い埃っぽい道に影もつくらず照っており、疲れを感じる位である。

花束をかかえて私はその道を南へだらだら下ると、すぐ右手に想像していた通りの細い道があり、新しい西洋館や和洋折衷のハイカラな家が静かに並んでおり、通る人など殆んどいない。そこを五分位西へすすみ更に右手へ折れてすすむと、やがて私はたちどまった。知らず識らずのうちにたどって来たところなのである。目の前の家は純西洋館で、奥まった建物の窓辺にばらが這うており、赤煉瓦の低い門から玄関まで石の道がついている。その両側には金魚草、トップ草、又スイートピーなどたくさんむらがり咲いていい。私は窓辺のばらをもう一度みた。その時、ふっと窓に人影がちらついた。じかにではない。すりガラスを通してちらっとその白い衣をみたのだ。すぐにそれは消える。

瞬間、私は立ち去った。無茶苦茶に走った。幾つかの角をまがり、川っぷちへ出た。そしてやっと我に返った私は（これは問題だ。考えなければならない）とつぶやいた。（どういうわけであそこへ行ったのだろう。それが全く魔術にかかっていたとしても他ではないあの家へ、どうして。そして、そこで見たものは何であったのか。どうして一目散にかけ戻って来たのか。ほら、こんなに動悸がはげしいではないか。あの人影は一体、誰だったのだ。）

私は人影について、じっくり考える必要があると気付いた。そして人影の事を思い出した。

私が十六で人影が三十であった頃。山の麓に私が住い、山の頂に人影は住んでいた。毎朝、鞄を提げて門を飛び出す私は、紺のひだのスカートをはいており、髪の毛は二つに分って後で編んでいる。女学校は人影の住む山と、谷一つへだてている山の上にあり、そして私は学校へ行くために人影の住む山を半分登り橋をわたらねばならなかった。単語カードのリングを指にひっかけて、或いは文法を暗記しながら、私は細いうすぐらい道を小川に沿うて登って行く。すると間もなく細い急な石の段の前に出る。右側はある邸の高い高い石塀であり、もう片側は川に面していて、その木のてすりはとうにくさっており、幅一米もないその石段は風のある時など這うようにして上るのだった。私はその細い石段の下でいつも立ち止る。そうして時には十五分も、早い時には五分も待てば上の道をコツコツ歩く音がきこえる。と私は、今やって来た如く無理にハアハア息をしながら一段ずつ石段を上ろうとする。と、すぐ上にかけ降りて来る人影を見出す。人影と私との間は次第にせばめられる。私は体を無理に石塀の方へ押しつけるようにして横になる。でなければ通り交うことは出来ない。

「有難う」

人影はそう云って、にこりっともしないでかけ降りて行ってしまう。ある時は、私が先に通らせてもらうこともある。私が下で待つ場合もある。又私が上ってしまうまで上で待ってくれる時もある。その時は、飛ぶような勢いで上り、「有難う」と私は息をはずませていう。

毎朝きまって私と人影は石段で会うことになっていた。それは、むこうにとっては偶然だったかも知れない。けれども私にとっては、どうしても会わなければならないと思うのだった。石段の中間で体と体がすれ合う時、私は相手の瞳をじっと見る。然し、人影は私にまなざし一つかけてくれるではなく、行ってしまうのだ。何度それがくりかえされたであろうか。四月の半ば頃から六月頃まで、そうして毎朝すぎて行った。くっきり晴れた、そして白い雲のぽかぽか浮んでいる日もある。川の水が増す雨の日もある。その時はどうしても傘をつぼめなければならない。そして人影のもつ大きな黒いこうもりの半分つぼめたその先っちょよりつたう雫が私のおさげの襟元に流れこむこともある。それは冷たいと感じるより何か大きな快感であったのだ。

十六の小娘はこうして人影に恋を感じた。いや、恋とは云えないかも知れない。愛とも云えまい。だが、ゆめのようにあわい、うすいものではなく、それは今迄に例のない程、激しくかなり強いことは確かであった。

人影はたいてい背広をきこんでいる。紺色のごく当り前の型に、やはり黒っぽい目立たぬネクタイをしており、黒鞄をさげている。会社員だろうか、だがあの世たけた俗っぽさがない。といって学者のようでもない。全く隙がなく、その人影はいつも判を押したように同じ態度であり冷たく硬かった。年は幾つだろうか、未婚者だろうか、若さがあるようで、そのくせ冷たさには落着きと威厳がある。

誰ともわからぬままに二カ月たった。そして六月のある日、私はその人影の実体をとうとう知ることが出来たのである。というのは、私はうるしにかぶれ、顔中はれ上り高熱が急に出た時だった。早速、いつもお世話になっている病院に電話をして昵懇のN先生に来てもらうように母に頼んだのだった。ところがN先生、今日は何か大きな手術があるとかで伺えないから代りに人をやりますとのことだった。私は額に水でしぼったタオルを殆ど一分おきにかえて、医師を心待ちに待っていたわけだ。四時頃、ベルの音がして階段を上るあし音がきこえ、すぐふすまがあいた。途端、私は愕然としたのだ。それは、あの石段での人影なのである。私は半分泣きそうになった。私の面はみにくくはれ上っていて、まぶたさえ容易にあかない始末。私は、いつとはなしに胸に描いていたその人影と自分との夢がぶちこわされて行くのを感じた。

人影は平然と私のふとんの横に坐る。毎朝会っているのに、そんな事はまるで知らないような様子で脈をとり、私の顔を丹念にみる。私はつい反対側をむいて目を閉じてしまう。と、額にのっていた手拭が除かれ、その代りにやはり冷たい、がしかし何となくぬくみのあるものを感じる。そして、それが彼の手だということをすぐ知る。その手は妙に力がはいっており、そのままひっぱられるように私は再びあおむけになる。目を開く。依然として彼は口を開かないで私の顔のみみずばれをみつづける。母は容態を告げる。やっと彼は口を開いた。「有難う」以外の初めてきく言葉。

「顔だけですか」

低くはっきりした声である。かすかに私はうなずく。しゃがれた声を出すのはいやだから。

「すぐなおります。うるしです。注射します。今晩中に熱がとれます。それから、塗布剤持って来てますからおぬりなさい。二三日でなおります」

彼は断言的、命令的な言葉を、いちいち語尾をはっきりこれだけ云い終ると、すぐ注射の用意に取りかかる。銀色の注射のケースにうつる自分の顔をみながら私は悲しくてたまらない。(どうか、毎朝の私だと気づかれませんように)私はそう念じながら腕を出した。目をみはってぷくっと浮ぶ静脈をみる。黒いゴムの紐でしばられた腕に彼は針をつきさした。

「痛くない」

彼はそう云う。それは問いではなく暗示でもなく、痛くない筈であるという確信の言葉

だった。私は咄嗟に反駁したくなったから、

「痛い！」

という。彼は又、

「痛くない」

という。今度は私が黙ってうなずいてしまう。塗布剤の用い方を、母と私に説明しているのを殆ど私はきかなかった。きけないぐらい悲しかったから。

彼は立ち、母は見送りに階下まで行った後の静かな床で、私は注射の跡を押えながらわざと自分を泣かせようとこころみた。全くの女学生趣味だと思いながら本当に泣いてしまった。母はすぐ上って来て、彼がN先生の下にいる外科医で名を笹田といい、この上に住んでいるのでN先生から頼まれてお寄りしたわけであると、私に告げた。

彼が断言したようにその夜には熱は降り、二三日してすっかり回復した私は、ふたたび石段で彼に会うべく元気に家を出た。

その日、私は十分位待つ。石段下まで来ると、もう朝からあつい陽気で寄りかかった石の塀はぬるあたたかく気持が悪い。足音がきこえる。私は躊躇した。彼は私だと気付いているかしら。私は下で待つ事にした。そしてぱったり会う。やっぱり気付かれた。

「やあ、おはよう。もういゝでしょう」

「おかげさまで、有難うございました」

別にたちどまって話をするわけでもなく、さっさと彼は行ってしまう。私は大声で歌をうたいながら学校へ行く。翌日も翌々日も私は会った。が一言か二言、話すだけであった。

彼の姓はわかったけれど名前は知らなかった。私は寝る時に幾度もつぶやいた。

「ササダ、ササダ、ササダ」

夏が来ると、毎年起る脚気に私も姉も苦しんだ。母の意見や私の賛成で、笹田先生に毎日注射をしてもらうことになった。すぐに承諾して下さり、五時頃になると、私の家に彼があらわれることとなった。

そして私は一層、彼に対する愛情が深くなって行き、姉もまた彼の歓心を得ようとしはじめた。

彼の名は明雄と云った。そうして未婚であることもわかった。山の上の家は遠い親類で、身寄りがないためそこに居候しているのだということもわかった。

玄関のベルが鳴ると私も姉もとんで出る。そして私はウィスキイをグラスに注いで応接間へ持って行く。彼は酒も煙草も非常によくたしなむのだ。けれど、やめようと決心すればいつでもやめるという意志の強い人だった。一息に飲みほして平然としている。注射をしてもらうと暫く話をする。話と云っても、こちらの問いにぽつぽつ応えてくれるぐらい

た」
おり、家も焼かれ、ひとりぼっちだったんです」「学校は京都、あの頃はたのしいでし
「兵隊ですか。海南島に三年いてこの四月に復員したんです。帰ったら両親ともに死んで
のことで、決して先に口をひらいてくれることはなかった。

いつも真白な開襟シャツは殆ど毎日かえられているように襟に皺一つよっておらず、折目正しいズボンをつけており神経質なことを物語っていた。彼自身そう云っており、注射針の消毒や器具のあつかいは非常な注意を払っていた。

或る日、桃を出した時、かわをむくのに、スーッスーッと音をたてて一度もとぎれずにきれいにむき終えた。私はその時、その手をみつめながら感傷めいたものを胸に抱いた。

「器用やね」

姉が後で笑ったけれど、私にとっては笑えない気持だった。

三カ月程、毎日、そんな日がとぶようにすぎた。他愛のないことをしゃべり合ってて、私は幸福だった。姉もそうだった。又、家中の者が彼に好意を持った。そして母は当然、彼を姉の配偶者に選んだわけだった。その事で父母が相談しているのをきいた時、私は驚きはしなかったけれど必ずこの縁談を破ってやると決心した。単純に身近になれるという喜びなど持てようがない程私は恋をしていたのだ。姉に奪《と》らせるなんて、私が敗けるなんて。と云って私は結婚の対象となるべき年齢ではない。どうせ彼は私以外の人と結婚する

のだ。それならば姉以外の私の見知らぬ人の方がいいとさえ思った。姉をまんなかにして父母が話合っているのを隣の部屋で盗みぎきした私は、そうして父が本人に直接意志をきいてみようというその日の朝、いつもより早目に家を出た。

石段の下にいつものように足音を待つ。昨夜の二百十日の後で、今日はからりと晴れているが、川には茶褐色のどろ水がごうごう流れている。私はその音で彼の足音が消されはしないかと一心に耳をすます。二十分も待った。足音をきく。顔を見合せた時、私は何故かしら今まで云おうとしていたことが浮んで来ず、唯「おはよう」と声をかける。そして四五段かけ上り彼より一段下の石の上にたった時、私は思わず彼の腕をつかまえてしまった。(予期しない行為であった) そして口早に、

「ねえ、お願い、お願い、今日、家でおききになること承知なさんないでね、お願いよ」

そして云うが早いか彼をかべの方へ押しつけ、するりと上へかけのぼり、後もみずにはしり走った。

夕刻、私と姉は玄関に並び彼を迎える。私のまなざしと彼のそれとが軽くふれた時、私は又、懇願した。

父がどう喋ったのか、どんな返事をきいたのか、平然と彼が帰ってしまった後で、私達は矢継早に、父にきいた。

「笹田さんはね、きまって居なさるそうだ。養子に行きなさるのだと。今月一ぱいでここ

をやめて、O市のH病院へ行きなさるんだ。何か、やっぱり御医者さんの娘さんですと。仕方がないさね。笹田さんにしたって養子に行きなさるのは最もいいでしょう。何といっても今独りではやって行けんからね」

一晩、姉がすすり泣くのをきいた。私が勝ちほこったような気持になったのはほんの一時で、目前の別れのことで一ぱいだった。

翌朝彼に会った時、私は何も云えなかった。「有難う」でもない、「いやだ」とも云えない、唯、うつむいたままで挨拶をした。しばらく彼は私の肩に手をおいて何も云わずに立去った。私への好意だろうか。馬鹿な、そうじゃない。私への同情だろうか……。不意にぽたぽた涙が落ちた。

その夕、姉は室に入ったまま、笹田先生よと呼びかけても出て来なかった。私は三杯もウィスキイをついだ。萩のゆれる応接間の窓に私と彼とは何も喋らないで小一時間も居た。帰る時、私独り見送って出て、

「もういらっしゃらないで。姉がかわいそう。でも朝はね」

姉に同情したのは虚偽《いつわり》だったかもしれない。私一人で彼に会うことが出来るのだったから。だんだん別れる日までがせばめられてゆく。私は朝毎に彼に会った。その最後の日、九月三十日に、初めて会った時のように紺の洋服をきた彼は私に別れをつげた。

「御世話になりました。ひろ子さんによろしく」

私は手をさし出した。いつまでも握手をしていたかった。

「何にも云えないの、云えないのよ……」

私は小さな涙をその手と手の上に落した。そして更に強く強く握った。

かわいらしい恋だった。

一年たった。かわいらしい感傷の月日だった。彼のことをどこからともなくきいた。養子先は大金持で奥さんは絶世の美人だっていうことを。子供が生まれたということを。

一年たった。私は感傷だけで済まされなくなった。私の肉体が成長するにつれて、私の心の中にある彼への恋もふくらんで来た。日がたつにつれてそれは消えるどころか、はげしい情慾となって私をくるしめた。そしてその苦しみをはき出したいため私は職業についた。真面目に社会をみようとするのではなく、又家庭に物質的援助をするためでもなかった。私は誰かまわずにふれ合いたかった。群集の中に逃げこみたかった。一人でいるとたまらなく寂しく、群集の中に彼と私との間を遮断するものがきっとあると思ったのだ。ところが、それは反対の結果を生んだ。遮断どころか以前にもまして私は彼に近づいて行ったのだ。

というのは、私は度々社の用事で大阪へ出張した。その行先は彼のいるH病院の川をへだてて十五分も行ったところのビルだった。そうして私はその出張がある度に、一停留場手前で降りてその病院の脇を通った。偶然に彼と会わないかとそればかりを念じた。だがそれが度重なる毎に、私は故意に会おうと思うようになった。

ある雨の日、静かな春の午後、私は遂に決心した。

黒いレインコートはよれよれになっている。脇にかかえた四角い鞄、手にもっている傘も黒く、髪は味気なく後で一まとめにし、口紅はさしてはいるけれどそれは目だたぬ美しさというそれではなく、半分はげ落ちたみにくいものである。疲れ切った私の姿、そう、私は毎日の生活に疲れている。美に対する感覚も失ってしまい、遠いものへの憧憬も忘れ、全くの卑俗な職業婦人になってしまっている。ほこりにまみれ、どろ臭く、金と数字と目上の人へのおべっかしきゃない。けれどその中にたった一つ残っていた、かなしいけれど純粋なものが私の彼への感情だったろう。

正午のサイレンが鳴る。大勢の人が出たり入ったりしているその玄関を一歩一歩奥へ入る。すぐにあの消毒くさいにおいが鼻につく。病いに苦しむ人のいきれ。重たい空気。

「O外科は」

「あそこの右へ入ったところ」

看護婦は足早にたちさる。O外科の前、人は混雑しており、室の内側の椅子も、外の椅子も満員。子供の泣き声。それにおかまいなしの器具の音、上ぐつのせわしい音、その間を白い看護婦のスカートと医員達の手術着がちらちら動く。患者の間に私は入りこんで腰をかける。隣りのおじいさんは皮膚一面に小さなぶつぶつがある。それは化膿していて、みにくくはれている。そして時々それをひっかいたりしている。前側の若い女、私と同じ位の年であろうか。右足のかかとより真白の繃帯でつまさきまで掩われていて杖が傍においてある。手垢でよごれた雑誌を一枚一枚ひとさしゆびに唾をつけてめくり一生懸命よみふけっているその眼は美しいけれど、どことなくもっていて不潔な感じを抱かせる。その女の真上の柱時計が低い大きな音で秒を刻み、さっきより十分を経過したことを知る。私の頭に鞄の中のことが浮んで来る。今日中に、コピーをとって印をもらい、明日他の会社に納めなければならない。私は立ち上る。部屋より出て来た医員の一人に思い切ってたずねる。

「戸田先生……いらっしゃいませんか」

「戸田先生は——と、(くるりと後をむく) 出張だね! 東京だろう。学会のあれだろう」

怒鳴りまくるその後姿をみて私はほっとした。何故だ。反問する間もなく次の瞬間、

「いや今朝、おかえりでしたよ。控室にいらっしゃるでしょう。おひる御飯」

看護婦の声。私は胸がふるえる。

「こっちです。僕いまから行きます。呼びましょう」

ブリキのとれかかったコンクリートの階段をかたかたいわせながら上る。

「戸田君に用事。そう。腹へっちゃいますよ。疲れますね。医者もつらい」

一人でべらべら喋るこの人の後から、私は無言でついて上った。心の中では目の前に迫っている会話で一ぱいである。

（何用で来たのです？　僕は忙しいんですよ）（やあいらっしゃい。よく来ましたね）いやちがう。ちがう。（一体貴方は誰ですか）これだ、これにちがいない。

「戸田君、御客さんだよ」

部屋の前へ来ると、その人は大声で呼んで中へ入って行った。私は壁にぴったり体をつけてうつむいている。にぎりこぶしをつくっているのに、それがぶるぶるふるえる。

（会いたかったのです。会いたかったのです）私の中でさけぶ。暫くしてスリッパの音がする。私は顔を上げることが出来ない。じっとうつむいたまま言葉を待つ。そうだ、心の中で少し期待している。何を。スリッパの音は私の前でぴったりとまる。白い衣がみえる。私はつまさきよりだんだん上の方に目をあげる。と、まだその視線が顔のところに届かないうちに、

「私が戸田ですが」

はっとした。その声はちがう。まったくちがう。私は相手の顔をみた。それはまるくでっぷり太っていて、まなこは細く、彼とは正反対の容貌である。彼ではなかったのだ。私は息のつまるような思い、羞恥のほてりを感じる。

「あの、私が戸田ですが」

　更にその言葉をきく。私は思いきって口をひらく。

「あの——戸田先生、他にいらっしゃいません？　貴方じゃなかったんです。戸田明雄です……」

「居りませんね……ああ、戸田明雄。そう、あれは昨年よしましたよ。多分、開業したんでしょう。何処とも知りませんが——」

「どうも……」

「いや」

　革のスリッパは立ち去る。私は茫然とたちすくんだままこの二カ月の事を思い出した。出張の度にこの病院の傍をまわり道してまで通り、彼に会いに行く勇気のないままにこの川っぷちを何度往復しただろう。彼はとうにいなかったのだ。ほとんど絶望。私の頭に絶望という字が回転しながらだんだん大きくひろがって行く。どうやって駅までたどりつき電車に乗ったのかわからないが、とにかく私は傘もささなかったのであろう、髪の毛はぬれており肩もつめたい。ゆれる電車の中で私はぼんやり車窓を見やっていた。

　それからの生活。私は乱暴であり無軌道であり、投げやりであった。姉はやがて結婚する。私は相変らず月給生活、よごれた職業婦人。月給はもらうとすぐ遊び事につかわれてゆく。本も売る。ガラガラになった本棚に人から借りっぱなしのもの五六冊、さすがに売りかねて、それが将棋倒しになって埃をかぶったまま。ペン先にはインキのあかがこびりついたまま、かたくなっている。毎日、帰りはまっくらになってから。夏の宵を、秋の黄昏を、私は愛してもいない人の腕にからまりついて酒場へ行き、むりに酔い、かなしい旋律に頬を寄せたまま誰とでも踊り、賭事に夢中になろうともした。だが私は自分の脳裏より彼を追い出すことは出来なかった。彼の好きだった曲を道で通りすがりにきいたり、たまに病気になって、病院であのクロロフォルムの臭いをかぐと私は堪らなくなって、その後は前にもまして遊んだりした。いや、もっと私の心がかきみだされることは美しい婦人《ひと》を見る時であった。街なんかで洋装の素晴しいひとに会うと彼の妻でないかと思う。そしてその通りすがりの見も知らぬ人に憎悪を感じ、嫉妬に似た気持を抱く。小さい子供でもだいていたりするとそれは殊更で、所かまわず私は手で顔を掩ってしまうのだった。

こんな生活を一体いつまで続けるのだ。何というナンセンスな。彼は結婚している。そして私よりはなれてしまっているのだ。私の頭の中に彼は在るのだけれど、彼の中に一日だに私は存在することがあろうか。

そして日月はやっとのことで私を彼からひきはなした。別に新たに恋をしたわけでもなく、唯、恋だとか愛だとかそんなことをすべて否定しつづけたのだ。世の中は打算で行くんだ。勘定で生きるんだ。私はそうしてそんな時、偶然に起った縁談を一も二もなく承諾した。金持である。風采が立派で将来は渡米するという。私は相手に、感覚的なものを求めようとか愛情がなければ駄目だとか理解しあわなきゃとかいうことを全くのぞんでいなかった。たまに友達等がそんな希望を私に語ると一蹴してそれを笑い、自分の考えを得意にさえ思っていた。職業をはなれ花嫁修業に入ったところで、それが私を満足させる筈はなかった。けれども私には未来の設計をたてる喜びもなく、唯、菜っ葉をきざみ、箒を持って毎日を送った。今の生活は良いのだとも悪いのだとも思わない。考えることもない。笑いもなければ、涙もない。音楽もないし、色彩のない日の連続だった。

ところがある日、こんなことを結婚した姉からきいた。

「明雄さんね、A市に開業してるんやって。洋裁の友達のYさんね、あの人に会った時、ふっとしたことから明雄さんの話が出たんよ。あのひとのすぐ近所なんやって。そいでよく遊びに行くんやって。チフスの注射もしてもらったって」

妊娠してもう五カ月だという姉の心の隅にまだ残っていた明雄さんのこと。……私は突然、今迄のことが思い起された。姉は、私の去年の春の事、即ちH病院へ彼を尋ねたことは全く知らない。私は又会いたいという衝動にかられた。私はたまらない。姉は心の隅にきちんと今迄愛した人をつみかさね整理して平然としているのだ。私は自分の縁談の事も今の立場も捨てて唯、会いたいという情慾のみにかられていた。が、会うという事がどんな結果を生むか一応考えもした。H病院へ行った時、私は世間体も何もかも無視していた。それは私の愛情の強さがそうさせたというより、抑えるものを持たなかったといった方が適切だったろう。今度はあの時

より成長もした。打算でものを考えるようになっていた。そして、私は考えの結果、なる
べく家庭にしばられるように自分をしむけ、機会を具えなかったのだ。しかし今日、私は
ふらふらと、ついふらふらふらとAまで来てしまったのだ。

数本の煙草が橋の手すりにもみけされ、川へ流れた。鏡を取り出し口紅をぬりつける。
五月の太陽がまたギラッと鏡にうつり、私の情慾をむやみにあおる。五時になる。立上っ
て先刻の道を今度ははっきりとした気持のまま歩いて行く。
（会おう。会おう。会って話をしよう。あの人の言葉にふれるだけのことがどうしていけ
ない。長く会わなかった知人に挨拶をする。それだけなのだ。——いや、そうじゃない。
会って話をするだけなら誰とでもいい筈、私は心の底で何を願っているのだろう。）

歩みはのろくなる。が、戻りはしない。
（私は求めている。あの人の抱擁を。）

白壁の塀にそって角をまがる。とジープが疾走して来る。瞬間、轢かれようと小走っ
た。だが危いとこで立止る。黒んぼのぎょろりと光る眼がこちらをむいて笑いかける。わ
けのわからぬ言葉をすてて、いきおいよくジープは去る。
（轢かれればよかった。すれば私は否応なしにあの病院にかつぎこまれる。もう彼の名を
白い板にはっきり記したその病院が間近にみえているのだから。そうして私は彼の手で介

抱されるのだ。私はまもなく気がついて、うす目を開くと彼の瞳が私の瞳孔をのぞきこんでいる。私の腕は彼の手に握られるだろう。たとえそれが脈をはかるためであってもよい。だが、私があの時の石段の少女だと彼は気付くだろうか。)

そこまで空想した時、私ははっと現実にかえる。私の視野にはっきり人を見たのだ。赤い洋服をきた幼子一人、病院よりかけ出して来たのだ。そして中から声がする。彼の声だ。私は道の右端に足をこわばらせてたつ。彼に会えるのだ。コツコツと軽い足音がきこえる。その足音は毎朝心待ちにしていたものと同じなのだ。紺の背広が赤煉瓦の門より出て来る。その背広はなつかしい色だ。小さい子供を一人連れている。さっきの女の子と同じ赤いいろの洋服をきて、彼にぶらさがるようにして何か喋っている。私はつったったままである。先に出た子供は彼の前へ前へと小走りにはしりつづけ、その後から彼は小さい子供に足をあわせて、ゆっくり歩いてくる。途端、私と彼のまなざしは吸いつくようにぴったり合ったのだ。私は決してはなさない。彼と私との間を一本のみえない線がだんだん距りをみじかくしてくる。真正面に見れるあの面影。私は今、みているのだ。あのひとなのだ、あのひとなのだ、と私は心でさけぶ。笑おうとしたが私の頰はこわばってしまい、言葉をかけようとしたが喉はしめつけられたように苦しい。彼は立上る。先の子供は私の傍をはしり抜ける。私は喰い入るようにその瞳をみつづけた。が、その時彼は視線をはずした。彼は私をはっきり意識したのではない。私はそう感じる。そのことをすぐ裏附けするように彼は歩き出したのだ。私の横を平然と歩いて行く。私は踵をかえす。花が二三本足もとに落ちる。

「おじちゃん」

上の角で子供が手をふった。彼の姪なのか。彼は小さい子供をかかえ上げると足早にあるき出した。その子は彼の子供なのだ。私は茫然とその後姿をみた。そうして彼は角をまがる時私の方をちらとみた。それはほんの瞬間で、すぐにその姿はみえなくなった。私は追う。次の角も次の角も、そうして、彼は軽くこちらをみた。同じ距りで私は彼の視線を一瞬間ずつあびる。

駅に私が着いた時、電車は大きな音をたてて出た。踏切に悄然とたつ私の影が電車の響きとその大きな車体にふみにじられる。(私の内臓はひきさかれ、濃い血がぽとぽと落ちるのだ。)私はその時、私と彼との終局をはっきり感じた。プラットフォームには一人も人は残っていなかった。彼も子供達も電車に乗って行ってしまった。走り行く電車を目で追いながら彼と私の距離のはなれて行くのをはっきり感じた。もっともなことなのだ。私の面影に昔を発見するものが一つでも残っているだろうか。私はすっかり変ってしまっている。そうして彼もまた。美しい妻を持ち、財産を築き、よい父親になっているのだ。

「さよなら、明雄さん」

ぐったりしおれてしまったスイートピーの束は、その妖しい香りを未だ発散させていた。五月の太陽は未だその余光を大地にふりそそいでいた。が、それ等は私に対して何一つもたらしはしなかった。

（昭和二四年九月九日作、「ＶＩＫＩＮＧ」11号、昭和二四年一〇月）

落ちてゆく世界

ある日——

足音をしのばせて私は玄関から自分の居間にはいり、いそいで洋服をきかえると父の寝ている部屋の襖をあけました。うすぐらいスタンドのあかりを枕許によせつけて、父はそこに喘いでおります。持病の喘息が、今日のような、じめじめした日には必ずおこるのです。秋になったというのに、今年はからりと晴れた日はまだ一日もなく、なんだか、あついような、そして肌寒い毎日でありました。

「唯今かえりました。おそくなりまして。いかがでございますか……」

父は黙って私の顔をみつめております。私は父のその目付を幾度もうけて馴れておりますものの、やはりそのたびに一応は、恐れ入る、という気持になって、丁寧に頭をさげます。そして、ぎごちなく後ずさりをして部屋を出ました。

つめたい御飯がお櫃の片側にほんの一かたまり。それに大根の煮たのが、もう赤茶けてしるけもなくお皿にのっております。土びんには、これもまたつめたい川柳のお茶がのこりすくなくはいっております。私はいそいでお茶漬けにして、食事を済ませました。胃のなかに、かなしいほどつめたいものが大いそぎでおちこんだという感じがします。その時、母が父の部屋にはいったらしく、二人の会話がきこえて来ました。私のことなのです。

「雪子は御飯まだなんだろ。九時になるというのに」

「何ですかねえ。夕方から出ちまって、家の事ったら何一つしようとしないで……」

「あなたがさせないからいけないのです」

「申し訳ございません」

母は父の背中をさすっているらしく、時折苦しそうなその父の声と、母のものうさそうな声にまじって、つむぎの丹前のすれあう音がします。私には両親の語る言葉が、自分のことだとさえ感じられないくらいなのです。それよりも、今日父に五十瓦《グラム》の輸血をしてあげて、交換にもらった五百円のその現金で買って来た李朝の皿のことで一ぱいでした。薬も、注射も三時間しか効果なく、それも度々やるためにだんだん効力が失われてきて、輸血をしたらよくなると一人の医師の言葉に従って、私の血を父の血管の中にいれました。父は、母に財布を取りに行かせ、黙って百円紙幣を五枚、私の前に並べたのです。私も一言も云わないで、それをもらうと家を出たのでした。夕方のうすらさむい街を歩きました。そしてほしかったその皿を買い、残りでコーヒをのみ、高級煙草も吸いました。

穢れた食器をガチャガチャ手荒く洗って、ぞんざいに戸棚の中へかさねて置くと、自分の部屋に戻って新聞紙のつつみをほどきました。陶器のそのとろっとした肌を頬につけてしばらくそれを愛撫しました。

「又、姉様の隠居趣味。食うに困ってるのに。そんなもの買う位なら牛肉でも買って来てくれりゃいいんだ」

はいって来た弟の信二郎は、いきなり皿を爪はじきしました。

「いけない。こわれるじゃないの」

私はそれを本棚の上に置きました。父の、「血」が「皿」になったそのことが、私には滑稽に思われて来ました。皿の包みを大事に抱きながら、一人で夜の街を歩いたことが、私を喜ばせます。隠居趣味？　信二郎の云った言葉を思い浮かべました。非難なのでしょうか。嘲弄の気持からでしょうか。私には、羨望だろうと思われました。自分の逃げ場所を、こんなものに求めるところは、父と私のたった一つの共通した点でありました。戦争の始まるもっと前、父は私を連れて、京都の古物屋へよく行きました。そして、茶碗や、壺、鉄びんなどを買って来て、二階の父の部屋に並べました。日本に二つしかないという鶏冠壺は、それ等のなかで、一番大事にしておりましたけれど、戦火の下に、やはり他のものと一しょになくなっておりました。しばらくの間、失った子供をなつかしむように、私は数々の品を一つずつ目の前にうかべて、回想にふけっておりました。

急にジャズが、やかましく鳴り出しました。とすぐ、ぷっつりきれて静寂にかえりました。

「そら、しかられた。馬鹿ね、信二郎さん」

いつの間にか、隣の部屋へ出て行った信二郎を、私は軽く叱りました。父が苦しそうに、それでもかなりの大きい声を出して怒っております。

「ふん、ジャズもわからないのか。全く、家にいるのは、ゆううつさ。面白くもねえ、姉様だってアプレの癖に……」

「こんな老嬢もやはりアプレのうちなのね」

「来年から年一つ若くなるんだよ。だけど、麻雀やカードは話せるなあ」

私は賭事、勝負事は三度の御飯より好きなのです。私は夢中になって勝とうと致します。その間は、他のことをすっかり忘れております。

「姉様、僕アルバイトやろうと思うんだけども」

その時、又私の部屋にはいって来た信二郎は、小さな声でそう云いました。

「何の？」

「ジャズバンドさ。スティールギター」

「いつ覚えたの」

「いつだっていいさ、大したもんなんだぜ」

「いいわ、おやんなさい。でも夏のこともあるんだからよく考えてからよ」

夏のこととは、野球場でアイスキャンデーをうりあるくとはりきって、いよいよ、そのアルバイトの初めの日、いさんで西宮へ出かけた信二郎は、からのキャンデー箱を肩からつけて二三歩あるいたなり、もう動けなかったという話であります。「それみろ」父は申しました。信二郎は今年新制大学にはいりました。一人前に角帽をかぶっているのに、末子で、いつまでたっても一人でどんどん事をはこぶことが出来ません。

「母様にはときふせてあげましょう。父様は、金城鉄壁だけれど、何とかなるでしょう」

「ダンケ。頼むよ」

父が、嗅薬を用いたとみえて、きなくさい臭いが家内中にただよいました。それから私は信二郎と二人で、さいころを始めました。私が勝てば元々で、弟にまければ、先刻の煙草一本まきあげられるのです。私は何のことはない、損なことですけれど、つまりさいころを転がすこと自体が面白いのです。

あくる日――

私は兄の見舞いに病院へ行きました。たった一人の兄は信一といって大学に通っておりましたが、戦争中の無理が原因となって、一昨年の夏、肺結核のため入院したのでした。要心深い細心な人ですから、入院して以来、一歩も外へ出ずに、じっと養生しているのでしたけれど、この病気は簡単にはなおらず、今も気胸をつづけて入院しているのでした。

長い廊下をつきあたるとすぐその端の部屋が兄の病室でありました。庭に咲いた菊を五六本、新聞紙に包んだのを私は持っております。ノックをすると低い声で返事がありました。

「おはようございます。いかが、御気分は」

「やあ」

兄は上半身を起して私の方をみました。

「きれいな菊、中庭のかい」

「ええそう、香りはあまりないけれど」

私はコスモスが枯れたままつっこんであるペルシャの青い壺に、その菊を活けました。白いはなびらときいろい芯とがこの青い壺にはよくうつります。柔い丸みの壺の肌を、兄は大変好んでいて、売れば随分の価になるものでしたけれど、兄のためにおいてあるのでした。

「兄様、父様に輸血をしたの」

「父様随分おわるいの?」

「そんなでもないのよ、いつもの如くなの。雪子の五百円也の血……、ふふ」

　私は白いお皿を思い出して笑いました。

「五百円って?」

「売ったのよ、血を……」

「え、お前、父様に?　そして五百円受けとったの?」

「いけない?　雪子、それみな使ったわ、今度ん時は兄様、モツァルトのレコード買ったげるわね」

「親子じゃないか、しょうのないひとだ」

　話はとぎれます。私はサンダーボックスのふたをあけて、兄の好きなというより、もう心酔してしまっているモツァルトのものをかけ出しました。ニ長調のロンドです。兄は白い敷布の上に長く寐て目をつむりながらきいております。

「ねえ、信二郎さんがジャズバンドのアルバイトやりたいって、雪子に昨夜云ったんだけど、兄様、どうお思いになる?」

「信二郎が、あれ勉強してるのかい、夜稼ぐのじゃ大変じゃないか、おそく迄なんだろう」

「でも土曜日曜らしいことよ。それも、きまってあるのじゃなくて……」

「僕のように体をこわしちゃつまらないからな、で何をやるの」

うの」

「スティールギター。借りるんだって？　で一二回やれば自分のを買う事が出来るってい

「まあ、場所が場所だから、僕は反対だけれど……。二年間も世間と没交渉なんだから

な、口はばったいことは云えないね。僕の気持も世間からみれば馬鹿な時代おくれなもの

だろうが……」

「兄様、そんなことはない。どんな世の中になっても兄様はモツァルトの音楽を愛する方

でなきゃ……」

私は兄の部屋をあらためてみまわしました。中宮寺の観音像やモツァルトの肖像の額がかけてあります。その下には、外国の絵の本やカタログや、レコードの類がぎっしりあります。この夏、皮表紙のルーヴルのカタログを売ろうと云い出した時、兄は怒ったように私の瞳をにらんでおりました。そして、あのレコードを、この本をと、あれこれ買って来てくれといつも私にたのむのです。私はそのために、お金の工面をせねばなりません。一カ月でも注文品をおくらせますと、大変な権幕でおこり出してしまうのです。

「とにかく、信二郎のことは私が責任持つわ、あれだってもう、本を買ったりしなきゃならないんですものね」

私は病院の玄関まで送りに出て来た兄と握手をして坂を降りました。悄然とたたずんでいるその兄の姿は、どうみても時代の臭いのない、もう世間から追い出しをくった者のよ

うな気がして、さっきはなしたことを思い出しながら私自身かなしくなりました。病院の帰りに、古いジャケットを売って三百円得ました。それで私はコーヒをのみ、インキと便箋を買い、残りの百円で映画でもみようとにぎやかな街に出ました。と、そこに、信二郎の後姿をみました。三十五六のやせ型の美しい奥さんと一しょです。まっぴるま、学校へは行かないで。私は不安な気持になりました。いつになくズボンの折目をただすために寐押しをしていた昨夜の信二郎の姿を思い出します。私はその後を三十米《メートル》もつけてあるきましたが、ふと横筋にそれるとそこの袋小路で長い間ただつったっておりました。信二郎は一体どんな気持でいるのでしょうか。

信二郎は小さい時から気立てのやさしい素直な子でした。体が弱く一年のうち寐ている方が多いようでした。自然、外へ出て近所の子供達とあそぶような事はなく、家の中で本をよんだり縁側でカナリヤの世話をしたりすることを好んでおりました。他所の人がよく勝気な私と比べて、信二郎と私といれちがっておればよかったと申しました。顔立ちもおとなしく、今でも餅のような肌をしていて、目の下などにうすいうぶ毛があります。背は私よりかなり高いのですが、抱きしめてやりたいようなあいらしさを持っております。私は姉が弟に対する世間一般の気持以上のものをいつからか持っておりました。若い仲間より自分が一人とりのこされたようなさみしさをなくすために、私は、よくお酒をのみにゆきますけれど、そんな時、わいわいさわいでいる中に、たえず信二郎のことは忘れませんでした。信二郎は姉の私に口答えもせず、いい子でしたけれど、私のともすれば行動にまで出る愛撫をきらっておりました。それなのに、信二郎は年上の奥様の愛撫をうけているのではないでしょうか。おさげの女学生なら私は何とも思いません。相手が私と向いあっているような人だけに私は敗北感に似たものを感じ、嫉妬さえおこしました。露地を出て、家へかえるまで私は信二郎のことを考えつづけました。映画をみる気も起りません。この頃、よく新聞に出ている阪神間の婦人方の乱行ぶりの記事がちらと頭をかすめました。信二郎だけはまっすぐに歩んでほしいのです。兄様は落伍者、私は女なのですから、始めっから大した希望も抱負もないのです。信二郎が大きくなってこの家をおこさねばなりません。家産の傾きを元へ戻さねばなりません。いやそれよりも信二郎だけでも安定した平和な生活をおくってほしいと思うのです。私はあの子の力にならなければ。母様は教育もなく、もう毎日のたべることだけで他のことは考える隙もないのです。父様も廃人。私は足をはやめました。門をはいると別棟の茶室の庭で、父の妹の未亡人が火をおこしておりました。もう何十年か前に主人をなくして、今は中学へ通っている一人の息子の春彦と二人、編物の内職とわずかな株の配当でくらしております。

「唯今、おばさま」

「おかえんなさい。そうそう郵便が来てましたよ、二三通だったかしら」

狭い船板で出来た縁側には、おいもがならべてあり、その横で野菜をきりかけたまま庖丁が放り出してあります。昔、その茶室で四季にかならず御茶会をしておりました。湯のたぎる音、振袖のお嬢さんや、しぶい結城などきた奥様の静かな足さばき。ぽんとならすおふくさ。今は、青くしっとりしていたたたみも、きいろくところどころやぶれておりました。

「雪ちゃん、おばさん今日から一日を五十円以下で済まそうと思ってるのよ。朝は番茶とパン、おひるは漬物と佃煮、夜は一日おきに蒲ぼことちくわ」

叔母はそう云ってからから笑いました。この叔母のお嫁入の頃は家の全盛時代でしたから、そのお嫁入のお仕度は、叔母の美貌と共に随分世間に評判になったのでした。あの頃の追憶ばなしを父や叔母は度々いたします。何しろ私達が生まれる頃はやや降り坂だったらしく、その豪華版を私はしりませんでしたけれど、父の生まれた所など通りすがりに眺める度に茫然とするのでした。その屋敷は戦前人手に渡り水害のため全壊し、又空襲でわずかにのこった門番小屋や大門も焼けてしまっておりました。園遊会の写真などを土蔵の隅にみつけ出したりする時に、こんな生活を羨しがったり、或いは祖先がそういう生活をしたと得意がる以上に、明日知れぬ運命をおそろしくさえ思うことが度々ありました。いくらかかたむきかけた私達の幼少の頃と云っても、今思い出しておかしくもさえある生活でした。すぐ近くへ行くにも自動車に乗りショフワーの横の席を子供達は取りあいでした。幾人ものお客様をもてなしたりしたことを思い出します。お二階の御座敷には、大きなぶあついおざぶとんが並べられます。女中達が、白いエプロンをぬいで黒ぬりのお膳をはこびます。お茶碗などは、そんな時特別にしまいこんである桐の箱より出します。床の間には、三幅のかけ軸がかけられ、大きな七宝焼の壺にその季節々々の一番見事な花が活けられます。私もお振袖をきてお客様に御挨拶を致します。けれど、じっと坐ることが出来ないのですぐに奥へひきさがって兄や信二郎とおしょうばんの御馳走をたべます。その頃はそれがとりたててたのしいことではなく当然のように思っておりました。

その夜、遠い親類にあたる松川の祖母さんの葬儀よりかえった母が、食事の後でこんな話をしました。

「松川さんのところのおばあ様ね、まあ、御葬式の費用に仏様の金歯をはずしなさったそうな、いくらなんでもねえ、ひどい世の中になりましたよ」

「どうしていけないんだい？」

信二郎が傍から口を出します。私は父の顔をちらとみました。

「どうしてって、あきれた子だよ、死んだお人の身についているものなんですよ」

と母は申します。

「いいじゃないか、おん坊に盗まれるよりかしこいさ、姉様はどう思う？」

「私もいいと思う。とがめることはないわ、信二郎さんみたいに、唯物論者じゃないから死者の霊をまつりたい気持はあるわ、でも、金歯を抜くことが死者の霊に対して無礼だとは思わないわよ。それで御葬式してあげられたらいいじゃないの」

父はにがい顔をして黙っております。叔母がとんきょうな声を出しました。

「だって、誰が抜くのよ」

「誰か、歯医者さんにでも」と私。父がその時はじめて口をひらきました。

「いやな話、もうよしたまえ、お前達は父さんが死んだら、たくさん金歯があるから、それでうんと食べるんだね」

私は笑いながら云いました。

「雪子が死んだってあてはずれよ。金歯なんて一本もないわよ。人間の価値少しさがったわね。でも生きているうちはない方がよさそうね」

話はそこでぷっつり絶えてしまいました。

食後、私は信二郎の部屋へ行きました。勉強しているのかと思ったらごろんと横になって煙草をふかしております。

「勉強なさいよ。何してるの、時間が無駄よ」

「考えてるんだ、無駄じゃない」

「何を御思索ですか、紫の煙の中に何がみえるのでしょう」

私は茶化すように申しました。

「ほっといてくれよ、うるさいね」

信二郎はおこったような顔をし、私の方へ背中をむけました。私はその傍へすわってしばらくの間、じゅうたんの破れ目から糸をひっぱったりしておりましたが、

「あなたきょう、学校へ行かなかったのね、大学だからいいのかも知れないけれど」

とやさしく問いました。信二郎はだまっております。

「街であなたをみかけたの、一人じゃなかったわ、お友達とでもなかったわ」

何か云おうとするのをさえぎって私は更に、

「何もききたくないし、云いたくもない、でもそのことから……、やっぱりバンドはよしましょう。姉様、何とかして本代位、こしらえてあげます。姉様はあなたにしかる資格はないかもしれない、けれどあなたの将来を案じてるの、偉そうなこと云ってって、あなたはおこるでしょうけど……」

と云いました。

「何も姉様に対しておこらない。だけど、僕は僕勝手に生きるんだ。バンドのことはよすもよさないも駄目になっちゃったんだ」

「今日の、どこかの奥様なんでしょう。どんなお交際なの」

「どんなでもいい、どんなでもいい。姉様あっちへ行って。僕を一人にしておいて下さい」

私は立ち上りました。そして自分の部屋へはいると急に信二郎がかわいそうになって来

ました。どんな風に生きるのか、私はやっぱり黙っているのがいいのでしょうか。信二郎は信二郎。私は私。私は私しか導くことも出来ないし、制御することも出来ないのです。寝る前に信二郎の部屋の前にもう一度何気なく来た私は、そこにすすり泣く声をききました。

またある日――

私と信二郎と叔母と春彦とカードをしておりました。父は相変らず、ぜいぜい云って隣の室で喘いでおります。

「ハート一つ」

くばられたカードのうち六枚もハートがあります。そうしてオーナが四つもあるのです。

「クラブ二つ」

「ハート二つ」

「クラブ三つ」

「ハート三つ」

サイドカードもこんなにいい。それにクラブがないから最初っからきれるわけです。私は得意になってあげました。ハートに決まります。叔母と組になっていて、開いた叔母の持札も割合にいいのです。四つとって一勝負つけてしまいました。

「ビヤンジュエ、マドモアゼル」

叔母が私の手を握って喜びました。二十年もの昔、巴里で仏蘭西人とブリッジをしたことがあると叔母はよく云いました。そして彼等の勝負好きの話や怒りっぽいことなどもきました。私達は弟のために勝負事をやめようと決心した翌日から又、やりだしておりました。隣から父がそのさわぎに遂々怒り出しました。

「はやくねろ、十一時すぎだぞ」

私達はこそこそと渡り廊下を渡って叔母達の室である茶室に退去しました。そこで一時頃までブリッジをつづけました。

「又明日、おやすみなさい」

私と信二郎は夜風のふき通しの渡り廊下を走るようにして戻って来ました。母はうすぐらいところで東京の叔母のところへ手紙をかいておりました。肩越しにのぞくと、私の結婚の依頼がながながとかかれてありました。私は苦笑しながら自分の部屋にはいり、ふと結婚についてかんがえだしました。二十五だという年齢がまっさきに頭に浮びます。婚期とは幾つにはじまって幾つに終るのか、ともかく私はもう若くもないと思っておりました。今迄、何をしていたのでしょう。同級の人達は随分お嫁に行ってます。子供までいる人も少なくありません。未だ一人でいる人は一人なりに学校の先生をするなり、会社で秘書をするなり、それぞれはっきりとした生き方をしております。私だけがあぶはちとらずな、どうにも動きようのない恰好でいるじゃありませんか。私は「女性失格」だろうと自分でそう思います。今迄、縁談は数える程しかありませんでした。みんなことわられてしまっておりました。一番最初の縁談の時、私はまだ廿歳前で元気一杯でおりました。相手の方は外交官の令息で立派な青年紳士でした。どこも欠点のないような方でしたけれど、それが如何にも社交なれた赤裸々でない感じがし私は好きになれませんでした。派手な社交は私の性に合いません。お部屋の熊の毛皮の上にたって大勢の御知合に紹介された時、どきまぎして夢中でハンカチをにぎりしめておりました。そんな私ですから、当然のようにおことわりがまいりました。父母は大変落胆しましたが私はほっとしたのでした。とにかく、強がりな我むしゃらな私ですけれど反面、意気地のない、気弱なところもあります。それが今日までどっちつかずのままいさせたのかも知れません。今更、結婚ということを重大視も致しませんし、どんな人でもいいと思っているのです。いずれはこの家を出てゆかねばなりません。私は生家への愛情など微塵も持っておりませんし、一生独身で通そうとも思っておりません。水の流れにぽんと体をおいて、何処まででも行って頂戴、行きつくところで私は落着きます、と云った気持でこの頃はおりますものの、肝心の縁談もなく、ますます若さがすりへってゆくようなさみしさと、それに対するあせりを感じないでもありません。

「母様、貴族や華族の部類はやめておいた方がいいわよ」

他所事のようにそう云って私はひとりでクックッ笑ってしまいました。

「それよりお金のある方がいいんでしょう」

母は軽くそう云いました。

寐床にはいってから明日の予定をたてました。お天気がよかったら京都へあそびに行こうと決心しました。紅葉が丁度よい頃です。ぶらぶら人の行かないような道を選んで歩くのが私は好きでした。二三日前に、ピアノの売買を世話してわずかな謝礼金がはいりましたから、それで一日のんびりして来ようと、ほくほくしながら眠りについたのでした。

ところが翌日の朝。

父が今日は少し加減がいいから、私にしらべ物をしてくれと、そのリストをこしらえはじめました。売る物のリストです。出足をくらって少し不機嫌な私は父の机のそばにむっつり坐りました。十五六ばかりの品物が記されました。硯石や香合。白磁の壺、掛軸や色紙。セーブルのコーヒセット、るり色の派手なもので私の嫁入道具にすると云って一組だけ今まで売らずにいたのでした。それから銀器が五六点。

「雪子、これ土蔵から出しておいてくれ。それから東さんを呼んで来てね。だいたい値をかいておいたけれど、よくもう一度相談してみてくれ。銀は東さんでない方がいいだろう。貴金属屋の方が……」

「では今日中に」

私は渋々立ち上り、袋戸棚から重い鉄の鍵を出して土蔵を開けました。ぎいっと大きな戸をあけると、かびくさいつめたい臭いがします。もう大方がらんどうになっていて、うすぐらい電灯の上にほこりが一ぱい積っておりました。品物を父の寐ている部屋の縁側へ並べて傷がないかしらべたりしました。母や叔母は、それ等の品を悲壮な面持で眺めております。

「仕方ないわね。編物の内職でなんとか春彦と二人食べて来てるけれど、だんだん注文もなくなって来たし、株だってさがる一方だし、売る物もないわ。ひすいやダイヤもすっからかん。今はめている指輪、これは十銭で夜店で買ったのよ。魔除けの指輪、もう三十年になるわ」

「おばさまはお偉いわ、どん底でも案外平気でいらっしゃる」

「なるようにしかならないものね」

「私はならせたい。やりたいのよ」

「八卦でもみてもらったらいい考えが浮ぶかもしれないわね」

「いい考えだわ、そう、雪子みてもらお。母様もみてもらおうじゃありませんか」

「いや、私はいやですよ、神様におまかせしているのです」

その時初めて口をきいた母は、きっぱり斯う云いました。母は神霊教という日本の神道の一派の信者なのです。どんな禍いがあっても神様がおたすけ下さって最少限度で事が済んだと、早速お礼まいりです。狂信的なほどの信仰でした。父も私の家も神霊教ではありません。母一人です。毎月、一日十五日はお祭りがあり、仏壇の隣りの祭壇に榊がのせられ、神主さんがやって来ます。この頃は母以外、誰もその祭りに加わりませんが幼い頃は義務のように私達はすわらされました。長い神勅の間、私達兄妹は、畳の目数をかぞえたり、むき出している足をつねり合ったりしてよくしかられたものでした。母の信仰に対して私は何とも思っておりませんでした。が時々、御献費を倹約すれば靴が買えるなどと思うことがありました。

縁側から座敷へ品物を運んで来て片隅に並べました。そうして私は道具屋の東さんを呼びに行きました。

神社の横手の露地をはいるとすぐそこに東さんの店があります。ガラガラ戸をあけて中へはいるといいお香のにおいがします。

「いらっしゃい、お嬢さん」

「おひさしぶり、この頃いかが?」

「さっぱり売れまへんな」

長火鉢に煙草をぽんといわせて、主人は首をふりました。店をみまわしますと、いろいろな形のものがごちゃごちゃにおいてあります。朝鮮の竹の棚がいいつやをみせて、その上の宋胡録《すんころく》の鉢をひきたたせております。

「ここへすわっていると、いつまでたってもあきないわね」

「へっへ、まあどうぞおかけ、お茶をいれますから」

主人は相槌をうちながらおいしい煎茶をいれてくれました。

「あのね、父が少し残っているものを買っていただきたいって申しますの、来ていただけません？　大したものでもないんですけれど」

「ああさようですか、お宅のものならなんでも買わせてもらいまっせ。今日の午後からでもうかがいましょう」

「有難う」

この主人は頭がひかっていて仲々の恰幅で、あごがふくらんでおり滑らかで福相をしています。私は主人の福相に、ふと八卦をみてもらわなきゃと思って立ち上りました。時計をみると十時半、これから、時計や貴金属をあつかっている心やすい堀川さんの店へ行って、よくあたるという三宮の八卦へ行って、家へかえったら丁度、東さんが来る頃だろう。と道をあるくのもせわしく、にぎやかな表通りの堀川さんのところへ行きました。主人が不在で技術師が時計をなおしておりました。

「銀を買ってほしいのですけど」

「買いますよ」

「今、幾らしますの」

「さあ物によって、品は何ですか」

「盃など」

「十八円から二十一、二円のところでしょうな。一匁《もんめ》が」

「そんなにやすいの」

「今さがってますからね、でも毎日ちがいますから、とにかく御損はさせませんよ。品物をみた上で、主人とも相談せにゃなりませんから」

「そうね、とにかく品物を明日持って来ますから、確かな物にちがいないけど」

「お嬢さん、他でもきいてみて下さい。他の云った値が家より高けりゃ、その価にしますし……。主人に内緒ですけど、造幣局へ持って行ってでしたら一番高く売れますよ、我々も結局造幣局へ持って行くんですから、その代り、一週間はかかるでしょうし、大阪へ行く電車賃やなんやかやいれたらわずかのちがいですけどね」

親切にそう云ってくれます。私は堀川さんの店を出て、二三軒、通りがかりの貴金属屋に銀の値をきいてみました。十五円だと云ったり、二十四円だと云ったり、かなりまちまちでした。銀のことは明日、品物をみせてからにして、よくあたる八卦見だという、そのゴチャゴチャした支那うどんを食べさせたり安物のスタンドバーのあったりする裏通りの角っこに私はやって来ました。他に御客はなく、白髪のおじいさんは何か和とじの本をよんでおります。

「みてほしいんですけど、一体幾ら？」

「百円」

ぶつっとそう云って、彼は私の顔をみました。その顔は小学校の時の先生によく似ておりました。

「年は、生まれた月日は？」

私は自分の生年月日を告げます。竹の細い棒を何度もわけたり一しょにしたりして呪文を唱えているのをみながら、始めは冷やかし半分の気持でしたが、だんだん真剣になって来ました。何を予言されるのだろう。五分間位、呪文がつづき、その揚句、又木のドミノのようなもので、裏がえしたりおきかえたりしております。そのドミノの赤い線がみえたりかくれたりして、私の心を冷々させます。

「あんたは……」

「はい」

「結婚してますか」

私は八卦見のくせにわからないのはいささか滑稽だと思い、笑いながら、首を横にふりました。

「そうでしょう。成程ね」

しきりに感心したような顔をして、ドミノを眺めております。

「今月中にね、動という字が出てますからね。何かあんた自身、或いはお家に変動があります。それは、幸とも不幸とも云われません。とにかく、その後のあんたの担ってゆくものはますます大きい。あんたは担うことばっかりかんがえて、自分の力がどれ程かに注意しておらない。だから荷物に押しつぶされてしまう恐れがあるのだ。とにかく今月中に起る一つの事件によってですね、あんたは、今迄の方針が自ずと変られると思います」

「どんな変動かわかりませんの」

「それは予言出来ますまい。とにかく、注意をしとりなさい。結婚はまあ、今のところいそがなくていいでしょう。あんたのような人はひとりでいた方がいいようなものです。金銭には不自由せん。一生は短い。十年も生きればいい方でしょう。これは又変るかも知れないです。人間必ずしも長寿が幸福だとは云えん。だが、惜しむらくは、あんたが女だということ。男なら英雄になっとる。銅像がたつ。女であるが故に、そういう宿命的なものがかえってわざわいの種ともなります。とにかく、動がありますから、それに注意して下さい」

私は百円置くとにげるように其処を出ました。彼の云った言葉を順序立てて思い出してみました。矛盾しているようで結局、何が何やらわかりません。急におかしさがこみ上げて来ます。銅像といえば、私の祖先も曾祖父も銅像がたてられました。けれども赤襷をかけて戦争中出征致しました。御影石の台だけが、お寺のある山にのこっております。雨のふる中を誦経しながら銅像をひきおろしたことを思い出しておかしくなったのです。

家へ戻って食事をしていると東さんがやって来ました。店に坐っている時は着流しで、真綿のちゃんちゃんこをきていましたが、玄関でみた彼は、うすっぺらの背広をきていてネクタイがゆがんでおります。おしゃれをして来たのかもしれませんが、東さんは断然、あの着流しがいいのに。

「どうぞ、父もお会いするでしょうから」

私は父の部屋に東さんを招じ入れ、いそいで食事を済ませると、お茶を持ってふたたび彼等のところへ行きました。品物をならべます。父と東さんはそれ等をみております。父は心細そうで、

「惜しいな」

と時々申します。東さんは、一つ一つをゆっくり観察しました。

「全部で二万三千円」

東さんはそう云いました。私も父も少なくとも三万円にはなると思っていたのです。私は、病のため剃ることも出来ないで白くのびた父のひげのあたりをみておりました。父も私の顔をみます。

「だって東さん、これ価値ものよ、茶碗だって、あんたんとこのあれよりずっといいこと

よ」

私はお腹の中で一つ一つを勘定しながらそう云いました。

「でもね。こんなものはすぐうれないのでね。……これが四千円、これがまあ八千円、セーブルはさっぱりなんでっせ。印象の色紙、三千円ね。後は全部で八千円。随分ふんぱつでっせ」

私は、床に今掛けた、山水の絵をみます。箱の上においた茶碗をみます。父は黙っております。

「東さん、この壺はあんまりやすい。せめて、この小さいもの全部で一万二三千はほしいわよ」

あれこれ、東さんと云い合っているうちに私も、もうどうだっていいという気持になりました。いくらに売れても同じです。一週間食べのびるか否かなのですから。結局、二万五千円で話がつきました。父も、それでいいと云うのです。東さんは話終ると一服煙管にきざみをいれて、ぷうっと美味しそうに吸いました。きざみ入れのさらさのえんじがいい色です。

「東さんのところへ行くと、ほしいものだらけ。父様、朝鮮簞笥もあったわよ」

「そうかい。焼いてしまったけど、あのうちにあったのもいい色だったね。さみしいことだよ」

「まああ旦那さん。元気出しなされ」

東の主人はそう云って明日品物をとりに来ると出て行きました。

叔母がはいって来て、宝くじが全部駄目だったと告げました。

「雪ちゃんに、ホテル約束したのにね、ワンコースを。駄目だった。来月はあたってみせるわ」

つぎだらけのスカートをはいた叔母は、大きな声で笑いながらそう云いました。

「おばさま、毎月毎月買う分、計算したらずいぶんのマイナスでしょう」

「そうなのよ。でもやめられないわ」

二人は又笑いました。

「まだまだ、貧乏と云っても私達はぜいたくかも知れないわ。おばさん、今夜は牛肉よ。宝くじにあたらなかった残念会にしようか」

叔母は、せかせかと茶室の方へゆきました。渡り廊下の戸がパタンといって冷い風がはいって来ました。

「もう、湯たんぽがいるわよ」

私はガラクタ入れの中から湯たんぽを出して来ました。ほこりをはらって水をいれるとそれはジャージャーもって使えないようになっておりました。

その晩、私は自分の部屋にいて、雑誌をよんでおりました。母と叔母とは、隣の部屋で編物をしておりました。二人の会話がきこえて来ます。

「お義姉様。春彦の本代が随分いりますのよ。科学の材料費なんかも。ノートや鉛筆やそんなものも馬鹿になりませんわね」

「本当ね。でも勉強のものだけは十分にしてあげたいわね。雪子にも、たんす一本、買ってやれなくて……」

私は苦笑しました。そして襖越しに声をかけました。

「母様、お金はふって来ませんよ。すわってて待ってたって駄目よ。何かやらなければ……、売喰いはもう底がみえているし」

「商売でもやるの、出来ませんよ。商売人でない我々がやったら結局損をしてしまうんですよ」

「だって、じゃあ一体、これからどうするつもりなの、何もやらないとしたら、いつまで続くとお思いになるの」

「税金のこともあるんだし、まあ、神様におまかせしてあるんですから。昔、あまりぜいたくした罰だと思わなきゃ。もう少し、辛抱していたら又、神様がお援け下さいます」

私は云っても無駄だと思いました。父と母とには見栄があるのです。なまじっか商いでもやろうものなら、すぐにこの街中噂がたちます。それは恥だというのです。私が勤めに出たいと云ってもゆるされません。何分世間体があるからというのです。だから、私は今迄、内緒にいろんなことをしてお金を得ました。飴屋もしました。石けん屋もしました。佃煮屋もしました。知合から知合の紹介をもらったり、見知らぬ人の裏口にも声をかけました。いくらかずつの口銭で、煙草やコーヒをのみました。雑誌や骨董品を買いました。自分のことだけで生きてゆけばいいのですから、家のことなんか考えなくともと思います。その夜は、久しぶりに信二郎とダイスをして遊びました。

あくるあさ。

私は、東さんの所から来た使いの人に品物を渡し、現金を受け取って父のまくら許に置き、銀器をうるために出かけました。二十三円五十銭で全部を堀川さんに買いとってもらいました。三万六千円とわずかでした。菊の御紋章入りのさかずきは何故か特別、光りがよいようでした。銀の肌に私の顔がうつります。はっと息をふきかけるとその顔はきえます。他愛のない仕草をくりかえしていると、堀川の主人がそれをみて笑いました。桐の箱の紫の紐が、かるくひっぱったのにぷつりときれました。きれっぱしの紐を、お金と一しょに私は大事に風呂敷にしまいこんでかえりました。家へ着くと、叔母が飛んで出て来ました。

「父様がおわるいのよ、でね、大阪の野中先生を呼んで来てほしいんですって」

父の居間へはいると一種の臭いが致しました。喘息がひどくなると、この嫌な臭いがするのです。母は背中をさすっておりました。父の友人の野中さんは大阪で大きな病院を経営しておられる方でした。私はすぐにその方を呼びに参りました。忙しくしておられて、直接お会い出来ませんでしたが、丸顔の人のよさそうな看護婦さんが、きっと今日夕方か晩伺うからとのことでした。すぐ引きかえして三時頃、おひる御飯をたべてますと、兄の病院の先生が来られました。余程、父は苦しいと見えて、母に又、神霊教の先生のところへ行って祈禱してもらってくれとも申します。病院の先生が注射をして帰られ、母が祈禱をたのみに出ました。父は注射の効果もなく喘いでおります。嗅薬をかがせました。煙が散らないように、私は両手でかこいをします。手と手の隙間より、父は、スースー云いながら煙を吸います。暫くしてひどい発作が終りました。晩になって野中先生が丸顔のさっきの看護婦を連れて来られました。又注射をします。静脈の何処をさそうとしても、注射だこでかたくなってしまっており、中々針がはいりません。静脈に針をちかづけると、にげてしまうのです。それでもやっと、一本いたしました。喘息を根治する薬はないらしく、頸動脈の手術も駄目だろうと野中先生は云われました。母が御神米をいただいてかえり、それを煮《た》いて父にのませました。九時頃になって、すっかり発作は鎮まりました。もう今晩は大丈夫だろうと云って母は兄のところへ泊まりに行きました。兄もこの間うちから少し具合が悪く、附添さんにまかせているのは心配だったのです。

その晩、私は夜中に何かしら目がさめました。こんな事はまれなことで何か胸さわぎがするので起き上って暫くじっとしておりました。隣の室で父はよい按配に眠っている様子。信二郎の部屋をうかがうと、電気がついていて寐がえりをうっているようです。日本間を洋風に使って、信二郎だけは寐台に寐ているのでしたが、その寐がえりの度に、スプリングの音がきこえて来ます。何か頭がさえて眠れないのですが、そのまま又ふとんの中に首をすくめてしまいました。

翌朝。

いつも早く目ざめる父が今日に限って、うんともすんとも云わないのを不審に思い、しずかに襖をあけました。と、私は其処に父の死体をみたのです。いえ、近寄ってみて始めてわかったのでした。青くなって、うつぶしている父の体にふれました。ぬくみがほとんどありません。父は死んだのです。私はおどろきました。信二郎を起しました。叔母を呼びました。母に電話をかけました。とにかく、すぐに帰えるようにとのみ伝えたのでした。私は何をすればよいのやら唯茫然としたまま父の顔をみつめております。けれど、悲しいとか、お気の毒だとかいう感情はちっとも湧いて来ません。信二郎は父の机の抽出しをゴソゴソかきまわして何もないというなり部屋へはいってしまいました。父は、嗅薬を飲んだのでしょうか、その劇薬が、からになっており、コップに水が半分のこっておりました。昨夜、少しの呻吟もきこえなかったことが私には不思議に思えました。あの目がさめて起き上った時は、もうすでに死んでいたのでしょうか。父の死が、本当だろうかと疑う気持さえ起りました。叔母が、湯を沸して持って来ました。母が帰りました。私も手伝って、死体の処置をいたしました。母は口の中で神勅をとなえながら泣いております。春彦を呼びにやって近所の心やすい医者がまいりました。私は父の死の動機が、病苦からか、神経衰弱がこうじたからか、或いは虚無か、貴族の誇のためなのか、考えてみようと致しました。が、すぐに、どうでもいいじゃないか、という気持になって、一人自分の部屋へはいって昔の父のことを回想しはじめました。

父は孤独な変人でした。人から愛されない人でした。友人を一人も持っておらず、順調に育ったであろう筈の父は、妙に意地けて、ゆがんだ性質でした。若い頃、マルキシズムにはしったこともあったそうです。そんな父が、たった一つの憩いの場所の家庭に於いて親しもうとしながら、かえって子供から、はなれられたことは、父の最も不幸なことだったかも知れません。でもこれは子供達の罪ではありません。父の性格と時代のへだたりのせいでした。父は自分から孤独のからの中にはいっておりました。父は又、恋愛などは罪悪のように考えていたようでした。母との結婚は勿論親から決められた平凡な御見合結婚でしたし、私の記憶上、父が女の人の名前すら云ったことはないようでした。私達が、冗談半分に、どこの奥さんが美しいとか、誰の型《タイプ》は好きだとか話しますと、大変嫌な顔をいたしましたし、新聞などの情事事件をあれこれ批評することも、父の前では出来ませんでした。私達子供が成長するにつれ、父との距離はどんどん遠くなって行くのでした。母はと申しますと、父よりも神様、なんでもすべて神様でした。私達は肉体的にのみ親子であって、同じ姓を名乗る人にすぎないのでした。意見のちがいだけではありません。生きるということからしてちがう意味でちがう方法であったようです。

「父様は食べないでも食べた風をよそおう人なのよ。お金がなくともあるようにみせる方なのよ。貴族趣味なのね」

　私はよくそう申しました。父には、そういう孤りで高い所にいるといった誇のようなものがありました。でも、父と私と一つだけ、ほんのわずか愛し合うことの出来る時がありました。絵を描いている時と、陶器を愛玩する時でありました。私と父は無言で喜びをわかちあうのでした。展覧会に行って私達は二人の世界を見つけておりました。一つの筆洗が二つの絵をそれぞれつくり上げる時に、私達だけの安息場所を感じていたのです。母もはいることの出来ないところでした。一つの仲介物があって、それが父と私を和合させていたと云えましょうか。

　私は父の机のところに行きました。この間少し気分のよい時に、私にまとめさせた句集がありました。

いつまでの吾が命かやほたる飛ぶ

句集を何げなく開いたところにこの夏の作がありました。私は信二郎の部屋へ行きました。信二郎はダイスをころがしながら口笛をふいておりました。

「口笛、お止しなさい」

私は、少しきつく云いました。信二郎は、素直にやめました。そうして、

「姉様、父様は死んだ。僕は生きる。父様の行き方を僕はならわない」

と、むっつりした顔で云いました。

「信二郎さん生きるのよ。でも、父様の選んだ道はあれでまたいいの。軽蔑出来ないの、若し、あなたが自殺したなら私はゆるせない。父様がお死になったのは、いいのよ。いいのよ」

私は、ふと兄の事を思い出しました。兄にしらせねばなりません。お体にさわるといけないけれど、とにかく後継者なんだからお呼びせにゃならないし、そのことを、母と叔母とに相談しました。

「信二郎を呼びにやりましょう。唯、御病気がひどくなって、とうとう駄目だったことにして」

結論はそういうことになって、信二郎は、しぶしぶ病院へ行きました。人が多勢、入れかわり立ち代りにやって来ます。その接待をしながら、私は父の死を感じないのです。白

い絹でふとんを作りながら、私は、それが、父の体をつつみ、木の箱の中におさまり、やかれるのだとは思えません。昔長く家にいた女中が、午後来てくれて、私はすっかり用事をまかせて、又自分の部屋に戻ると、ふたたび、父についての思い出をたぐりはじめました。父と私は、新緑の奈良や、紅葉の嵯峨野をよく散策しました。古寺を尋ね、その静かなふんいきの中で色をたのしんだり、形をながめたりしたのです。

「母様とね、まだ結婚して間なし、こうやって、奈良や京都をあそんだ事があるんだよ。母様は、つまらなくて仕方がないという風でね、父様が一生懸命、建築の話をしているのに、居睡りはじめたこともある。かなしかったよ」

そう云って、父はさみしく笑ったこともありました。でも、母としても父には不満があったわけなのでしょう。東京で比較的自由な娘時代を送った母にとって、父の趣味は理解出来ず、ダンスや音楽や、そういう方面にうとい父は、ばんからな、やぼな男だったのでしょう。公使館のパーティの話をよく私はきかされました。馬に乗って軽井沢をかけまわったこと、大勢の男友達とスキーに行ったり、ヨットにのったりした青春時代。父と母とは、とけあう事が出来なかったのは、当然だったでしょう。そして父は母にないものを私に求めました。父の持つ趣味は私だけが又持っておりました。兄も弟も、母のものばかりを受けておりました。けれど私は、派手なこと、つまり母の部分も持っておりました。

「シャンデリヤや香水が好きよ。ろうそくの灯で、ぽつりぽつり喋ることも好きよ。お寺であのお線香のにおいをかぐのも好きよ」

私はこう云ったこともありました。夕方になって、自動車で兄と弟が帰って来ました。兄は痛々しいほど泣きました。

「僕が、こんな体で申し訳ございません。父様。父様。屹度《きっと》もう一度家を興します。僕が丈夫になって、やってみせます。父様、きこえますか、父様、お返事をして下さい」

死骸にむかって真面目に必死になって言葉をかけている兄の姿に、私はわずかばかり心打たれました。

「死人に口なしさ」

弟がため息と一しょにそう云いました。私はだまって弟に目くばせしました。兄に弟のすっかり変った様子をみせたくなかったのです。御通夜の人達のために、私は女中と御料理をいたしました。火鉢を並べたり、御ざぶとんを出したりいたしました。以前、執事をしていた豊島が来て、兄や叔父達と葬儀の相談をしました。死亡通知の印刷のこと、新聞掲載のこと。遺産のこと。勿論遺産と云っても、今住んでいる土地家屋と菩提寺の他は何もありません。そんな話が随分長くつづきました。あれこれ小さい道具を買いととのえることだけでも意外に多くのお金を使わねばなりませんし、葬儀の費用は、とにかく、知合先や会社関係より借用することにして予算をたてたりもしました。私は、ふと松川さんのお祖母さんの葬儀の時を思い出しました。父には金歯が四五本もあるのです。あの話の時の父の苦い顔を思い出しました。金歯のことは黙っておりました。御通夜の人達よりはなれて部屋へ戻ると、私は信二郎に頼まれた欠席届を書くことに気付いて、硯箱をあけました。墨をすりながら、私が小学校の頃父に呼びつけられて硯の墨すりをさされたことを思い出しました。たくさんの墨水をつくります。お皿にあけてはすり、あけてはすりました。そうです。松の絵にこっておられた時でした。最近は小さい淡彩の絵ばかりでした。

ある日――

それはよく晴れた静かな午後でした。父はお骨となりました。死の一日おいて翌日でした。東さんの好意で、売れていなかった白磁の壺を葬儀の日だけ借りて来て、それを位牌の前に置きました。父の以前関係していた会社の人が多勢来て、型通りのおくやみを流暢にのべてくれました。菊の花が部屋中に香り高く咲き、その中に婦人の喪服の黒さが目にしみました。兄を私の部屋にやすませてしばらく二人だけでおりました。

「兄様、しっかりね。信二郎だってもう大きいし、兄様に何でもおたすけしますわよ。とにかく今はお体のことだけをかんがえてね。わずかな株や何かで、何とか致しますから、心配なさらないでね」

「雪子に済まないよ。どうにも仕様がない。雪子に何でもたのむから、母様と力を併せてやってくれ。兄様もなるべく我儘云わないから」

兄は弱々しくそう云いました。八卦見の云ったことは当りました。家に大事があったのです。けれども、私の生き方は変りません。私の意志。私のエゴイズム。私の自由。私はそれを押えてこれからも大きな荷物を背負います。それがつとめだと、宿命だと考えねばなりますまい。

「僕が死んだら、ショパンのフィネラルかけてね」

兄はその時、ぽっつりそう云いました。信二郎がはいって来て、

「僕が死んだら葬式なんかせんでいい。死体をやいて、その灰を海へ捨ててくれ。パーッとね。その時そうさね、高砂やでもうなるがいい」

私は信二郎に、あちらへ行けと申しました。兄が、急に苦しくなったと云い、すぐ洗面器に半分程喀血いたしました。

またある日。

私と信二郎と叔母と春彦とブリッジに夢中になっておりました。兄は病院で病気と戦いながら、母は神様にすべてをお捧げしながら、みんな生きてゆくのです。私も、目的もなく、一々の行動に反省もなく、ただ、せとものに、絵に美をみつけだし、わずかな、あこがれをいだいて生きてゆくのです。

（昭和二五年一月一一日作、「VIKING」17号、昭和二五年五月）

灰色の記憶

プロローグ

私は、いろんなものを持っている。

そのいろんなものは、私を苦しめるために活躍した。私の眼は、世間や自然をみて、私をかなしませた。私の手足も徒労にすぎないことばかりを行って、私をがっかりさせた。考えるという働きも、私を恐怖の淵につれてゆき、さかんに燃えたり、或いは、静寂になったりする感情も、私をつかれさせただけである。

しかし、その中でたった一つ、私は忘却というものが、私を苦しめないでいたことに気がついた。忘却が私を生かしてくれていたのだ。そして私は、まがりくねった道を、ある時は、向う見ずにつっ走り、ある時は、うつむきながらとぼとぼあるいて来た。それなのに、突然今日、私はふりむくことをした。何故だろうか。もやもやした煙で一ぱいの中から、わざわざたどって来た道を見付け出さないでは居られない衝動にかられた。つまり、記憶を呼び戻そうとするのである。忘却というものを捨てようとしているのである。忘却を失ったら私は生きてゆけないというのに。

私は、死という文字が私の頭にひらめいたのを見逃さなかった。飛行機にのって、さて自爆しようという時に、一瞬に、過ぎ去った思い出が、ずらずらと並べたてられるのだ、ということを、私は度々人から聞いたことがある。私は今、死に直面しているのではない。が突然、発作的に起った私のふりむきざまが、死を直感し、運命というような、曖昧なものにちがいないけれども、それが、私の胸をきつくしめつけた。

私は、だんだん鮮かに思い出してゆく。おどけた一人の娘っ子が、灰色の中に、ぽっこり浮んだ。それは私なのである。私のバックは灰色なのだ。バラ色の人生をゆめみながら、どうしても灰色にしかならないで、二十歳まで来てしまった。そんなうっとうしいバックの前でその娘っ子が、気取ったポーズを次々に見せてくれるのを私は眺めはじめた。もうすでに幕はあがっている。

第一章

男の子、女の子、そして次に生まれた赤ん坊は、澄子と名附けられた。まるまる太った、目鼻立の大きい赤ん坊は、自分の名前が、自分と似つかわしくないと思ったのか、片言葉ながら、自分をボビと呼び、それに従って、大人たちも、ボビチャマとよんだ。右手のおや指をいつも口からはなさないでいる三歳の私が、そのボビであった。

明治の御代に、一躍立身出世をした薩摩商人の血と、小さな領地を治めていた貧乏貴族の血とが、私の体をこしらえあげた。

私の父は、その頃、曾祖父の創業した、工業会社の重役をしており、私の母は、上品なきれい好きの江戸っ子であったから、私の襁褓《おむつ》は常に清潔でさらさらしていたらしい。それに、外出好きの母であったから、私に一人、つきっきりの乳母が居り、一日中面倒をみてくれていたのだから、私の涎掛《よだれかけ》も、きれいな縫取のあるのが、たえずかえられていたにちがいない。乳母は太っており真白の肌をしていた。両方の乳房が重たく垂れており、私は、右手の指をしゃぶりながら、その柔かいあたたかい乳房を左手でいじくりまわしていた。夜、眠る時も、父母は私の傍に居らず、乳母の両乳の間に顔を押しつけて眠っていた。

その頃、生まれつきよわかった兄のために、紀州の海岸に別荘を借りた。兄、姉、私と、すぐ後に生まれた弟と、乳母と女中が海岸の別荘に生活するようになった。真白で広い浜辺の端に、高い石がけの平家があり、私はそこで波の音を四六時中きいていた。ひる間はその波音が退屈しのぎであり、いろんな夢を思い起させたりしたが、夜中にふと目をさますと、それは恐しい魔物の声のように思えた。そんな時、私はしくしくと泣き出して、乳母の乳房に耳を押しつけた。

こまかい白い砂地は、私を無性によろこばせた。汀をぺたぺた素足で歩く。と、すぐにその足あとは波に消されてしまう。どんなにゆっくり、じわっと足あとをつけても、すぐにそれはあとかたなく波のためにさらわれてしまう。今日こそは、波にさらわれまいとし、その小さな念願をくりかえしながら、次第に汀で遊ぶことが退屈になり、私はお魚や、貝がらをあつめたり、磯の間に、ぶきみな形の小石をひろったりした。それは大切に、廊下に並べられたり、お菓子の空箱にしまいこまれたりした。

毎朝、五時に、ほら貝が鳴る。私達は女中の手にぶらさがって、ほら貝の鳴っているところへゆく。漁師が海から帰って来て、獲物のせり市があるのだ。私は生臭いその空気を好んでいた。大きな台があって、其処に、がらがらした声のおっさん達が、竹べらにチョークで何やら記して伏せて置いたり、ひらいたりしている。私は、荒っぽいその中に、びくびく動いているおさかなを、別に同情もしないでみていた。真赤な血が垂れる。自分の爪のような鱗がとぶ。私の殊に好きなさかなは、蛸であった。必ず、その丸く吸いつくところへ手をもってゆき、小さな指で、強くひっぱられることに興味を抱いた。たくさんの穴へ一本一本の指をいちいち吸いつかせる。そうしているうちに、邪魔だとしかられる。しかし太いお腹に毛糸であんだぶあつい腹巻をして、黒い長ぐつをはいた漁師達に、私は肉親以上のしたしみを抱いていた。

毎日、新しいおさかなを、あれがいい、これが好きだと選んで持ってかえる。それが、朝の仕事の一つであった。家へかえると、まめ粥が煮てある。このあたりの風習に従って、小さな豆の実と葉をかげ干しにしたものを、おかゆにまぜて煮くのだということは、後で知ったのであるが、それに、漬物と味噌汁とがきまって出される。小さな茶碗に、風船の絵がついていて、私はそれを大へんかわいがっていた。

日中、畠でとんぼやかえるをつかまえることもした。指の間に、とんぼの羽をはさんで、両手一ぱいになると空たかく逃がしてやる。そして又くりかえす。勿論、私自身で、とんぼをつかまえることは出来ないから、田舎の少年や、おばさん達にとってもらい、私はわらぞうりをつっかけて、兄達にまじってたんぼ道を歩いた。

親からはなれて寂しいとは少しも思わなかった。そうした田舎の人達の素朴な感情の中に、私は伸び伸びと育った。

けれども、教育のためには、田舎の生活はプラスしないという親の意見で、大分、丈夫になった兄と共に、兄弟達は都会へひき戻された。海岸の別荘は、夏間だけ借りることになった。

両親の許へかえって私は、その日から、厳しい躾を母から与えられた。私は急に臆病になり、怯《い》じけた性格になってしまった。他の兄弟は、割合すぐに都会の空気になじんで御行儀よくなったけれど、私はどうしても田舎の生活がこいしく、人や雑音の多いことが、嫌でたまらないでいた。母は私のイナカモンを恥かしがった。私は幼稚園へゆかされるようになった。大人の先生は母よりも厳しかった。お祈りをきらって、小さな部屋に監禁されたり、お庭へ放り出されたりした。私は、よく泣いたけれど、おしまいには、そうされることが、何か偉いもののように思われて、平気で、うすぐらい鍵のかかった小さな部屋の中で、おはじきやあやとりをしていたり、お庭の塀を登って、すぐ近い自分の家へ逃げかえって来たりした。すると母は私を倉の中へ押し込めた。私は、冷い床の上にすわって何時間もあやまらなかった。

幼稚園が、あまりひどい折檻をするので、乳母は、私をかわいそうだと云い、母と口論して、遂に幼稚園をやめさせてもらった。母は私を放任してしまった。別に、母に対して甘える気持もなく、かえって放任されたことを私は喜んでいた。手あたり次第に本をみることも、三番目の私から出来るようになったのだ。廊下を走ることも私がやってのけた。

はいったらいけないと云われている、父の書斎や客間にねそべることもした。元気をとりもどした私は、手あたり次第に事件を起すことを好んだ。その時分から、平凡な退屈な生活が堪えられない苦痛であったのだろうか。

椅子の上に立ち上ってみたり、マントルピースの上の石像をさわってみたり、階段の手すりを持たないであがり降りしようとしたりした。けれども私は、粘りっこい根気がなかったから、出来ないとなるとすぐ又他のことに手をつけた。

しかし斯うした生活は長くつづかなかった。というのは、私は大人をしん底からうらみ、決してだまされはしまいぞ、という警戒心が起ったからである。その日から、私は、むっつりとした陰気な子になってしまった。

ある日、それはたしか晴れていただろう。母と女中の手にひかれて、K百貨店へはじめてお買物のお供をさせられた。私は珍らしげに、いろんな形や色をみた。母は何を買ったのかわからなかったが、そのうち私は、洋服地の売場へお供した。と、すぐ目の前に大きな人形がくるくるとまわっている。私はすっかりそれに魅了されて、その前にじっと棒立になっていた。女中が傍に居り、母は何やら又そこで買物をして戻って来たが、私はどうしてもマネキンからはなれようとしない。さあ、帰りましょうとうながされても、嫌、あれ持ってかえるの、と私は云い張ってきかない。しまいには泣き出して、あれがほしいんだ、とさけび通した。母はほとほと困ってしまうし、支配人も、もみ手をしながら、他の玩具を私に与えて機嫌をとろうとする。がどうしても、あの人形がほしいのだ、と私は云い張る。じゃ、マネキンの部屋へ連れて行ったらきっと恐しがっていやになるでしょう、と母は支配人にたのみ、私はそのうすぐらい部屋にはいりこんだ。そこには、首のちぎれたのや手足がバラバラになったのやら、婦人や子供やいろんな大きさのがならべてある。私は、大人たちの計画通りには行かなかった。ますますその不気味なボディーに愛着を感じ、今度は、その倉庫の、裸の婦人に抱きついてはなれない。その人形は、表情も固かったし、手足も細く、私の頬ぺたに、その足が冷たく感じたのだけれど、私は妙に好きでたまらない。母は、私の尋常でないことをおそらく恥じたのに違いない。泣きさけぶ私は、両手を母と女中にひっぱられながら無理に百貨店を出されてしまった。電車にのっても泣きやまない私に、

「東京の御土産にパパに買って来て頂きましょう」母は優しい声で云った。

私はやっと確かに約束をさせて、丁度、一週間後に東京へ出張した父の帰りを指折かぞえて待った。父は一カ月に一度位、東京へ出張した。そして必ずお土産に兄弟に一冊ずつ本を買って来てくれた。私の弟は、私のために放任主義がつづいて、自由に何でもよんだりみたりすることが出来たので、四歳の時から本に親しんだ。彼が、天才あつかいにされ、神童呼ばわりにされたのも、私の恩恵であったのに、私はそのため随分ひけ目を感じてしまうことも度々起ったのだ。

父を出むかえに、その頃、出張は必ずつばめの白線のある車で、日曜の朝着くことになっていたから、母と子供達は自動車で迎えに行った。私は、あの大きな人形と毎晩一しょに眠れるんだと、胸をときめかしながらプラットホームに待ちかまえていた。ところが、父は革鞄の他に何も持っていない。

「パパ、お人形は？」

私は、おかえりあそばせ、も云わない先にきいた。

「この中だよ、お家へかえってから」

私は屹度、手足がばらばらに取りはずし出来るようになっており、革鞄の中にきちんとはいっているのだろうと、踊る心を押えて家へ帰った。鞄をあけて、兄弟は中を一斉にのぞきこんだ。読書ぎらいの兄は、又本かと云うような顔付で包を受けとった。姉はきれいな英語の漫画の本であった。ところが私には、四角い箱がわたされた。それは、あのお人形の首だけしかはいっていない位の大きさであった。私はそれでも、わずかな希望でもって、その包みをほどいた。中にありふれた人形がよこたわっていた。小さな胸に、あんな憤りを感じたことはそれ迄なかった。私はいきなりその西洋人形の髪の毛をひっつかみ柱にぶっつけた。ママーと云ってその人形の頭は砕けた。

「パパは嘘おっしゃったの、ママも嘘おっしゃったの、ボビはわかったの、わかったの」

その日から、私はもう大人達を信じなくなった。そして、自分の心の中をすっかり閉ざして誰にもみせないようにしてしまった。そして又大きな裸の人形と眠るゆめが、やぶれてしまったという失望と——その頃はもう、乳母の乳房をいじることは、弟の手前、出来なかったのである——大人に欺されたという腹いせとが、私を妙にこじれさせ、恐しいことには嘘をついてもよいのだという気持が、もこもこと起き上って来たのである。そしてその一種の嘘が、空想したり想像したりするたのしみをつくらせた。私は平気で自分をつくり話の主人公にして、弟や女中に話をしてきかせた。

「ねえ、きいて頂戴、ボビはねエ。遠い遠いお国で生まれたの、ママもパパもなかったのよ。たくさんの木があって、兎や鹿がボビを育てたのよ」

私は毎日ちがった話をつくり出した。そうして出鱈目な話をしてみせることがどんなに愉快なことであるかを知った。小さな頭一ぱいに、お星様やお花畠をおもい、美しい人達——それがどうしてもあのマネキンの裸像であったのだ——が踊ったり歌ったりしていた。

私は、大人達が親切にしてくれることを喜ばなかった。私の家は、大家族であり、父の兄弟は分家していなかったし、祖母が健在であったから、お正月だとか、祖父の命日だとかには必ず、大勢の人達が集った。そんな時、私も、きちんとした身なりをさせられ、御挨拶せねばならない。ところが私は、大人のおほめ言葉を真に受けなかったし、物をくれようとしても、それが何かの手であるように思えたから受けとらないで、大人も、私をひんまがった子だと自然目もくれないようになった。それに、弟が派手な存在であったのだ。弟は母の容貌に似ており、愛くるしく気品があった。大伯母や叔父達はみな弟をかわいがった。

「アンダウマレノミコト、って知ってる？」

これが、五歳にならない弟の作ったナゾナゾだった。

「誰方でしょう。どんな神様？」

大人達がきく。

「あんネ、ヤスダセイメイのことさ」

大人達は本心驚いた。人の話をきいたり、新聞のふりがなをそろそろよみはじめていたらしい。私には、そのからくりが、何のことだかさっぱりわからないでいた。

私は弟がもてるのをこころよく思わなかった。しかし口喧嘩をしても負ける。腕でいってもまかされる。私は余計に、ふさぎこんでしまっていたのである。

お正月。祖母一人住んでいる大きな御家に、私は従兄妹達と会ったりすることもいやであった。私は、広い庭の隅で、マネキンの絵ばかりかいて独りぽつねんとしていた。私は、自分がかなしくてたまらなかった。そして、何という不幸なかわいそうなものだろうと思っていた。いや、無理に悲劇を捏造しようとしていたのかも知れない。私は、屹度、ままっ子なんだ。私は次第にそういうひねくれた気持がかさんで行った。姉の少女小説を女中によんできかせてもらいながら、主人公が自分のような気さえして、涙一ぱいためてしまったこともあった。私は、自分を悲劇の中に生かし、自分のためにかなしんだのだけれど、決して自分以外のものには同情しないでいた。

トリチャン、ワンチャン、ウサギチャン

そんな動物が、子供のために飼育されていたけれど、私は、籠の四十雀にもカナリヤにも見むきもしなかった。

その頃、小児麻痺をして脚が跛《びっこ》だった姉に、日本舞踊を習わせるといいという人があり、母の趣味ではなかったが、大きな袂のある着物をきた姉は、毎週二度位程御師匠さんのところへ通っていた。私は乳母と共に度々お供をするうちに、自分も習いたくなって弟子入りするようになった。小学校へゆく前の年である。それからもう一つ、これは母の趣味でもって、やはり姉に少し遅れて、ピアノを習いはじめた。私には舞踊の方が興味があって、どんどん上達した。わけもわからない色恋物を、首をしなしなまわしたり、それと共に、自然に色っぽい目付をしてみせたりして踊った。(これは無意識にそうなっていたのであろうか、とにかく、当時の写真に焼付かれている私の目は、はなはだコケティッシュであるのだ)。お師匠さんはきびしく私に教えた。

「つるつるしゃん、つてしゃんりんしゃん、それお腰、やりなおし、そら御手」

腰を上手に折れば、五本の指がすきまだらけになり、目付を上手にすれば、口がぽかんとあく。

「下のお嬢さんは筋がおありなさる。きっと名取りにさせてみまっせ、ええおしなつくんなさる」

お師匠さんは、しかりつけながら私を可愛がってくれた。長唄の好きな乳母は、それを大層喜んだけれど、母はあまり嬉しそうではなかった。かむろ、藤娘、私は高い舞台ですぐに発表会に出演するようになった。

一方、ピアノは姉の方が好きであった。これは又、なめるようにやさしい先生が、あまり練習をしないのにさっさと弾いてゆく私を、

「ボビチャマは、素質がおありになるわ、ねえママ様、ボビチャマの音はとってもきれいですこと。本当にのばしておあげするわ、わたくしも張合がございますわ」

と又称讃した。この辺りから、私はひがみっ子ながら自信が出て来て、御稽古ごとで、大人の舌をまいてやろうと思うようになった。悲劇の捏造がしばらく停止したのはこの頃であろうか。おじけながらも、かえってそれが負けぬ気となり意地っぱりとなり傲慢さともなったのである。

金ボタンのついた白いケープを着て、私は小学校の門をくぐった。私の父もこの学校を

出身しており、私は、兄妹につらなって、歓迎されるように入学したのであった。しかし、かなしいことが一つあった。年寄った看護婦さんが、

「お嬢さんは母乳ですか牛乳ですか」

と母に尋ねたらしい。とにかく、

「殆ど、牛乳でございますの」と母が云ったように覚えている。これが、ふたたび私のまっ子だということを裏付けしたように、そのとき、ひどく悲しく思ったことが、はっきり胸に残っている。そして、金ボタンをくるくるまわして、みっともないと叱られたこともその時だったらしい。

私は家庭に対して愛着がなかったから、小学校へゆくことがさして苦にもならなかった。大人達には親しめなかったけれど、同じ年輩の子供達にはすぐ仲良くなり、餓鬼大将ぎみであった。よみ方の読本は、はじめっから最後の頁まで、すらすらよむことが出来たし、簡単な数字のタシヒキは兄や姉の傍らで自然に覚えてしまっていたから、ちっとも勉強しないでも、いいお点を取ることが出来た。人がわからないことが、自分にはわかる。これは幼い心に植えつけられた優越の喜びであった。けれども、私を押さえつける不愉快なものが一つあった。それは秩序ということであった。

第二章

二列に並んで、ハイ御挨拶。マワレ右。何度も何度もくりかえされる。私は背がひくかったので、前の方に並んでいた。朝、校庭で行われる朝会の時から、ランドセルを背負って校門を出る時間まで、今までの生活と違った窮屈さである。両手をあげて前へならえをする時、私のところでいつもゆがんだ。まっすぐに並ぶことがどうしても厭なのである。たやすいことに違いないのだが、私は、先生になおされるまできちんと並ぶことをしなかった。教場では他所見をする。御遊戯は型にはまった廻転や歩みばかりで面白くない。御行儀が悪いとしかられる。そんなことが続いて私はすっかり疲れてしまったのである。私はそこで嘘をつけばいいのだということを思い出した。

「センセ、オテテガイタイノ」

私は手を揚げるべき時にそう云った。先生は私の云い分をすぐに通してくれた。とにかく、私は名門の子供であり、学校の名誉でもあったのであろう。

家へかえると勉強などしないで、絵本をみたり、相変らずお話をつくってきかせたりした。御稽古ごとはどんどん進んだ。然し、私はやはり型にはまった形をつくることをいやがりだした。私はレコードをかけて勝手に振つけをしたり、でたらめなメロディをつくってピアノの練習曲はおさらいしなかった。しかし、その我儘な振舞がかえってよかったのである。大人達は、私を天才的だと云った。私は、ますます調子にのって来た。そうして二年生に昇った頃、私は、恐しいことをするようになった。盗みである。充分に鉛筆やノートをあてがわれ、不自由するものは何一つなかったのに、私は盗むことに非常な快楽を発見した。私は、机を並べていた友達にそのことを訴え、忽ち仲間にしてしまった。私とその女の子は、毎日のように、文房具屋へ遊びにゆき、きれいな麦わらの箱や、小さな飾り花をとって来た。盗むということが悪いとは知らなかった。堂々とそれをみせびらかして英雄気取になっていた。小さい木の机の中には、たくさんの分取品がたまった。私はそれを級友にわけ与えて喜んだ。盗むことの喜びは、試験をカンニングすることまでに延長した。悪友の隣の女の子は、宿題をきちんとして来て、私のために毎朝みせてくれたし、試験の時、盗み見しても寛容な精神でいてくれた。その時分、私は数字に対して大へんな恐怖を持ち出した。カケ算やワリ算がはじまるようになったのである。数字が、キイキイと音をたてて黒板にならべられる。私はどうしてもわからない。何故こうなるのだろうか。不思議さで一ぱいで、それが恐しさにかわったのである。サンジュツの時間です。となると私の胸はひしゃがれてしまう。わからないことはきらいなのである。そうして私は数字を憎むまでになった。しかし、とにかく、不正行為だとは知らないで、堂々と行うカンニングのおかげで私は悪い点をとらずにいた。好きな学課は、つづり方や図画であった。つづり方の時間には必ずのように、私のものがみなの前で披露され、私は得意になっていた。それに、よみ方は、小さい時からの、オハナシしましょうのおかげで、決して棒よみをせず、独特の節をつけてよんだりすることが、先生に高く買われた。だから学芸会だの、おひな祭りなどには、講堂の舞台上で活躍をした。年に二回あるピアノの会や、踊りの会で、私は自然舞台度胸が出来ており、そのことが、だんだん大人に対する警戒心をほどいてくれ、それに、英雄気取りが、私に大した自信をつけてくれたのか、こわいものなしの児童であった。大勢の友達が私の家へ遊びに来た。子供部屋におさまることがきらいな私は、立入禁ずの客間へみんなを連れこんで、クッションを投げとばしたりソファの上をとびこえたりした。それから好きなあそび場は、押し入れの中であった。ナフタリンのにおいと、ほこりっぽいわたのにおいが、私を喜ばせた。戸をぴったりしめこんで、真くらな中で、女の子を裸にさせたこともある。やはり、マネキンを抱いて眠りたい夢のつづきであったわけなのだ。英雄の命令通りに、大人しい女の子は短いスカートをとりはずした。私は、その白い乳くさい臭《にお》いのする肌をさわって、感傷的にさえなった。

　私の母は、私が学校から帰っても家にいることは殆どなかった。母の会だとか、友の会だとか、そんな会にはいっていて、絶えず外の用事ばかりをしていた。弟が肺炎で、生死の間を彷徨している時でさえ、家に居なかったということを、大きくなって乳母から度々きかされたことがある。楽天的な性質らしく、それに、お針をしたり、台所で食事の用意をすることを好まないのか、ついぞそういう母の姿をみたことがなかった。

「お家へかえったら、お母様、唯今かえりました、と云うのです」

先生がそう云った時、私は大へん物悲しい表情をして、

「ママはおうちに居ないの」

と訴えたことがあった。しかし、その物悲しい表情というのは、あきらかにジェスチャーであり、母に対する思慕など、少しもなかった。かえって家に居ない方が、自由に遊ぶことが出来てよいのである。

母をますます愛さなくなった原因がその頃又一つ起った。二階の御納戸に、あけしめするのにギイーッとなるたんすがあり、その中に紺地にうさぎの絵のついた御召があった。母は時折それを着た。たしか冬頃着ていたようだから——というのは、その上に黒い羽織をはおると兎が一匹みえなくなるのを悲しく思っていたからである——袷だったのだろうか、それを私は大へん好んでいた。そうして、

「ボビが大人になったら、そのおめしものいただくのよ」

と姉や乳母に度々宣言した。母も、約束してくれていた。ところがいつの間にか、その着物がなくなってしまった。母はそれを着ないのである。そっと、ギイーッとたんすをあけてみたけれど、中にはいっていない。或日、私は母にたずねてみた。

「あああの御召もの、あれは、カザリイン先生がアメリカへ帰られる時さしあげたの」

母は何気なくそう云った。カザリイン先生は幼稚園の園長さんだった。私は青い目と、うぶ毛の密生した赤白い皮膚を、その時非常に嫌悪していた。で、自分の最愛の着物を、きらいな先生にあげてしまった母をうらめしく思い、又ここで、約束を破った大人を、心の底から憎んだのである。然し、この母は、私の綴り方や、ピアノの音を好んでくれた。そして、母を好きだと思う時が、全くないものでもなかった。母は花が好きであったから、私を連れて、御客様をおまねきしたりする時は、殊に遠い温室のある花屋まで買いに行った。私は、むっとする強い花の香りに酔い心地になって、いろんな幻想を思い起した。そんな時、母は必ず、

「ボビ、どのお花好き」

とたずね、私の撰んだ花を必ず買ってくれるのだ。私は、その時母をいい人だと思った。お花の束をもって帰り、きりこのガラスの瓶や、まがりくねった焼物の壺にその花をいれるのを傍でみていた。はさみをパチンパチンとならすのが、私の心を踊らせた。母は余った花を小さく切りそろえて、私に与えた。私はそれを、姉と二人の勉強部屋――私達は人形や本や切り抜きの絵のはってある西向の部屋を斯う呼んでいた――に飾った。

その頃、私は冬になるとよく病気をした。廊下続きのおはなれには、常に誰か兄弟が寐

ていたけれど、私のは一番長かったようだ。クリスマスの晩、ホテルの家族会へ、毎年招かれてゆくならわしになっていたのだが、私はその一週間前あたりから床につくことがさだめられているように、風邪や肺炎をおこした。クリスマスのために、外套から靴まで新調してもらうのだったけれど、それをきちんと枕許に置いて、

「もうじきクリスマスですよ、もうじきよくなりますよ」

と、年とった医者のさしだす苦い薬をのまされた。ピンクのひらひらのついた洋服が、陰気な消毒くさい六畳の間にぶらさがっていたことをはっきり思い出す。そのピンクの年は、春まで寐ていたのだった。私の枕許には折紙でこしらえたくす玉が一ぱい天井からぶらさがっており、時折、その長い垂れさがった紙ひもが頰をなでた。私は又、寐ている間、看護婦の唄う流行歌を覚えた。母は、子供の前で絶対に歌ってならないと命じていたが、吸入器の掃除をしたり、枕許の整理をする時、自然にその白い上衣をきている彼女の口から、

「銀座の柳の下で……」

がとび出すのだった。私は、すぐそれを覚えて、何かしら切ない気持にもなってみた。

病気をしていない時は、相変らずの英雄生活がつづいた。支那事変や関西風水害が起った頃である。凡そ、自分以外のことには無関心であったから、その頃の子供達は兵隊さん

や従軍看護婦に憧れはじめたものだが、私は一向に興味がなかった。日の丸の旗をかいて、停車場や波止場に送りに行ったこともあるが、戦争がきらいだということもなく、善悪の判断などわかる筈もなかった。——相変らず私は、ある種のスリルを満喫していた。

そのうちに、踊りの稽古が、あまり派手好みでない母に、少々面倒にもなったのか、姉の脚も、すっかり人目にわからなくなったので、共々、私までやめさせられてしまった。ピアノは、やさしいソナタ位弾けるようになっていた。別に努力もせず気まぐれに弾いていた。

しかし、ここにふたたび私の心はぴっしゃんこにつぶれてしまう時が来た。

ある放課後、私は五人の女の児をひきつれて大きな御邸の前へ来た。庭にテニスコートがあり、そのあちら側にたくさんのけしの花が咲き乱れている。私はそれがほしくてたまらなかった。他の女の児達もほしがった。金網越しにそれを眺めていた。私は遂に決心して、ランドセルとおべんとう箱を、矢庭に道路へ投げすてると、金網を登りすばしこく越えはじめた。真剣な十の眼が、両手でしっかり金網をつかんだ間に並んでみえた。私は身がるに飛びこんだ。白いラインが殊更にくっきりと私の眼を射た。私は何か非常に重大な責務をおびているような感じがして、腰をかがめて走り出した。すぐに、けしのむらがりまで到達した。私は、紫や赤や白の花を、六本折った。私はふりかえってにっこと笑うと、その花束をしっかり握ってかけ戻った。その時、急に女の児達は走り去った。

「センセ、センセヤー」

がたがたと鞄の中で筆箱がなった。子分は親分を捨てて行ったのだ。私は、もう金網を越える元気もなく悄然とたっていた。先生がやって来た。受持の長い顔の男の先生だった。

「何しているの」

私は、つかんでいた花をみた。すると、二三枚しか花びらはついておらず、芯だけのこった丸坊主頭が六本ぐんなりなって手の中にあった。ふりかえった。白いラインに並行して、赤や紫のその花びらが点々と散っていた。私は突然泣き出した。先生は棒切れで、金網の戸の内側の鍵をたやすくあけて、私をひっぱり出した。

今までのすべての悪事は露見した。私は、なかなか謝らなかった。

「ほしいからとったの」

くりかえして私は云った。

「お母さんに云いつけます」

この言葉で私はすっかりまいってしまい、平謝りに謝った。先生は、私の机の中にのこっていたものを一切文具屋に返しに行ってくれた。私はその日から、立派な金銀の甲冑をはがされた武士のようになってしまった。休み時間に遊ぶ気もなく、ひとりしょんぼりしていた。もう誰も私を尊敬してくれず、取りまいてもくれなかった。試験をみせてくれる友達も居なくなった。

しかし、私は規則をまもらないことや、嘘をつくことは、やめられなかった。そのため私は教場でたびたびたたされた。頭の上に、重い謄写版の鑢《やすり》をのせられ、一時間中黒板の横にたったこともあった。しかし別に恥しいとは思わなかったし、たたされながら、他のことをかんがえていた。

その頃の私のたしなみの一つに、物を誇張して人に伝えることがあった。学校で生じた些細なことを、引伸しくりひろげて家の人達に話す。父や母は面白く或いは悲しげにそれをきく。自分の出来事でも、それを非常に強調するのであった。遠足に行って冒険をした。岩壁をはい上った。階段から飛び降りそこねて脚を打った。近所の子供が蛇を私の首にまきつけた。運動場を十ぺんかけまわった。こんなことが夕食の時もち出されて賑やかにした。

私達のクラスで一番よく出来る男の子が、或る日、岩波の本をよんでいた。その年頃には、みな大きな形の絵入りの大きな活字の本ばかりよんでいるのに、彼一人、父の書斎に並んでいる、内容がいかにもむつかしいような岩波文庫をよんでいたのに対して、私は大きな尊敬をいだいた。しかしその本は私も今まで読んでいたアンデルセン童話集であったのだ。私は家へかえって、漱石の坊っちゃんだと父に告げた。何故、そんなことにわざわざ嘘をつくのか、その原因はわからないままに、大人が驚く姿を喜んだ。

私の家は、子供四人に、女中が三人、乳母と両親の家族であり、部屋数も随分あったけれど、古びていて何かと不便であったので、大規模に改築することを、水害の翌年行うことになった。新しい木の柱の臭いや、うすいおが屑は、私に、海辺の毎日を思い起させた。大工さんと、船頭さんとの間に、何か似通った一つの魅力があった。毎日学校からかえると工事場へ行って邪魔にならないように仕事をみていた。二階に私と姉の部屋として新しく日本間と洋間が出来、離れの陰気な病室は、やはり二間つづきの兄の部屋になおされたし、応接間はすっかり壁紙が代わり、ベランダがつけられた。母は、私と姉の部屋に、きれいな飾り戸棚のついた簞笥を二つ並べてくれた。洋間の方には、椅子と机と本箱を新調してくれた。そして壁紙の撰択や、カーテンの布地は子供の好みにしてくれた。私は、うすねずみ色の地模様のかべ紙に、ピンクのカーテンをしたいと望んだ。姉はクリーム色に緑のカーテンをかけたいと云い張った。結局、壁はクリームになり、カーテンはピンクになり、デンキスタンドのシェードに、姉はみどり、私はうすねずみ色に花のとんだのを母は与えてくれた。急に何だか一人前になったような気がして、その当座はいくらか勉強に精出したようであった。しかし、算術の出来のわるさは、ずっとつづいて、それが、数学と呼びかえられるようになって、もっとひどくなったのである。

改築の御祝いに、お友達を呼ぶことになった。その頃、東京から転校して来たアイノコが組《クラス》にいたが、私は彼女がとても好きになり――というのは、私の悪事を知らないという安心感があったのであろうか――たった一人彼女を家へ招いた。歯ぎれのよい江戸っ子で、派手なアメリカ風の気のきいた洋服をきており、顔立は西洋人形みたいだったから、母はこの娘が大へん気に入った。

それに、ピアノが弾けて、然も、所望すると、さっさと弾く。無邪気な社交家であった。

「オバチャマ、コノオ洋服、アリーノママガネエエ、ミシンデヌッテクダサッタノオ」

自分のことを、アリー、アリーと呼んでいた。何か、胸のあたりにスモックがたくさんしてあったようだった。私は母に、あれと同じものをこしらえてと何度も頼み、やっとこしらえてもらってそれを着たら、アリーのようになれるという想像をすっかりぶちこわし、鏡の前で着たっきり二度と手を通さなかった。アリーは色が白く、うぶ毛が密生していて、目が青かった。私はまゆ毛も、目も、顔色もくろかった。そうして、すんなりした長い脚のアリーに比べて、私はずんぐり太っちょだった。

「ゴキゲンヨウ」

アリーのこの挨拶が又、母を喜ばせた。母は度々およびするようにと私によく云った。

私はアリーの皮膚が好きだった。それはあのカザリイン先生と同じ系統でありながら、年寄と子供では日本人以上に大へんな違いがあることを知った。何となく柔い感じで、手をつないでいたり、肩をくんで歩いたりする時、私は胸をときめかした。私は、アリーを一度裸にしてみたいと思った。しかし、私はもう命令する勇気がなかった。

十二月にはいると毎年の例で私はピアノの会に出た。優しい先生は四十人位の御弟子を持っていた。私と姉とが最も古参で、ダイヤベリィとかいう曲を――これは作曲家の名前かもしれない――二人最後に連弾した。それから私は、トオイシンホニィのコンダクターにもなった。ジングルベルを、タンバリンやカスタネットや太鼓やトライアングルで合奏した。白いタフタアの洋服の上に、その時は黒いベルベットのチョッキをつけて棒をふった。私は非常な名誉と自信を感じ、一段高いところで演奏者をへ、へ、へ、イゲイした。たくさんの花束が送られた中に、アリーからのがあった。それが、ふじ色一色の温室咲きのスイトピーであった。蘭だとかばらだとか、高価な花とちがうのに、その一色だけが気に入って母も共にうれしがっていた。その日、アリーは長く垂らしたくり色の髪に、大きな白いリボンをつけていた。私達の年頃の人は、みんな、チョンチョンに髪を切っていたが、その日から私も髪をきらずにのばしはじめた。が、これにも失望してしまった。何故なら、私の髪はごわごわしていて、耳がかくれる頃までのばしたものだが、彼女のように、ふわっと波うってはいなかったのだ。そうして涙をのんでふたたびちょんぎってしまった。

彼女は私をかわいがってくれた。言葉の影響か、私より年上に感じられた。彼女は、カトリックの信者であり、首からクルスを吊っていた。私は何故か、それだけは真似したいとは思わなかった。私の家が仏教であり、しかし仏壇はなく、――何故なら、本家に位牌が安置されておりそこで毎月法要がいとなまれていた――そのかわり、母が金光教信者であったから、二階の北の間は神様の部屋と呼ばれ、祭壇があった。そして、小さい時から、私達子供は神様のおかげで生きているとされ、毎朝毎夕、柏手をうっていた。で、カトリックというものがどんなものだか知らず、きっと幼稚園の時のように、長いお祈りがあるものと、はじめっから嫌悪していた。彼女はたびたび教会へ行くことを勧誘した。きれいなカードがもらえるとか、マザーがお菓子をくれるとか。けれど私は好きな彼女の云うことのうち、これだけは承知しなかった。アリーのおかげと例の悪事露見の影響か――悪事という言葉に私はいささかの反駁がないのではないけれど、衆目の認めるところそれはやはり悪事にちがいないのだ――私は大人しい子になった。遊び時間、アリーと私は校庭の隅っこでコチョコチョ話しこんだ。私のゆめみたいな話をアリーは喜んできいてくれた。彼女の糸切歯と目立って大きい頬のほくろを私は毎日あかず眺めていた。

規則をみだすことは、アリーがきらっていた。だから私は、次第に従順な子供になって行った。教場でも大人しくなり、宿題もきちんとして来るようになった。家へかえると、本ばかりよんでいた。私は西洋のおとぎ話より、講談ものを好んだ。さむらいや、悪者やおひめ様や町人の娘が、血を流したり、殺されたりするのが面白かった。それから、永年愛読したのは、相馬御風の、一茶さんや、良寛さんや、西行さん、であり、西行法師は、清水次郎長と共に熱愛した。

父は俳句を詠み、絵をたしなんだ。私や他の兄弟は、句会に列席して、俳句をつくったり、何かの記念日には、掛軸や額の大きさの紙に、寄書をした。父は私を殊に愛してくれた。夕方、玄関のベルがなると、みんな一斉に出迎えにゆく。

「ボビは?」

私が少しでもおくれてゆくと、父はそう問うていた。毎日出迎えに行くのが億劫で、一度、卵のからに、墨で顔をかき、五つ並べて玄関に置いていた。

「今日は、出迎えしないでいいの」

そう云って、皆に出むかえを禁じた。父が帰って来て、それに立腹し、母は、私の似顔が上手だとほめてくれた。しかし、翌日からは、元通り、畳に手をついて御挨拶し、父の帽子を帽子掛に飛び上ってかけた。

私は家中の人気者になっていた。おどけてみせることを好んでいた。その頃には、大人から裏切られたかなしさや、かなしさから生まれた警戒心は殆どほぐされていた。そして、ママコであるなど考えもしなくなっていた。私は、普通の少女になり、平凡な生徒になっていた。

第三章

紀元二千六百年というはなはだにぎやかな年が来た。提灯行列や花電車やいろいろな催しがほとんど年中行われた。何故こんな御祭さわぎをするのか子供心に不思議であった。私にとって、二千五百九十九年も、六百年も大差なかった。年を一つとっただけであり、数字嫌いな私には、何年か、何日かということさえ、面倒なことであった。

四年生になると、男女別々の組になった。そのことが、何だか大人の一歩手前まで来たように思われて胸がときめいた。アリーと同じ組になれるように、私は毎日神様にお願いし、それがかなえられた。二学期に私は級長になった。そのことが又私を英雄気分にさせた。分列行進というのが毎週のように行われ、組の先頭にたって行進し、カシラーミギをかけた。唯一つ、この役目で辛いことがあった。それは、べんとうをたべる前に、教壇へたち、勅語や教訓を級友達に先だって大声でそらんじることであった。私は、暗誦がちっとも出来なかった。その頃、未だ九九がすらすらと云えなく、減算なども十指を使っている位だったから、長い勅語など、到底覚え切れなかった。私は短い、孝経の抜萃や明治天皇の御製ばかりをとなえていた。ある日、先生から、青少年にたまわりたる勅語や教育勅語もするように命ぜられた。私は口だけ動かし、皆の大声で唱えるあとから、チョボチョボついていった。それが堪らなく私の気持をかなしませ、家へかえって一生懸命暗誦ばかりしたが仲々覚えられなかった。

その頃の遊びで私を有頂天にさせたのは劇ごっこである。手まりやお手玉は、不器用な私は下手であり、いつも仲間はずれであった。劇ごっこは私の作った遊びで、ストーリーをこしらえておかないで、出鱈目に台詞のやりとりをしながら結末をつくるのであった。この遊びに賛成してくれたのは、アリーや他四五人の友達であり、ボール紙でかんむりを作ったり、お面をかいたりして、放課後になると壇上へたって、同じことを繰返しながら、それがだんだん変った話になってゆくのを喜んだ。

そのうちに又、私のはしゃいだ気分を抑えつけてしまうことが起きた。家の向いにある教会の御葬式と、巡礼と、アリーが大人になったことであった。

ある日、教会で女学院の先生の告別式があった。お天気が悪くぽつぽつ雨が降り出していたように思うが、とにかくアスファルト道の両側にずらりと列んだ紺色のセーラを着た大勢の女学生が、まるで歌をうたっているように大声でないているのである。ランドセルを背負った私は、門口にたってその光景を半分物珍しげに半分おどろきながらみていた。近親にも、知合いにもまだ死んだ人がその時の記憶になかったから、死がそんなにいたましいものだとは知らなかった。みているうちにわけがわからぬままに急にかなしくなっ

て、もらい泣きをした。家の中へ飛び込むと、

「死んだらどうなるの、死んだらどうなるの」

と女中達にききまわった。彼女達は、手をまげてゆらしながら、お化けになるんだと教えた。後で、母にきいた時、

「いい子は神様のところ。悪い子は、針の山や火の海を越えてゆくの」

ときかされた。そして女中がお化けになると云ったんだと告げたら、母は女中達を叱っていた。私は針の山を歩く自分を想像した。火の海を泳ぐ自分を想像した。しかし、悪い子とはどんな子であり、いい子は誰であるというその限界がちっともわからないでいた。唯、その先生の死の事件は、私を少し又、悲劇的にさせた。

　巡礼が通ったのは、その事件直後であった。日蓮宗の坊さん達が、長い行列をつくって、太鼓をたたいたり鉦を鳴したりして通ってゆくのを、夕ぐれ裏口でみていた。一つかみの御米を鉢の中に入れると、私の顔をじっとみつめながら御経をよみ出した。私もやっぱり御坊さんの顔をみながら西行さんのように感じた。けれどすぐ坊さんは立去ってしまい、何かその行列の中に云い知れぬさみしさを感じたのだ。

　アリーが大人になったのは翌年の一月頃だった。とにかく、長い休暇があって――それが休暇か、病気欠席か、はっきりしないが――ひょっくり学校に顔を出した時、まっ先に目についたのがアリーであった。アリーは急に脊丈がのび、ジャンパースカートをはいて

いる腰のあたりがふくよかであった。そうして、太腿まで出していた短いスカートがうんとのばされ、膝のあたりに妙に静かにゆれていた。私はその恰好にびっくりしてしまった。

「アリーちゃん、かわったねえ」

私は慨嘆した。アリーは意味ある含み笑いをして、私の知らないことを細々教えてくれた。私はどうしても信じられなかった。学期はじめの体格検査の時に、アリーはふっくらしたお乳を私にみせた。私はそれを思いきりつかんだ。アリーはいたいのだと叫び声をあげた。その時から私はアリーに今までのように親しくすることが出来なくなった。そして、だんだんアリーを敬遠するようになった。アリーも又、私なんかと喋っても面白くないというような顔付をして、殆ど口もきかなくなってしまった。私は、少女らしい感傷にふける毎日を送った。何カ月かたって初夏が来た頃、自分の両方のお乳もふくらんでくることに気がついた。ほんの少しのふくらみであり、寝床にはいってさわってみると飛び上るほど痛かった。私はいつまでも子供でいたいのに、と必死になってねがってみたりした。

最上級の一歩手前になった私達は、学校の仕事のおすそわけをいただいて、級の中から四五人、赤い腕章をつけることになり、私も辛うじてその中にはいった。腕章をつけることが大へん嬉しくて、家へ帰っても取りはずさなかった。担任の先生は、大人しい若い男の人だった。で私達は教室でさっぱり真面目にしなかった。ノートの後側から、紙をびりびり破ってゆき、それに手紙をかいて、授業中渡し合ったり、先生が黒板の方をむかれる度に、御べんとうを口の中へ投げ入れたりした。それから、少しずつ恋愛小説をよみ出した。三階のよく日のあたる三方窓の教室の隅で、単行本や雑誌を交換し合った。

私はその秋に、一年上の男生徒に好意を持ちはじめた。彼は支那風の大きな邸宅に住む坊ちゃんで青白い顔をしていた。学芸会に独唱をしたり劇に出たりした。その声が、りんりんとしており講堂の隅で下稽古の時こっそりきいて夢中になってしまった。ラクダ色のセエータの下に真白い清潔なシャツをつけており腕時計をはめていた。小学生で腕時計をはめたりする人は極まれであった。私は、廊下で行き合ったりする時、ピカッと光るその時計が、彼を非常に偉いもののように仕立て上げるのを感じた。そのうち、彼の持物を掠奪してみたい気持になった。時計。それはあまり貴重品でそれに掠奪すればすぐにわかってしまう。で、私は筆箱にはいっているちびた鉛筆を盗《と》ろうと思った。何か、常に彼の持っているものを身につけていたいと思ったからなのだ。ある放課後、私は彼の学級の前へ一人で偵察に行った。六年生はいつも居残りをして、入試の勉強をしていたのだ。私は、すりガラスの窓を細目にあけて中の様子をみた。十数人の男の子が、黒板にかかれた算術の問題を解いていた。その中に私はすぐに彼を発見した。しかし、ドアをあけてはいって行ってはみつかってしまう。私は、廊下を行ったり、来たりして考えていた。小一時間もたった頃、ドヤドヤと部屋から人が出て来た。校庭へ出てキャッチボールをするのだということがわかった。私は階段を降りてゆく彼等を見送ってから、廊下に人影がないことをたしかめると、するりとドアの中へはいった。彼のすわっていた場所へ来ると彼はきちんと後かたづけしており、名前のはいった黒いランドセルが机の横にかけてあった。私はいそいでそれをあけた。やっぱり黒い革の筆入があり、その中には万年筆もはいっていた。私は、緑のヨット鉛筆を一本ぬいて手ばやくポケットへ入れた。十五六糎《センチ》あり、滑かにけずられていた。私は彼の字もみたいと思った。で、ノオトを一冊出した。四角い字で読方の下しらべがしてあった。私は、一番字のつまっている頁を一枚破って四角くたたむと又ポケットへしまいこんだ。その時、誰かはいって来る人の足音をきいた。私は、胸がじんじん鳴るのを感じながら机と机の間に身を低めた。それは、学校中で一番恐しい彼の担任の先生であった。彼は、先生の大きな机に着くと、何か調べ物をはじめた。進退窮まって、私はじっとしていなければならなかった。しかし、彼の調べ物の分量は随分多いようだった。屹度、生徒が運動場からもどって来るまでここに居るのだ。私は不安な気持がまして来た。私は、決死の覚悟でそろそろ歩み出した。机や椅子にあたらぬように身をかがめて這うように戸口に近づいた。先生は、むつかしい顔をして赤鉛筆で何か記入していた。私はやっと、先生のところから一番遠い距離の、後側の扉の下へ来た。ドアは閉っていた。私は又思案にくれた。が、いきなりたつと同時にドアをあけ、さっと廊下へ出ると一目散に階段のまがり角まで来た。

「誰だ」

という怒号をきいた。その時は、私はすでに階下に近いところへ飛んで降りて来ていた。一階の廊下を素知らぬ顔をしてゆっくり歩いた。運動場へ出た。彼が球を高く高く放り上げる姿をみた。ポケットの中へ手を突込んで鉛筆と紙切れをしっかり摑んだ。

その事件は、幸い誰にも発見されずに済んだ。私は、眠る時、枕カバーの中に、紙切れと鉛筆とを入れてやすみ、朝になるとランドセルの片隅にそれをしまい込んだ。

時々学校で彼に遇い、その度に私はふっとうつむいてしまった。しかし、その感情は長く続かなかった。私達が、蛍の光を唄って彼等が卒業してしまい、彼の姿をみつけることが出来なくなると、もう、あの紙片は屑箱の中へほうりこまれ、鉛筆は、使いはたしたか、失ったかしてしまった。すでに私の心の中に彼は住んではおらなかった。

割合によい成績で進級し最上級生になった私は、初めて一しょの級になった首席を通している女の子に好意を持ちはじめた。帰る方向が一しょなので自然親しく口をきくようになり私は彼女の云うことをすることを尊敬した。そして彼女と机を並べて勉強するようになった。彼女に近よろうと思うばかりに、よく学んだ。宿題や下しらべもやって来た。だいたい彼女は何でもよく出来たが、特別にずばぬけてよいものを持ってはなかった。細かい字をかちかちノートにかきつめ、地図や理科の絵をきわめて美しくかいていた。又、御裁縫や手工も上手かった。私は縫うことは全くきらいであり完成したものは殆どなかった。人がまっすぐ同じ縫目を連ねてゆくのが不思議にさえ思えた。私が縫うと、針目はよたよた這いまわっており、間に袋が出来たり襞が出来たりした。糊付けの仕事でも、ふたと身をきっちり合せることが出来なかった。が、それでも、彼女に馬鹿にされないようにと、乳母にこっそり仕立ててもらって学校へ持って行ったりした。

彼女に好意を持ったために、私は時々ほめてもらう位の優秀な学童になったが、一つだけ彼女から面倒なものをもらいうけた。それは、近眼である。授業中に彼女はそっと眼鏡を出して黒板の字を写した。私はそれが羨しくてたまらなかった。飴色の平凡なつるの眼鏡であったが、私はそれを掛ける時の恰好や、少し目を細めて遠方を凝視《みつ》める顔にひどく愛着を抱いた。彼女はノートに字をかく時、うつぶせになっているのかと思う位の姿勢で書いていた。私はそれを無理に真似をし、例の何でも御願いばかりする神様に、眼鏡がかけられますようにと祈ったりした。効果てき面、私は二カ月もたった一学期の終り頃、本ものの近視になってしまった。瞼の上がぷくっととび出し、遠くをみる時は、目と目の間に皺を入れなければならなくなった。私は待望の眼鏡をかってもらった。飴色のあたり前の型の眼鏡で、授業中、先生が黒板に字をかかれると、隣の彼女と共にそっと机の下へ手を入れて眼鏡をとり出し、しかめ面しながらそれを低い鼻の上へのせた。

彼女の家は、立派な構えで、庭にテニスコートがあった。私や彼女の兄弟は其処でうまとびをしたり、ボール遊びをした。又、家の中もたくさんの間があり、彼女の部屋は、ほたるの絵の壁紙であった。小さなこけし人形や千代紙や、封筒や便箋を蒐集することが好きであった彼女は、それを少しずつ私にわけてくれた。学校に居ても、私と彼女は大変親しかった。しかしひとたび勉強のことになると、彼女はガリガリ虫で、私に一点負けたと云って口惜しがっていた。尤も、私が一点勝ったということはたった一度であり、常に私は勝を譲歩せねばならない破目にあった。

丁度、いよいよ戦争らしい戦争になった頃である。防空頭巾やもんぺを作った。日本は非常な勝ち戦であり、私達は、フィリピンを真赤にぬり、南洋の小さい島まで地図の上に日章旗を記入することを命ぜられた。大詔奉戴日という記念日が毎月一回あり、その日は長い勅語を低頭してうかがった。入試にぜひ暗記せねばならないと云われたが、私は遂に二行位しか覚えられなかった。戦争の目的。戦争のために我々は何をすべきか。そんなことをくりかえして勉強した。必勝という声は幼い私達のはらわたに難なくひびきはいって、偉人といえば東条英機を挙げなければならなかった。私が実際の入試の折に、あなたの敬う人はと尋ねられ、清水次郎長と西行法師とこたえたことは、まことに女として戦時の現代女性として申し訳ないことだったかも知れぬ。

父は専ら悲観説であった。戦争のことを決して容易く考えていなかった。私は学校で教えられる戦争必勝説に感化され、父の考えに歯がゆくも思った。ママパパがいけなくて、お父様、お母様、にしたのもその頃だった。先生にしかられ家中で改めることに決議したのだった。

学校では毎朝、エイヤエイヤと号令かけながら冷水摩擦が行われた。全校の生徒が運動場にずらりと並んで上半身裸になり、手拭で皮膚を赤くした。小さい子供ならともかく、成熟しかかっている上級生徒のむきだしの恰好は如何に戦争中とは云え見よいものではなかったが殆ど強制的であり命令であった。そのために、お乳のつかみ合いをやったりする奇妙な遊びが流行した。

しかし、戦争の影響は、私にとってそれ程大きくも重要でもなかった。未だ、批判力もなく解釈づけることも出来なかったわけだ。それより他に私に与えられたあるものがあった。私の心の動き方はすっかり変り、そしてほぼ、定められるようになったのだ。それは仏教というまるで今まで無関心な世界である。

担任の先生が真宗の熱心な信者であった。私は忽然と南無阿弥陀仏に魅かれて行った。南無阿弥陀仏を唱えることによって、私は救われるのだ。私はいろんな苦難からのがれられるのだと思い込んだ。しかし、私は、私の行って来た盗みや、横暴なふるまいに対して懺悔しようとか、詫びようとかいう気持は少しも起らなかった。唯、私は、ひたすらに称名を唱え、ひそかに数珠を持つようになった。私の家の宗教の禅宗と、私がはいりかけた信仰の真宗とが、どんな立場であるかは全く未知であったから、私は法事で御寺へ詣っても、南無阿弥陀仏をとなえた。教理を知ろうとしても知る術もなく、又、本をよんでもわかる筈は勿論なかった。やさしく書いた名僧伝などをよむ位で、それも、その奇話や珍話にひかれたのかも知れない。尼僧の生活にあこがれを抱きはじめた。それまで、自分は大人になったら何になろうかなど、少しも考えていなかったから、私の最初の希望が、剃髪入門である。西行を愛していた私が、この時、更に深く彼に傾倒しはじめたのは云うまでもない。山家集を註釈づきでよみはじめた。もののあわれということが、はっきりつかめないままにも何かしら、悲しいのでもなく、落胆でもなく、しょげかえるものでもない。意味の深いものであるように、その輪郭をぼんやりながらつかみかけた。西行法師は私の心の中に随分根をおろした。そして私は真剣になって尼さんになろうと決心していた。

　私は人と没交渉になってしまった。隣の彼女も私とはなれた。一度、彼女の家へ遊びに行った折、私のあげたハンカチーフが、しわくちゃになって屑箱にほうりこまれてあるのを発見した。私は瞬間非常に悲しい気持になったけれど、決して彼女を恨みもせず、それが必然的なように思えて自然彼女から遠のいてしまった。私は学業にはげむ時よりも、仏教のことをかんがえている時間の方が更に長く、ひとりぼっちになっても平気でさみしがらなかった。

人からどんなに侮りをうけても嘲笑されても、一つのことを信じておれば心は常に平静であり動揺する気配さえ全くないことを私は自分に発見出来た。人は私を変り者だとか、てらっているだとか、傲慢だとかいろんな解釈をつけて非難した。数珠を腕にからませることは、みっともないとも母に云われた。しかし、かえって人々の反対が、私の信仰を強くしたのかも知れない。とにかく、半年の間は、私は迷うことさえしなかった。

第四章

卒業式が来た。感傷的な別れの歌の旋律や、読み上げられる言葉などに、私のまわりの女の子はしくしくと泣き出した。私は涙さえ忘れていた。人が別れたり或いは死んだりすることは当然の出来事のように思われていたのだ。小学校の門を出てすぐに入学試験が行われた。それは日だまりがまだ恋しい気候であった。私は近所の私立の学校へ受験した。姉と別の、程度の低い学校であった。山の中腹にある新しい建築の歴史の浅い学校であった。

襞の多い長い紺色のスカートを着た女学生が、私達を順番に面接の部屋へ案内してくれた。彼女達は何故か不潔に見えた。前へかがみながらゆっくり歩く姿勢や、うすい膜をはった中から出すようなその音声や、やたらに止ピンの多い長い髪の毛などが、優美である筈なのに私には不潔なものだとしか思えなかった。口頭試問ばかりで四つの部屋があり、第一の部屋が、校長の面接であった。

「なぜ、この学校を選びましたか」

私は即座に近いからだと答えた。彼は苦笑した。めでたく入学出来てからきいたのであるが、近いから来たと云ったのは私一人で、それが随分無礼なことだったらしい。数学の問題は案の定間違えた。膝の上へ数字を指でかきながらやっと云いなおして、よろしいと云われた。後はだいたい出来たようであった。

合格発表もみにゆかなかった。落ちる不安は全くなかったからである。四月になって手提げカバンを持ち家から十分とかからない女学校へ毎日通い出した。朝、私は皆が登校する二時間前に学校へ来ていた。ぞろぞろ並んで歩くことは非常な苦痛であったからだ。そうして、しんとした教室へ鞄を置くと一段と高いところにある運動場へのぼり、朝礼台に寝そべって、街をみおろした。つまりそれは健康な習慣であったのだ。私は、強い信念や高い誇を更に増すことが出来た。広い場所に一人で、乱雑な街を大手ひろげて抱くことが、私にとって又新しく起った英雄的な喜びであった。しかし、その男性のような強がりな気持と、数珠を持ち阿弥陀にすがる気持とが、両極から私をしめつけて来て苦しみ出しはじめたのはまもない頃であった。丁度、盗難事件が起り、朝はやく来ることを禁じられるようになったので、私の習慣はなくされ、したがってだんだん片一方の極へ自分を動かせるようにもなった。

私は友達を得ることは出来なかった。私立のこの学校のモットーは、しとやかに、さわやかに、ということであったから、まことに静かな女性達ばかりが私の附近に居るような気がして親しめなかった。別に友達がほしいとも思わなかったし、かえって、孤独であることが私の持つ第一に挙げられるべき個性のように思っていた。私は入学早々幹事になった。免状をもらって一年間号令をかける役を仰せつかった。朝礼では先頭にたっておらねばならなかった。私の声は低音で響きがあったから他の級長より目立って号令らしい号令であった。私にとってこの有難い役目で唯一つ迷惑なことは人数をかぞえることであった。朝、笛がなると整列させて、組の出席人員と、欠席人員を報告せねばならなかった。副級長と二人で後の方まで数えてゆく。私はどうしても、一、二三四……で二倍する——二列縦隊であるから——計算が出来ず、チューチュータコカイナ、そして左指一本折り、又、チューチュータコカイナで二本目を折り重ねてかぞえなければわからなかった。それに、在籍人員から出席人員をマイナスすることが容易じゃなく、報告する前に数秒かかって口の中でくりかえし計算し、電車の事故などで遅刻者が多い時など、どうしても副級長に計算してもらわねばならなかった。私の数学に対する頭脳は、小学校三年程度であった。戦争が激しくなるにつれてすっかり女学校も軍隊式になって来、号令やら直立不動やら、このしとやかである女学生もいささかすさんでは来ていた。私は一分として動かずにたっていることが苦しくてそのためたびたびしかられた。又、歩調をとって歩くことも大儀であったから、教練（軍人が来て、鉄砲の打ち方などならう必修時間があった）や体操の時間には列外へ出されたり居残りさされたりして何度も何度もやりなおしを命ぜられた。幹事たる資格は全くないようであるが、私は責任感だけは人一倍強く、いさぎよい位に、罪を一人で背負うことは平気であった。ここが、級友や教師に買われたのかも知れない。

その頃は防空壕を掘ったり、土をはこんだり、畠でいもをこしらえたり、正式の教室内の授業より、作業の方が週に何時間も多く、戦時でやむないとはいえ非常な労働であった。私はよく働いた。名誉ある役目がら、しなければならなかったし、信仰の精神が、働くことの喜びを私に強制したのかもしれない。数珠を右腕にまく私は、教師や生徒から変人あつかいをうけていた。それに私は口のまわりにひげが生え出していた。母は幼い頃から子供の顔をそらないように床屋に命じていたので（私達は月に一回、床屋が出張して来て日のあたるヴェランダで、消毒のにおいのするヴァリカンを首すじにあてられることを習慣としていた）うぶ毛が顔中密生していたのだが、私のは殊に濃く、それが女学校へ入った頃から目立って来ていたのだった。まゆ毛は左右太く大きく真中で堂々と連結しており、上唇のまわりのは波うつ程であったのだ。同級生から笑われた。何故そらないのかと云われた。私は、その理由からも、かわった人だ、と思われた。私はこっそり父の安全カミソリで、眉毛と口のまわりの毛をそり落した。まゆ毛はかたちんばになり、猶更わらわれた。カミソリの効果は逆であり、ますます濃い毛がニョキニョキと生え、私は遂に剃っても剃っても追いつかずに断念してしまう気持になった。そして髪の毛さえ手入れしなくなった。三つ編みにしたり、おさげにしたり、肩のへんでゆらゆらさせることが面倒で、朝起きても櫛を使うことは滅多になかった。ガシャッと大きなピン一つでとめて、後からみればまるで嵐が起っているように見えるらしかった。

もんぺをはいて防空鞄をさげ、防空頭巾やゲートルや三角巾や乾飯をその中へつめて毎日持ち歩いた。未だ国土来襲は殆どなく、夏の間は、近くの海岸へ泳ぎに行ったり山登りをしたりすることが出来た。顔や手足は真黒になり、私の身体は健康であったけれど、秋になる頃から、私の持続していた南無阿弥陀仏の信仰があまりにもたやすすぎ、かえってそれが不安になりはじめた。私はもっと苦しまねばならない、もっとこらしめを受けねば救われないと思い始めた。称名を唱えながら唱えている自分がはっきりした存在になり、没我の境地にはいれなくなった。私は私を意識することが、私と仏の距離を遠くした。私は禅の本にふれてみた。菩提寺の和尚に話をきいた。大乗か小乗か、自力か他力か、私はこの岐路で相当考えなおしはじめた。心の平和は失われていた。しかし私の年齢の頭脳で、はっきりした確信をつかむことは不可能であった。私は気分をその迷いの中から他の方向へ転じさせた。絵を画くことであった。父と共に南画を習いはじめ、仏画や風景をやたらにかきなぐりながら、そこに一つの宗教的な平静さを見出すことが出来た。しかし、数珠だけははなす気にならなかった。東洋的な感覚に魅かれて行った私は、ピアノを弾くことを止してしまった。人の作曲したものを、どんな感情で作ったかもわからずに、自分がそれを弾くことは馬鹿げているような気さえした。母に泣きつかれ、先生に懇願されたが、近所の人達の口がうるさいという理由にして、――鳴物禁止時代になっていた――その代り、お茶とお花とを絵と共に習いはじめた。お茶は性に合わず、同じことをくりかえしで縛られるのに嫌気がさし、お花は、その師匠は進歩的な人で、自分勝手に活けてみることをさせてくれたので、絵と共に長くつづいた。創作することは面白かった。盛物と云って、野菜や果物をもりあわせることは非常にたのしみなことであった。私は、山でひろった木の根や、石ころを並べたりして、毎日のように床の間のふんいきを変えた。

戦争はいよいよはげしくなった。体の病弱な姉は休学して、三つ県を越した南の小さな島へ療養にゆき、つづいて弟も疎開したが私は居残って女学校へ通っていた。母は度々その島と往復し、魚や米を土産に持ってかえった。乳母は姉達についてその島へいったっきりであった。工場へ出勤している兄と、一人になった女中と、国民服をきて丸坊主になった父と、簡素な生活になっていた。ごたごたしたうちに進級し、私はひきつづき幹事を命令された。その上、家が学校の近所である理由から、学校を守るために帰宅した後でも警報が鳴れば登校し、たくさんの役割を仰せつかるようになり、自習する暇も、考える時さえ縮められていった。戦争、戦争、そのことが一時も頭をさらず絶えず神経がピリピリしていた。父は二三年前より喘息が発病し、彼岸の頃になると決ったように起り、戦争や会社の任務の影響でそれがだんだんひどくなって来ていた。——父はこの戦争に対して非常に悲観的であった。

凡そ自分の感情を奔放に発揮することの出来ない時であり、女学生達は萎縮してしまっていた。私は少ない二三の友達と小説をよむことで小さな夢を持った。学校で小説を読むことは禁じられていたが、新聞紙でカバーし、休み時間や放課後ひそかによんだ。そして、恋愛ということに非常な関心を持ちはじめた。

四月のまだうすら寒い頃であった。閑散とした本屋で、雑誌をぱらぱらめくりよみしていた時、私はある一頁の右上にある写真をみて、自分がひきずられてゆくような感じを抱いた。それは特攻隊で戦死をした海軍士官の写真であった。今までは壮烈な死を遂げた勇士の報道に、大した感動もなかったのに、偶然ここに見出したその人の写真に、戦争という意識を抜きにしてひきずられたのだった。彼と何処かで会ったことのあるような気がした私はその雑誌を買い、その頁を破った。そしてその記事は一行もよまないで、その写真をじっとみていた。たしかに会ったことがあるのだと信じるようになった。それは、私の心に描いていた男性の面影と同じものであった。白い手袋をはめたがっしりした手を握ったような感触まで仮想し、それを信じ始めた。妙な感情であった。私は彼に恋愛感情を抱いているのだと思い込んだ。幼い頃よりの、おかしな想像力と、悲劇を捏造したがる趣味とが、忽然と又出現したのだった。真暗にした応接間のソファの上で寐ころびながら、彼の名前を呼びつづけたりした。それに、その時分流行していたコックリさんに、私の愛している人は誰ですか、とおうかがいをたてたら、彼の名が指された。私はますます彼に対する変な恋愛を深めて行った。

学校での労働はますばかりであった。日曜日も作業があり、馬糞を荷車につんで運んだり、畠仕事や防空用水の水汲みなどをやった。勉強の時間はわずかになり、英語は全くなくなってしまった。数学は相変らず出来が悪く、級長は看板か、と毎時間しかられた。裁縫もその通りで、どんなにきれいに縫ってみたいと思っても何度も何度もほどきなおしをせねばならなかった。

しかし私は真面目な生徒として先生間にもてていた。役目がらの義務観念より仕方なく真面目さを装わなければならなかったというだけで、自分自身拘束された身動きとれぬ恰好があわれっぽいとも感じた。やはり、規律とか秩序が窮屈であった。以前のように、なに臆するところなく飛びまわりたいという気持は絶えずあったわけなのだ。しかしもうその頃、子供の領域を脱していたから、縦横無尽に動くことは出来ないのだという諦めも半分あった。

私の隣の席に熱心なカトリック信者がいた。アリーよりももっと独断的な信仰の持主で、私をしきりにカトリックへとひっぱった。教会へゆく人は教会へゆく度に一人ずつ信者をふやす義務があるようにさかんに彼女は級友を勧誘していた。私は二三度教会へゆき、マザーと話をした。公教要理は滑稽だったし、神父の説教は矛盾していた。戦争中の宗教は政府からの弾圧があるのか云い度くないことを云わねばならず、云い度いことを黙っておらねばならない教会の立場であったのかもしれない。その頃だったか、もっとそれ以後だったかはっきりしないが、教会で選挙運動があった。神父が説教の半ばに、推薦演説をはじめたのである。これには全く顔負けしてしまった。私は、カトリックの教理をつかまないままに教会行はやめてしまった。しかし、仏教の信仰もまた徹底しておらず、碧巌録や、歎異抄や、神の話をあれこれよんだが、勿論、解らないままであった。又精神修養の講話もききに行った。蟻や羽虫を気合いで仮死状態にすることも覚え、運動場で実演をみせたりした。

疎開する者が増し、組の人員も目立って減って行った。夏すぎになると戦争は悪化してゆき、不安なサイレンを度々きかなければならなかった。授業は殆どと切れ、きまった時間にきまった仕事を仕上げるのが無理になって来た。

ある日、警報下のことである。私は情報部員であったから、ラジオの傍で筆記していた。その日に限って、それがどんな動機もないのに私は自分の惨死姿を頭のすみに、うろうろ浮ばせた。三四年前、死ということをはじめて知った時、私は別に深刻にかんがえるだけの知識を持っていなかったし、自分が死に直面しているとは勿論思わないでいたのだが、この時は、何かせっぱつまったものを感じた。ラジオの報道はさっぱり耳にはいらない。決して死への恐怖ではない。唯、私が死ぬ、私は死ぬ、という三四年前よりもっと具体的な、死に対する衝動であった。私はじっとしておられない。私は死から逃れようとする本能的な感情が、突然、紙や鉛筆をうっちゃって表へとびだす行動に現われた。私は死に度くない。私は生きておりたい。死がおそろしいのではない。けれど私は自分の命を愛しているのだ。生徒達は壕にはいっていた。私は人の居ない運動場を走りぬけ山の方へ突進して行った。別に、山の方は弾丸が来ないからというような常識的な考えは持っていなかった。唯、じっとしておられない感情で走り出したのだ。高い山の崖下へ来た。走りつづけることは肉体的に不可能であった。笹むらへ身を投じた。私は眼を閉じてうつぶせになったまま、走り度い精神と、走ることが出来ない肉体との交錯を感じた。私は、人間が戦争のために不自然な死に方をすることに対して別に何も感じてはいなかった。唯、一人自分の死に対してだけ思いつめた。

　何時間そうやっていたのだろうか。私は考えながらうとうと眠りだした。私は手足を太い縄でしばられるゆめをみた。私は眠りながら数珠をひっぱった。手くびからはずれないで細いより糸はぷつんと切れた。こまかい玉がくさむらにころがった。私はそれがゆめなのか事実なのか判断つかぬままにうすらさむい夕刻まで気づかずにいた。

学校では大騒ぎになったらしい。人員点呼をせねばならない人が居なくなったのだからすぐに捜索がはじめられたのだろう。私の名を呼ぶ声がきこえた。私はそれでもじっとしていた。崖下に女の体操の教師の姿がみえた。彼女は私をみつけた。私の防空頭巾は真黒で朱色のひもがついているので殊に目立つのだった。

「まあ、どうしたというんです、一体」

私は何も云わずに彼女の後に従った。

私はその女教師から主任の手へまわされた。主任は、出っ歯のスパルタ式教育と自称するいかめしい男の歴史の教師であった。彼は、私の責任や義務を追求した。私はだまったまま彼の肩越しに暗くなる窓外をみていた。彼はいらいらして来て、矢継早に質問を浴びせかけた。私は更に無言のまま、叱られているとさえ思われない状態でいた。私は、右手と左手とを前で握りしめた。数珠はなかった。私ははっとした。

「その姿勢は何だ」

彼は私の両手をつかみ両脚の側面へ、まっすぐ伸ばさせた。私は直立したまま口を開こうとしなかった。いきなり頰に強い刺戟を感じた。私はよろよろとなり思わず膝をついた。

「たてれ」

私はたたなかった。痛いという表情をして涙までこぼしてみせた。説諭することはかまわないが、生徒に手をふれてはいけないという学校の規則があった。彼は反則して私を撲ったのだった。彼はそれに気がついたらしく五分位した時、いやどうも、と口の中でもぞもぞいうなり扉をガシャンとしめて出て行った。私はすぐに部屋をとび出して家へかえった。

父の喘息に転地をすすめる人がいて一週間程前から、姉達の島へ父は母と共に養生に出かけて留守であり、女中が一人、広い家を守っていた。兄と二人、うすぐらい電灯の下で沈黙のまま食事をした。私は、その翌日から登校する気になれず、二三日無届けで家にごろごろしていたが、学校から調べが来るという情報が生徒よりはいったので、一週間欠席届を出して親達のいる小さな島へ旅立つことにした。女中は心配だと云った。私はふりきって、兄には無断のまま朝早く弁当と防空鞄をぶらさげて電車にのった。田舎まわりの電車に、二三度乗換えなければならなかった。しかも連絡しておらず、一時間近くも待合すこともあった。買出しの人で電車はぎっしりつまっており、ドアにぴったり胸を押しつけられたまま、百姓女の髪の毛のむれた臭いや、生臭い着物の臭気で呼吸するのも不愉快な状態を三時間もつづけねばならなかった。目を閉じて私はドアの横のたての手すりに手をかけていた。うつらうつらしていた時、私はふと自分の手の上に冷やっとした感触を瞬間的に感じ、つづいて又、その温度がだんだん暖まってゆきながら、強くかたいように感じて来た。私はうすく目を開けた。手であった。男の手であった。ごつごつした大きな黒い手で、私の手の上にしっかりその手は重ねられていた。私はその手から胸へ上体へと目を移し顔まで来た。戦闘帽をかぶった工員風の若い男であった。私は自分の手をその手の中から脱出させることを試みた。すると更に強い抵抗をもって握りしめられた。私はおそろしくなった。けれどもそのままじっとしていなければならなかった。私はその感触の中から次第に快いものを感じるようになった。私はふたたび目を閉じた。私は上体をその男の反対側にねじって手だけを彼の方にさし出しているような恰好で、次の乗換えの駅まで来た。その男も降りて何の感傷もなくさっさと違ったホームへ階段を降りて行った。

小さな箱のガタガタの電車にまたのりかえて、今度はポンポン蒸気船に二時間近くゆられた。島や岬や入江の間を、油をながして船はすすんでゆく。都会風のたった一人の娘っ子を、田舎の学生や男達はじろじろとみる。私は巾一米半位の上甲板に寝ころんで、空と雲と風のにおいにひたっていた。のどかな秋の夕ぐれであり、時折、ぴしゃっとしぶきのあがるのをみながら、孤独だということのさみしさを一人前に知ったような心になって、頬に涙をつたわせたりした。私は両手をにぎりしめた。先刻の男の手が頭の中に蜘蛛のようにはびこっていた。私は急に不潔なものにふれたような気持になって、水の面へ精一杯はげしい唾をはいた。白いあぶくは船の後へ流れて行った。

あたりがまっ暗になってしまった頃、こわれかかった汽笛が鳴った。目の前の島の船着場に小さなあかりがみえた。村の子供達が、手をふっている姿がだんだん大きくなって私を不思議そうにみる表情まではっきりわかって来た。私は肩に鞄をぶらさげて、ピチャピチャぬれている船着場にとび降りた。八十軒しかない村なので、姉達のところを子供にきくとすぐに私が下娘であることを知り、小声で、スミチャーンと呼んで私の荷物を持ち先立って案内してくれた。みんな姉の友達なのである。一人の十すぎの娘は、私の着ふるした洋服を仕立て直して着ていた。トシチャンが仕立ててくれたの。姉の名を親しげによんでいた。

父は私の突然の来訪を不審がり何かかんかと質問を発した。母は、私がきっと肉親の情愛を慕って来たのだろうと勝手な解釈をしてよろこんだ。乳母は一人旅の私を驚いた。姉と弟は私を唯いらっしゃいと迎えた。

私は自分の行動を反省してみた。私は責任ある自分の学校での位置をかんがえた。しかし、私は自分の感情に従うことをあたり前なのだと一時的な結論を下した。白米と魚のさしみを食べて私は旅の疲れにぐっすり眠り込んだ。

翌朝目をさました私はこれからどうしようとも思わず、姉と弟と村の子供と散歩をした。私の中に、もう仏教的な安心感もなく、恋を恋したあの戦死者への想いも失せていた。私は宙にういているような自分に叱責を与えることもしなかった。戦争だとか、必勝の信念だとか、そんなものも私の中に存在しなかった。

てんま船にのって向岸の海岸まで遊びに出た。姉は巧みに艪をこいで田舎の歌をうたった。私は姉や弟や父母に自分の静かでない心境が現れることをおそれ、ひたかくしにかくして頰笑んでいた。しかし、この島にいても私の気持は落つくことが出来なかった。肉親への虚偽の笑いは苦行であった。私は学校が五日間休みだからと云う理由にしていたのだが、三日目には帰ると云い出し、母と二人で神戸へ戻って来た。母はその翌々日に島へむかった。私は久しぶりで登校し、又もや主任教師に二時間たたされて説諭をたまわった。私は幹事をやめさせてくれと懇願した。然しそれはきき入れてもらえなかった。私はその日から、号令や伝達や作業にいそしまねばならなかった。粗食と疲労で肉体はげっそりしてしまい、その上、戦争のために、国家のためにという奉仕的な気持をすっかり失っていたことが余計体に影響し、私は作業中に度々卒中を起して休養室で寐なければならなかった。私の生命に対する強い愛着を、まるで捨ててしまえという自分以外の力。戦争や、その影響をうけた教育など。耳にきこえるもの、言葉、目でみるもの、文字。それらが、皆私の反対の位置であり、私を苦しめた。私はそこからうまれたひどい虚脱状態の後、私一個の生命に対して愛やあわれや深い意味ある感動を、全く失ってしまうことが、かえって、私の生命をひっぱっていてくれるように思えばよいのだと考えなおした。

第五章

年があらたまって、上級生は次々と動員されて出て行った。三学期に新しい国語の教師をむかえた。女の独身の情熱家であった。私は彼女の浅黒い粘り強い皮膚に異様な魅力を感じた。彼女は頭髪を一まとめにして後で束ね、眉間にいつも皺をよせ、なまりのある語調で（九州人であることはじきにその言葉でわかったのである）高村光太郎の詩を朗読した。その詩は九軍神に捧げられた勇しい詩であった。

彼女の手に触れたいと思っていた私は、ある授業時間の始まる前、故意に出席簿を先に持って来ており、それを教壇のところにたっている彼女の前へうやうやしく持って出た。

「ああ、探したのですよ、教員室にないかと……」

「失礼しました。ちょっとしらべ度いことがありましたので」

私は細長い形のうすい出席簿を彼女の手の上にのせた。素早く右手をのばして彼女の指先にふれてみた。何気なく。しかし、その瞬間、非常につめたいその指先の感触が、私の手から胸の方へいきおいよく走った。私は一礼すると座席についた。彼女は栄養が足らないのだ。一人故郷をはなれて自炊しているんだから。私はそんな空想をしながら彼女の激烈な言葉や、黒板にチョークをたたきつけるようにしてかかれた大きな文字を、心に沁みこませた。しかしその内容にはあまり興味はなかった。

彼女と懇意になりたく思いながらその機会をねらっていた。ある朝、私は登校する時、偶然彼女と並ぶようになった。彼女は思ったより背が低く、しかも胴長であった。紺色のもんぺの膝のところに四角い継ぎがしてあった。小さい縫目であった。私のもんぺの膝のところにもつぎがあたっていた。茶色のもんぺに紺色の布が黒い大きなずぶずぶした縫目であてがわれてあり、ところどころがういたりつれたりしていた。

「あなた、おもしろいね、このつぎ」

語尾をいちいちはっきり区切って彼女はくつくつと笑った。私は、はあ、とつぶやいた。

「ああ、さむいね、やっぱりさむいね」

道が大きくカーヴしたところで、北っ風にぶつかりながら、彼女は元気よくそう云った。私は又、はあ、と云った。何も云う事がなかった。

次の機会、それは路上であった。突然、空襲警報がなり、道の防空壕に私と彼女は、警防団の人達の命令で他の通行客と押づめになりながらいそいではいった。私は彼女の手と握り合っていた。彼女の呼吸が近くできこえ乾草のようなにおいを感じた。

「故郷はいいよ。松原があって、しろおい砂浜があるの。田園があって、森や鎮守様や。あなた、都会っ子ねえ、そうでしょう」

私は、私も田舎育ちであり、そこも又、白砂だったことを告げた。

「ああそう。たび、したいねえ」

天井にぶつかりそうになりながら、頭をくっつけ合わせて小声で喋った。彼女は、私に遊びに来るようにと告げた。そして、小さな手帖の紙に、地図と番地とをしるして私の手に握らせた。私は、明日の日曜日は作業のない日だから伺いますと云った。解除になって、私と彼女は壕の上で別れた。

翌朝、私はにぎり飯や飴玉を持って彼女の下宿先へ訪問した。彼女は縁先で、梅の花を竹筒にさしていた。彼女の挿し方は乱暴で、三本の梅の枝がつったっていた。私は苦笑した。彼女は旅行記念の手帖をみせてくれた。俳句や和歌や淡墨の絵があった。ひるまで、私と彼女は絵をかいた。彼女は般若の面を荒々しく画いて私にくれた。私は観音のプロフィールと梅の木とを、半折に配置してやはり墨だけでかき、彼女に捧げた。

「うれしいね。私は……。私、学年があらたまると故郷へかえるの、時々眺めてあなたを思い出すの」

私は、ぜひ神戸に居てほしいとは懇願しかねた。彼女はやはり肉親の許へ帰るのが当然であり、私がひきとめても仕方ないことであった。それに、教師は教授するのではなく、共に工場で働くためのものでしかなかったからだ。

「私、神や仏を信じてない。私、自分を信じているの」

近くの山へ散歩した時、ふっと彼女はそう云った。

「唯、寺や仏像が好きなだけ。あなた、仏教信者？　教員室で噂きいた。……」

「何もかもわからなくなってしまって……わからないままにかえって強くなったみたい。わたし、数珠を捨てたの……」

「自信を持つことね。自信をもつことよね」

彼女は私の手をにぎりしめた。それはごつごつした男のような手であった。

彼女は学期の終りに、辞職の挨拶をして九州へかえって行った。

学期があらたまると殊更私はいそがしくなった。そのまま幹事を任命され、いよいよ工場へ出陣することとなった。誓書、といういさましい文章を講堂でよみあげた。とにかくいそがしいことが、私の自分勝手ななやみのはけ口にもなり、自然、なやみもわすれてしまうようにもなったのではあったが、度々神戸も空襲され、すぐ近所まで焼け跡になり、死傷者が続出すると、私の心の隅に、ふたたび死ということが、鮮明に刻みこまれるようになった。私は真白の数珠を右腕につけた。死がおそろしいのではなかった。死を常に意識するようになり生きているということに何らかの意味を持たせたいと思った。私はこの頃、自分は罪を犯したものである、と思うようになった。それは瑣細な罪であったかも知れないが、小さな胸にはそれだけのことでも大きな負担であったのだ。私は、自分を罰さなければならないと思った。そして、死の後の世界をはっきりと感じるようになった。私には、地獄極楽があるということは人間にとって大へんな不幸だと思った。生きている間、悪事を働いても、死んでから位、苦しみたくないようになりたいものだと考えた。それは虫のよすぎる話である。私は毎夜、火の中にたっている自分や、針の山をあるいている自分の夢をみた。これは苦悩であり、私の罪への罰則かもしれないとも思った。私は、仏への信仰によって救われたいと思った。

空襲がひどくなり、父母や姉や弟達は、すっかり神戸へ引揚げて来た。何故なら、誰か一人家族が死ぬようなことになるなら、一しょに居り度いと考えたのであろう。一時でも、顔を見合わせている方が安心だと姉は云った。私は毎朝早く起き、水をかぶり、南無阿弥陀仏を唱えた。大乗の道は私には最初からあまりに苦難であったから結局私は称名によって救われることをのぞんだ。くるしみたくはない。これは当然考えられるべきことであった。

電車に乗って工場へゆく、工場は航空機の部分品をつくるところであった。私達はそこで手先の仕事をした。豆粕や高粱のはいった弁当や糸のひいたパンをたべた。空襲警報がなると、十分間走って山の壕まで行った。五月のよく晴れた日、工場地帯を爆撃された。山の壕でもかなりひどいショックを受けた。私は壕から十米もはなれた小さな神社の社務所でラジオをきいて、メガホンで報知していた。しかし、頭上に爆撃をうけているのだから報知する必要はないのである。それにすぐラジオは切れてしまった。主任教師は大きな木にかじりついてふるえていた。あの恐しく強がりな彼がまあ何と不恰好なと、もう一人の報道係と苦笑した。しかしその女の子も恐しいと云って壕へかけて行った。私は仕方なく、ガラスがふきとんで危いので、草原の庭へ出て、寝ころんで本をよみ出した。私には、空襲や爆撃は恐しくはなく、それより自分の罪に対する罰の方が恐しかったのである。私はたしか尾崎紅葉の小説をよんでいた。「二人女房」だったと思う。小説をよんでいる間私は夢中にその作品にとびこんでいた。私はかなり長い間であったろうか、それをひとりよんでいた。空襲はおさまり、時々、破裂音がお腹の皮をよじり、生徒の泣き声がしていた。私は、ふと傍に泥のついた軍靴を発見した。主任教師である。私の下から見上げた視線と、彼の黒ぶちの眼鏡越しに光る視線がぶちあたった。いきなり彼は私の本を足でけった。私はかっとして立ち上り、教師をにらみつけた。

「何たることだ、職務を忘れて小説をよんどるとは……」

私は本を拾おうとした。

「きいているのか」

続く怒号。ふと木の間よりみれば、生徒は整然と並んでこちらをみている。私は仕方なく詫びた。詫びることは簡単であった。教師は本を自ら拾い、その題字をみて更にぶるぶる怒った。

「こんな本をよんでいいと思うのか……」

その本は彼の手に固く持たれ、返してくれなかった。私は、自分の場所へ戻って、生徒の人数を数え、報告した。

工場も被害をうけた。鉄道も三本ともストップしてしまった。私は、四里の道のりを、線路づたいに歩いてかえった。

翌日から工場は仕事がなかった。電気がつかないし、仕事の原料がもう他の工場から送ってこないのであった。それに、毎日空襲で山へ避難せねばならなかったから、殊更、何をしに工場へ通うのやらわからなかった。毎日、通勤の生徒の数が減って行った。丁度、その頃、学校の建物の大半も焼けてしまっていた。私達は交替で焼跡整理に学校へ行った。赤くなった壁や釘のささった焼板や、ガラスの溶けたのをよりわけてその後を畠にした。極度の肉体的な労働は、もうその頃には、さほど苦にはならなかったが、働くことが無駄であるような気がした。何故なら、もうみんな死ぬ日が近づいているのにと考えたからだ。

六月の夜半に大きな空襲があり、私達の住み馴れた生家はすっかり焼けてしまった。私は、自分の家に何の未練もなかった。其処にある思い出は、凡そ罪の重なりであり、不快な臭いの満ちた事件ばかりであったから。

物干台へ出て、父と二人で市内の焼けてゆくのをみていた。それは全く壮観であった。ざあっという音と共に、殆ど飛ぶように階下へ降りた。もうあたりは火になっていた。足許で炸裂する焼夷弾の不気味な色や音。弟と女中と姉と私は、廊下を行ったり来たりした。母は祭壇の中の、みてはならないものとしてある金色の錦の袋をもっていた。父は悄然とたっていた。

「こわい、こわいよ！」

泣きさけぶ弟はぴったり私に体をよせてふるえていた。やっとの思いで表の道路へ飛出ることが出来た。消火することは全く不可能である。兄は工場の夜番で戻っていなかった。乳母は田舎に残っていた。私達は不思議に死に直面しながら死ぬのだとは思えないでいた。そして感傷にひたっている余裕さえなかった。道路には大勢の避難民が、ぞろぞろ歩いていた。私達も何処へという目的もなく歩き出した。何時間かたって空襲がおさまった時、父は会社へ出かけて行った。私達は同じ県下の、電車で四五十分はなれた田舎にいる祖母のところへ、その朝から歩いて昼すぎにやっとたどりついた。母と私はトラックにのって夕刻又神戸へ引かえした。焼土はまだくすぼっていた。父は執事や叔父達と其処で後始末の打合せをしていた。金庫が一つ横だおれになっていた。ピアノの鉄の棒が、ぐんにゃりまがって細い鉄線がぶつぶつ切れになっていたし、電蓄も、電蓄だと解らぬ位に残骸のみにくさを呈していた。本の頁が、風がふく毎に、ぱらぱらくずれて行った。私は何の感傷もなくそれ等の物体の不完全燃焼を眺めた。その日から、本家の邸に移り住むことになった。郊外の堂々とした石壁の家であり、本家の伯父は、祖母の疎開先へいれ代りに移った。

そこで私達は、父の妹の未亡人と、その娘、息子と、遠い親類の焼出され家族七人と、混雑した生活を送るようになった。

朝弁当を持って出ると、級友の罹災調べや、学校との連絡や、もうすっかりやけた工場は自然立消えになっていたので、その時の給料の配布や、日中はそんなことをしていそがしい時を送った。用務以外の時は、友達と話ばかりをしていた。親しい友達といっても、心の底から打ちとけて喋ることの出来ない私は、絶えず自分をポーズさせて本当のことは云わなかった。いり豆の鑵をそばに置いて、寝ころびながらｓｅｘの話に戦争も時代も忘却したこともある。これは悲しい話であった。何故なら、男性への接近は絶対に遮断されていたゆがめられた青春であったから、胸の中に燃え立つもののはけ口がなかったのだ。

焼けっ原を見降しながら、山崖の草いきれの中で私達はゆめをみた。現実とは凡そかけは なれたものでしかなかった。日がくれると、私は仮屋へ戻った。計量機の上へ丼をのせ、ほとんど豆ばかりの御飯をついで、大勢の家族はいそいで食べた。日曜日は家の焼跡の整理をした。金庫の中の真珠はすっかり変色してしまっていた。ダイヤやプラチナはぜんぶ政府に提供していたから、真珠位が宝飾品として手許にのこっていたのに、それももう使うことも売ることも出来なくなっていた。父の大事にしていた陶器類は、二三無事であったが、それも、水をいれればもってしまう花瓶や茶碗であった。私の絵の印は、二三コ汚れたまま土の中から出て来た。それは喜ばしい発見であった。絵をかくことをはじめた。それから大勢の家族で句会もはじめた。梅雨の時分の毎夜であった。しかし又、二カ月して八月の六日の空襲でその邸も焼けてしまった。

丁度、兄が入隊した晩であった。制服に日の丸の旗を斜にかけ、深刻な顔付で敬礼して駅頭にたった兄へ、私は肉親への愛情のきずなを感じた。兄弟の中で一番兄と気があっていたから両親以上に慕っていた。その夜は、何もしないですぐに床の中に入っていたのだが、空襲警報がなるまで起き上らないでいた。殆どそのしらせと同時に飛行機や焼夷弾の音を耳にした。私はベッドからころがり落ち、まるい蚊帳に足を奪われながら、寝まきの上にもんぺを着て階下の大勢の人のところへはしって降りた。その間、何分か数えられぬ位のあわただしさであった。そしてすぐに家を出た。立派な日本館と西洋館とが鍵形になった邸ではあったが、愛着などあろう筈はなく弾が落ちない前にもう逃げはじめた。一行十六人の群は、川堤を行ったり来たりして弾の落ちて来るのをさけた。あたりのお邸はどんどん燃え出し、今捨てて来た家も共に見事に炎上し始めた。山の方へ行っても弾はふって来る。南の方から火の手が揚がる。うろうろしながら、森林のある焼け残った家へ避難した。一時間位、ここで死ななければならないのだと覚悟をきめて、庭石にすわっていた。私の口からは御念仏が自然にもれた。母はのりとをあげていた。今度こそ焼け死ぬだろうと思った。私はみにくい死体を想像した。焼けこげになったもの、水ぶくれになったもの、裸のもの、衣服がちぎれて肉体にひっついているもの、私は既に多くの死体を目撃していた。霊魂を信じなければと私は思っていた。私は自分の死体の中から離れてゆくものを想像した。それは、まっ黒のたどんによく似たものであった。水晶のように光り輝いている魂ではなかった。私は必死になって念仏を唱えながら、そのたどんの黒さがうすらんで来、だんだん透明になるような気がして来た。私はひるまず、「ナンマンダブ」をとなえた。ふっと我にかえった時、あたりは静かになって来ていた。飛行機は去り、炸裂音も、その間隔がだんだん長くなって、思い出したように、あちこちで鋭い音を発し、わずかな震動が身体にひびいた。

私は死からまぬがれたことを知った。私は念仏を中止した。その日、私達の家族はちりぢりになって二、三人ずつ人の家に泊った。私は体の節々の痛みを忘れてぐっすり眠りつづけた。

翌日、やっと一軒の疎開後の空屋に父母姉弟と叔母家族と一しょに移り住んだ。七人の遠い親類は田舎の方へ別れて行った。空虚な生活がはじまった。一週間、言葉を発することも厭うようにお互に顔をみるだけでいた。姉も弟も従姉も病気になった。疲労と極度の恐怖から食事をすることも出来ない有様であった。ソ聯が反対側に加わり、原子爆弾が広島と長崎に落ち、そして敗戦の日が来た。十四日の晩に父は家族を集めてそのことを伝えた。私達は更に何も語らなかった。深い感動もなかった。私は、戦争が終ったということをそんなに喜びもしなかった。私の生命に青信号が与えられたかも知れないが、戦争にこじつけて、ある精神的な苦痛の忘却や逃避も容易に可能であったし、考えなければならない自己の行動をそのまま放って置くことを平気でしていたのが、急に、時間や心の余裕が生まれたので、それが、かなり自分自身をみつめることを強いたのだ。私は、それが決して喜びではなかった。かえって大きな苦痛であった。今まで少し考え少し苦しみ、それにはっきりとした解釈をつけないままに通して来た。戦争が、中途半端な結論しか私に持つことをゆるさなかった。仏教に対しても、死に対しても、つきつめるだけつきつめることは出来なかった。それは、案外、楽なことであった。私は、ここで自分が何を為すべきかを考えねばならなかった。

私の父は銃殺されるかもしれないと云った。そして神経衰弱に罹ったように、絶えずいらいらしていた。確かに沈鬱な家庭であった。大豆をゴリゴリひいたり、道端の草をゆでたり、そんなこと以外はお互に何か考えているような表情で笑いもなく毎日を送った。

一カ月して兄が帰り、そのことだけは皆喜んだ。私は暇な時間を嫌った。学校がはじまった。校長や主任教師の演説は耳に入らなかった。全くそれは滑稽なほどおろおろした宙に浮いた話であった。英語が復活し、焼けのこった講堂を四つに仕切って授業が行われた。然し、焼跡作業や、壕くずし（一年前に血みどろになってこしらえたもの）や防空設備のいろいろな物体をこわすことが殆どの日中の時間をしめていた。

選挙でもってふたたび幹事になった私は、仕方なくよく働かねばならなかった。私は数珠を持ち念仏を唱えていた。それは考えることをする前の空虚さを満たす努力でもあった。読書もするようになった。しかしそれは一向に頭にはいらなかった。学校の行きかえりの電車は大へんな混雑であり、窓から乗り降りすることが何度もあった。荒々しい感情が街にみなぎっていた。しかしその中に虚無的な香りもかなり強かった。私はぎゅうぎゅう体を押されながら、人の談話をかなしい気持できいていた。だんだん家庭内では落ちつきと静けさがただようようになった。父は公職追放されただけで、銃殺など懸念することはなかった。週に一度句会をやり、その日はたのしみの一つであった。又、その借家にピアノが置かれていた。私は楽譜なしに、その時その時だけのメロディをつくってたのしんだ。けれど二カ月位してその家の主が帰って来るというので、私達は会社の寮にしていたある御邸の部屋を間借りすることになった。もともと私達の家庭では親子の間でも感情を抑制する躾がほどこされているようであったから、親類と同居するようになってもさして気兼に感じないで生活出来た。目前にやって来る冬支度や、毎日の食べ物のやりくりやらで秋の夜長はどんどん過ぎて行った。戦後日がたつにつれ、私は考えるようになって来た。自分の生活に目的がないことはさみしいことだと思った。当時、もう尼になり度いとは思わなくなっていた。何故なら私は非常に人間愛に渇え、人間を愛したいとばかり思うようになっていたのだ。人と人との接触の中に、私は喜びや生甲斐を発見するのだろうと考えた。誰かを愛して居り度いと思った。そして自分の愛情に応えてほしいとのぞんだ。私は兄の友達や、電車通学で会う若い人に気持を奪われてみたいと念じたけれど、誰もかも魅力はなかった。

学校はだんだん学校らしくなって来た。女性同志の恋愛ごっこのようなものが急に流行しはじめた。リボンを頭につけたり、定期入の中に写真をしのばせたり、制服がそろわないので私服のゆるしがあるままに、色彩がだんだん華やかになって来た。私は女らしさに欠けており、又体裁をかまわないことを一種の誇のように思っていたから、相変らず戦争中の作業衣ともんぺを着て頭髪はもしゃくしゃにしていた。ところがそういった風貌が宝塚の男役のように女性から慕われた。同級生達から毎日のように、ピンクやブルーの封筒を渡され、涙っぽいつづけ字の手紙をよまされた。私は手紙をかく事を好んでいたのですぐ乱暴な字でノートの端くれに返事をかいた。それ等の女性に対して何ら興味はなかったものの、手紙をかくたのしみだけで大勢の人と交際しはじめた。私の学校での生活は目立って注目を浴びるようになった。私は少しずつ活気づいて来て幼い時からの傲慢不敵さがにょきにょきと表面にあらわれ始めた。そして事件をもてあそぶようになって来た。何か毎日自分の身辺に新しいかわったことをこしらえたいと思い、それが自分に不利有利を考えないで唯その事件を面白がった。しかし数珠と私ははなれないでいた。数珠を巻いている事は大した信仰でなくなっていたけれど、私ははなさないでいた。習慣的であり、腕時計のようなものであった。

第六章

学期があらたまり、私は幹事をつづけ、民主主義の産物である自治会等の役もひきうけるようになった。私は何でもぽんぽん云ってのけた。それは愛校心とか、自由主義思想とかいう名目の下ではなく、面白いからであった。しかし私達の要求は殆ど学校当局にはきき入れてもらえず職員会議で一応相談の上という逃げ口上ですべて校長の独断で事ははこばれた。それでも私には大した影響はないと考えていたから、又何かの事件を持ち出してはその話を提供することを喜んでいた。学校復興のバザーだとか学芸会音楽会がしきりにもよおされるようになった。私は劇に出たり、独唱したりピアノをひいたり自作のうたを舞台の裏でうたったり(――何という心臓の強かったことだろう――)平気でやり、又人気を集めた。机や手提げカバンの中に贈物や手紙の類が舞いこんでいる。私の姿を廊下で追いまわしたりする人や、私の体にぴったり体をひっつけて泣き出す人や、私は別にうるさがらないで、それぞれ御礼の返事を出した。妙な快楽であった。その頃、やっと一軒家がみつかって、私達の家族だけ其処へ引移っていた。それは学校のすぐ下で、焼けた家からも近くであった。私は二階の半坪の洋間に、本棚と机をいれてやっと椅子を動かすことが出来るだけの狭さを喜んでいた。私は毎晩、四五通の手紙を書かなければならなかった。

その中に一人、女の教師の手紙があった。彼女は、以前私がその皮膚を愛した国語の教師の後を引ついでやはり国語文法を教えてくれていた。彼女には何の魅力も持たなかった。彼女は肥満した肉体をころがすように教場へはいって来て、よく透る声で古文をよんだ。アナウンサーになればよいのにと級長達と共に云っていた位、珍らしくはっきりしたそして暖みのある声であった。彼女は私によく居残りを命じ、山へ散歩しようと勧誘した。私はお供しながら、翻訳小説を静かに語ってくれたり、美しい詩を暗誦してくれたりする彼女の後に従って歩いた。ある国語の時間、一人ずつ五分間演説をさせられた。私は喋ることを得手としていた。何でもいいから喋らなければならない。自分の幼い時に起った話、空襲の話、家の話、出席簿の順番に私があたり、私は自分のことは喋りたくないと云って何かペスタロッチと吉田松陰のことを喋ったようだった。とにかく、よみかきそろばん、という口調のよい言葉を大層嫌っていたので、その言葉をくそみそにやっつけたように思う。彼女は憎々しく私の意見に反対した。私はそれに反駁するだけの知識を持っていなかったので無表情のまま眼を引きつり上げて彼女の顔をみた。その日の放課後、彼女は私のその時の表情がかわいかったと私に告げた。私は少しばかりの憤りを感じたが黙っていた。彼女はしばしば私に手紙をよこすようになった。私は彼女に、気随に書いた詩や雑文をみせて批評を乞うた。彼女は私の詩を愛してくれた。けれど、彼女は私の数珠をきらった。

「ゆめをみるの、あなたの手が、血みどろになった手だけが、私を追いかけてくるの、その手に数珠がきらりと光る。私は毎夜、そんなゆめをみるの」

彼女は私に数珠などはずしてしまえと度々云った。私は離さなかった。

彼女は一人で学校の礼法室の片隅に自炊していた。私はその部屋で日が沈むまで寐ころびながら彼女と二人で話をした。職員室の間では、私と彼女の関係があまり目立ちすぎるというので私は主任から叱られ、彼女は校長から注意された。私は別に彼女を愛したのではない。しかし彼女は話題が豊富であり、話の仕方が上手かったし、その声にふれることはたのしいことであった。それに、私は人に甘えることを今まで知らなかった。家庭に於いても、常に礼儀や服従を守らなければならなかったし、母は一段と高いところの人であったのだ。だから私は彼女に時たま御馳走してもらったり――それは南瓜の御菓子だとか、重曹が後口にぐっと残る蒸しパンであった――髪の毛をくしけずってもらったりすることが大きな喜びであった。その頃、私の家は財産税などで、だんだん土地を手ばなしたり家財道具を売りはなしはじめたりしていた。そうして父は衰弱し神経をふるわせてばかりいたし、兄が胸を患いはじめたり、姉の婚期が近づいたりして、ごったがえしていた。一家だんらんなど言葉で知っていてもどんなものかわからなくなっていた。帰宅して食事を採り、黙って各々の部屋へ引揚げ、寐る時刻になると勝手にふとんを敷いて寐てしまう。子供達は二階、父母は階下。そして各自に何が起ろうと全く知らない状態であった。子供は親のやり方に一切口出しは出来なかった。たとえば一つの物品を売るにしても、父の消極的な態度で損ばかりしていたけれど、一言でも文句を云えば父は怒り、親を侮辱するなと云った。私達子供は家産がどの位残っていてどんな風な経済状態にあるのかは知らなかった。唯、焼けた私の生家の土地も、本家の邸跡も、六甲の別荘も人手に渡っているらしかった。人の気持が金銭の問題で荒れて来るということは大へん歎かわしいと思った。それに私が女学校を出てから、先生になり度いから上級学校へ行かせてくれと頼んだ時、父母は真向に反対し、女は家で裁縫や料理をするものだとしぶしぶ肯定させられてしまう事件があった。丁度その前に、身体がよくなった姉も更に医者になり度いから医専へ行き度いという申出を拒否されていた。そんなことが益々親子の感情を対立させ疎遠させた。私の姉は、数学が飛びぬけてよく出来、夜通しでも、三角や因数分解をとくことがたのしみの一つだという位、女性に珍しい理科系の頭脳の持主であった。数字をみれば嘔吐したくなる私とは気持の上でも合う筈がなかった。姉はすぐに計算し、計算の上で行動した。私は無鉄砲向う見ずに気分のままで行動した。そしてお互に衝突しながら、衝突した途端に自分をひきさげ、奥までつっこんで行こうとはしなかった。姉もエゴイストであり私もエゴイストであった。

家庭内の不和を私はかの女の教師に告げて、自分の位置をどうすればよいのか相談した。彼女は常識的に親の意見に従うべきだといつも云った。私は腹立しく思ったが、別に彼女と喧嘩はしなかった。

そのうちに、学校で私にとって大きな問題が勃発した。一学期の終り近い倫理の時間であった。教師払底の時で、倫理を教える人は教頭という名目だけの凡そ倫理とかけはなれている音楽の教師であった。私は彼を心から軽蔑していた。というのは音楽をやりながら音楽的な感覚を持たない人であったから。彼はピアノをガンガン鳴らした。まるでタイプライターを打っているようだった。又彼のタクトはメトロノームと寸分の変りなく、拍子だけでその中に感情は全くはいっていなかった。その人が、勤続十何年のために教頭の位置にあり、倫理――公民と呼ぶ時間――を教えるのは全く滑稽であった。

私は彼が黒板に、善悪や意識だとか行動だとかいう文字をかき、それを説明するのをノートにとるのさえ馬鹿げているような気がして、いつも他のことを考えていた。その日もぼんやりしていると、突然、これから二十分間に自己の行為を反省し、善悪を理性で判断し、悪だと思った点を紙に書いて提供せよ。それを倫理の試験の代りにすると云ったらしい。紙がくばられた。私は隣の生徒に何事だと問うた。彼女は彼の云った言葉を忠実に私に伝えた。私は立ち上った。私は立てつづけにべらべらと喋った。私は絶対に嫌だと何度も云ったのだ。生徒はざわついた。彼は渋い顔をした。

「何のためにそんなことをするんですか」

彼は自己反省は大切なことである、と簡単に云った。私は反省は自分だけでやるものだと云い張った。そしてそれを試験がわりにするなどもっての他だと云った。私の言葉に、彼は更に怒号し、命令だと云った。私はどうしても受け入れないとつっぱった。そして最後には、

「失礼ですが、懺悔僧でもないあなたが、四五十人もの生徒の懺悔をききただしてその負担がどんなに大きいかお気附きじゃありませんか。私は自分の行為は自分で処理します。あなたに告白したところで何にもなりますまい。自分の悪い行為を人に告げてその苦しみが軽くなるようには私には思えません。しかもです、あなたは、たかが音楽教師にすぎないじゃありませんか」

私はそんなことを長々と喋ったように思われる。彼はピリピリと眉を動かし他の教場にまできこえる位の大声で私をののしった。私はかっとなってますます反対を押し通しだした。他の級友の中で、二三人が私を支持した。

「日記は人にみせるものではありません」

私へ毎日手紙をくれる瞳の大きい背の低い子がそう云った。他の大勢は半ば彼をおそれ半ばこの事件に時間がつぶれることを喜ぶような表情で私と教師の顔を見比べていた。私は自分の熱い頬に涙が垂れるのを知った。これは少女的な興奮の涙であった。

「悪趣味ですね、人の悪なる行為をききたいとは……」

　私はへんな笑いを浮ばせながら、涙声で云った。私は自分の罪をふっと目の前に浮ばせた。窃盗。カンニング。偽った行動や言葉。私は椅子にどっかり腰をおろした。

「先生。今あなたの満足がゆくように、私が従順に書いたとすれば、答案紙をひろげたあなたは驚愕と恐怖とそして後悔、そうです。あなたは自分の行為に後悔してしまう。たとえば、私が、淫売行為をしたとする……」

　組の中では大きな笑い声が発散した。しかし、この言葉を知らない人の方が多かった。教師は、私にあきれて物が云えないというような表情で私の顔を凝視していた。

「あなたは答案紙に勿論、可、あるいは不可とつけるでしょう。私の心理も、私の行為の動機も知らないで。唯、不可とつけるあなたは、実に無責任なことです。あなたがそこで若し、倫理の教師として考えることをしたならば、不可をつける前に、自分の責任が大きすぎて後悔するでしょう。感情的なおどろきおののきの後で……」

　彼は、非常な怒りでチョークを投げつけ、このことは一時おあずけだというような曖昧な言葉をのこして出て行った。

　私のこの事件はすぐに学校中ひろまった。私に対する生徒の眼がすっかり変ってしまった。私は不良少女だということになった。教員室では私の導き方をどうすればよいかと論議されていることをかの国語の女教師より耳にした。私は主任から又叱責をうけた。

学期が終り、通知簿の公民のところに、良としてあったことは私は全くおかしくてたまらなかった。

不良少女は二学期になってもその名は消えなかった。私のファンはだんだん減って行った。あの事件の時、私の意見に賛成した少女だけは私にまだ、すみれの花のカードなどくれた。私はゴヤの絵のような彼女をかわいがった。私はだんだん学校に興味を持たなくなった。そしてつまらない学課の体操や裁縫や商業の時間は殆ど欠課した。体があまり丈夫でなく、戦時中の疲労がその頃になって出て来て、私は歩くことさえ苦痛であったから、医者の診断を出して時々の欠課を大目にみてもらっていた。私は休養室で寐ながら、青空をみていた。小さな翻訳小説をふとんの中に押し入れてよんだりした。だんだん大胆になって、早退し、帰りに古い洋ものの活動写真をみに行ったりした。不良少女はほんものになって来た。私は一日学校をさぼって京都の寺院を訪ねたりすることもした。家には内緒で欠席届をかいて出した。私は、空気が自分の体に痛みを与えるように感じだした。秋の空気は真空のようであった。私は自分が生きてゆくことが非常に不安になりだした。何故生きるんだろうかと考えた。そこには何も幸福らしい幸福は発見出来なかった。私は、勝手気儘に生きたいと思いながら、それが不可能であることを知っていた。規則。法律。そして、未だに封建的な固いからをかぶっている家庭。学校での興味のない生活。数学をといても、商業の形式をならっても私とは凡そかけはなれた無理な勉強であった。私は何も喜びを見出すことが出来なくなった。束縛を嫌い、しかもその束縛からぬけ出る方法を知らなかった。私は、自分の感情だけで自由奔放に生きてゆきたいのだ。それなのに、家庭。学校。社会。すべて自分の感情を抑制し、無視し、自分らしい自分を伸ばすことが出来ないで生活しなければならない。人間とは、何とつまらない生活をしているのだろう。私は何事もする元気を失った。私は数珠を最期的に手から捨てた。私はすでに、神や仏を信じてはいなかった。称名を唱える刹那に於いても、不安と疑いの念がむくむくと心から湧いていた。私はすべてから虚脱状態にはいってしまった。私は仏教の書物を売ってしまった。そのわずかなお金で私は街に出た。街といっても戦後の殺風景なバラック建の店屋である。そして闇市。ここには中国人の濃い体臭と、すえた食物の臭いがぎっしりつまって細い道の両側は喧噪としか思われなかった。私は何か欲しいものはないかと考えた。何もなかった。夕ぐれ、私は絶望と混迷と疲労とで家にかえった。その日から、私は死にたいという衝動的な欲望が連続して頭の中をからまわりした。私は学校をずっと休んだ。国語の教師や、友達が見舞いに来た。私は、死にます、と云った。彼女等は冗談でしょう、と云った。私も苦笑した。死ぬ手段を考慮しておらなかった。私は首をくくろうと思った。「にんじん」の一場面が頭に浮んだ。私は、二三日後、それをこころみた。然し死ななかった。私の行動に気付いた肉親達は私を警戒した。説諭もうけた。親は、自分達が苦労して育てたということをくりかえしくりかえし云った。そのことが私を余計腹立しくさせた。私は、しかし、死ぬ死ぬと云ったまま一週間死なないでいた。私は死ぬことも出来ないのだった。死ねば、死体がのこるだけだと思っていたけれども、唯、死ぬ方法が見当らなかったのだ。

私の手許に、生きて下さい、という手紙がたくさん舞いこんだ。田舎へ帰ってしまっていた前の国語の教師からも、

——私は何もあなたを慰め、あなたを説き伏せることは出来ない。でも、どうか、生きていて下さい。生きていて下さい。——

と云って来た。友達からは、

——あなたが死んでしまったということを想像した時、私はもう泣く涙さえないでしょう。あなたと御目にかかれるだけが私の幸福なんですもの。私をかわいそうだと思って頂戴。——

太った国語の教師からは、

——常識を嫌うあなたをわかることは出来ますが、あなたの才能のためにも生きてほしい。もう少し、あなた自身をかわいがっておやりなさい。——

この手紙は一番滑稽とさえ思われた。私自身を愛することなど、どうして出来よう。私には、世の中や人々や常識を嫌悪すると同じ位、自分自身を嫌悪しているのだし、自分に若し才能があるとしてもそれは生きてゆく上に何の役立もせぬものだから。

白雲や気儘気随に空を飛ぶ

この掛軸を常に居間にかかげている私の好きなある婦人からは、

——夫にさきだたれて十三年。孤独の中に生きているのです。誰かを愛して、心から熱愛して、そのために生きること。あなたも愛することです。——

という紫の紙にかかれた手紙が来た。死んだ人を愛しながらまだ生きてゆくという彼女の生命の血が、私には不思議にさえ思われた。彼女は、私の友達の母であり、その友達以上に私と親しくしていた。未亡人もやはり、世の常識をきらっていた。そして、自分は今まで白雲のように生きて来たのだと云っていた。彼女は彼女の恋愛のため、家から縁をたたれ、たった一人の夫のみで生きて来たのだったと云った。私にとっては、亡夫にあやつられている魂のない人形のように思えるのだった。そして、ちっともそう云った生活は自由でないと思った。無形の力に縛られているのに、彼女はそれを苦しまないでいる。まだ恋愛を知らない私は彼女の気持を理解することは到底出来ないでいた。

私を除いての家族会議が毎夜行われているようだった。私は学校へ行かないし、親にとってみれば今までかつてない事件だったろう。私はどうなってもいいと思って毎日ごろごろ寐ころんでいた。

母の意志で、私は大阪にある音楽学校へゆかされるようになった。もう後五カ月で卒業だという間際である。私は変った世界に飛びこまされることを拒否出来なかった。或いは其処に何か見出すかも知れないという淡い期待があったわけなのだ。私は始め聴講生という名目ではいった。ピアノと声楽とを修めるのだった。私は殆ど手がかたくなってしまっていたし、練習曲をしていなかったからまるで何もひけなかった。隣の教会のぼろぼろのピアノで毎日下さらいをせねばならなかった。朝、通学に二時間たっぷりかかる。そして、小さな練習室にはいってガンガン鳴らす。音楽理論や作曲法や実技がある。そして又二時間たっぷりかかって帰る。

その生活は最近の女学校生活の時より、もっと不愉快であった。凡そ音楽的な感覚のふんいきと云うものは見られなかった。私はよく狂人にならないことだと不審に思った。防音装置がたしかでない練習室なので、隣や向いの部屋のピアノの音が絶えず耳にはいる。バッハやショパンやエチュードが、ごったがえしになっている。だからそれぞれ、ピアニッシモはそのままフォルテを継続してひかねばならない。戦争中のあの弾の音よりも、もっとかなしい音である。それにピアノはがたがたで狂っている。私は他の生徒が平気なのが不思議で仕方なかった。音楽ではなかった。街の雑音の方がまだしも音楽的であった。私は一週間目に行く気がしなくなった。作曲法や理論の時間だけ顔を出し、他の日は毎日大阪で映画をみてかえった。朝家を出て、かの未亡人のところで一日遊んでいることもあった。冬休みが始まると同時に私はその学校もよしてしまった。私は神経衰弱になっていた。熟睡することが出来ず絶えずバッハのインヴェンションが頭の中にぐるぐるまわっていた。楽譜をよむことさえ出来なかった。何故ならば、五本の線が波打ってみえ、そこに踊っている黒い玉は不均等な姿勢でみえかくれした。私は楽譜を床へたたきつけ、ピアノにさよならを宣言した。母は私の一流ピアニストとしての舞台の姿を常に心に描いていたのだと云って歎いた。しかし、私の精神状態では、これ以上ピアノと取組むことは不可能であることを認め、強制すれば、又自殺しようという気になることを恐れて私を暫く自由にさせることを父や兄と相談の上でゆるしてくれた。私は、わずかなお金をもらっては、郊外へ散歩に出かけた。そして、詩ばかりをよんだ。朔太郎を私は愛した。その頃、詩をつくることもした。ある詩人が私の詩をみて、朔太郎が好きですね、と云った。それほど私は朔太郎にふれ、朔太郎から何ものかを受けていた。私は単身上京した。しかし流暢なアクセントになじめないですぐに帰って来た。私はやはり死に度いと思っていた。感傷ではなかった。唯、私は苦しみから逃避したかった。苦しみなんか、その年齢で全くナンセンスだと常識家の兄は嘲笑した。しかし、私の年齢でその苦しみは絶大のものであった。私は、自分の思う通りに生きてゆきたいと思い、それが不可能であることを理解していたのだ。それに私には力がなかった。根気や忍耐することが出来なかった。私は私流の考えで、戦争中の自分が羨しいとさえ思った。あの頃の余裕のない生活の方がまだしも楽であった。私は自分を磨滅させるようないそがしさがほしいと思った。いそがしさに自分の存在がなくなれば結構だと思った。自分を意識しないで生きてゆけるなら、それは最も楽なことだと考えた。私は就職を希望した。父母は真向から反対した。彼等には、どっしりと居据っている門構えが、頭の中に消えていなかった。御家の恥辱。これが第一の反対意見であり、又私の感情的に瞬間のスリルを求めて社会に出ようとしていることは不真面目だと叱られた。私はその希望が不真面目だか、真面目だか、私自身判断は下しかねた。あたり前に云えば、女学校を自発的に中退したのも不真面目かも知れないし、学校中、欠課や欠席をして、映画をみたり、京都や奈良を散策したことはやはり不真面目。それに、私は喫煙するようになっていた。これは未成年であるから、最も法律にふれる位の問題。私の今までの行動は、客観的に考えれば、不真面目と云われることばかりである。しかし、その時、その時、私は自分の行為に対して自分の感情は非常に真実であったことは確かなのだ。真面目に自分を考えている。今度の勤めたいというのも、生きなければならないという無条件の標語を無理につくりだして、そのために就職することが必要になったわけだから私には私独特の云いわけがあるのだ。私は、父母に内緒で新聞広告を切抜き就職口を探して来た。履歴書をかいて、ある羅紗問屋に面会にゆき給仕になった。もう、父母は唖然としたまま私に何らの口出しをしなかった。大寒の最中であった。よれよれの紺の上衣を着、ほこりっぽいズボンをはいた私の青い皮膚はかさかさしており、目はどんより曇り、眉間や唇の端は、たびたび、ぴりぴりとけいれんし、あの子供の頃の英雄ぶりは、微塵もみられなかった。当時、十六歳である。

第七章

「失業者が、毎日の食べるものも食べられないで、職業安定所の前にうろついているのをみたことがあるかね、ふん」

これが私に与えられた店員の最初の言葉であった。勤続十年の太った女秘書が、私をかばってくれた。

「石岡さん、そんな考え方はいけないわよ。いいとこのお嬢さんでも、どしどし、社会へ出る経験しなくちゃ」

有難い誤解であった。私は勇気のある社会見学の近代女性として、彼女の眼にうつったらしい。

社長の実弟で低能に近い、「分家さん」と呼称するところの重役は、私をうっとしいいい娘だと云った。しかし私は、にっこり笑ってみせる術をすぐに覚え、彼から忽ち気に入られた。

その日から私は忠実ぶりを発揮した。戦災にあって残った倉庫を改良し事務所にしているほこりっぽいところを、毎朝殆ど一人で掃除をした。この会社のおえら方は、みな丁稚上りであったから、細いことにいちいち気付いて、若いものはしかられ通しであった。私の仕事は、掃除と御茶汲みと新聞をとじたり郵便物を整理したりの雑用であり、おもに秘書の命令で動きまわった。

指先が真っ赤になり、がさがさの手がじんじんする頃、他の女店員達は通勤する。そうして申訳に箒やはたきをもったり、花の水かえをやる。おひる近くになると、七輪に火をおこして、おべんとうを暖めたり、火鉢に火をつぎ足したりする。得意先や、日本一だという毛織物会社の人が来ると、――この会社の一手販売をしている卸売業なのである――上等の御茶を、上等の茶器を使って出す。お湯はたえずたぎらせておかねばならない。濃すぎても、うすすぎても、日本一の毛織物の人達は堂々と文句をいう。下っ端の若僧でも、こちらの重役は平身低頭している。寒い受付にすわっていて、彼等がやって来ると、

「マイド、ドウモ」

と挨拶する。名前でもきこうものなら、大へんな見幕である。昼間から麻雀のサーヴィスや御馳走をする。近くの料理屋へ交渉にゆく。芸者共が、シャチョウハーンと、ことこと下駄を鳴らしてはいって来ても、丁寧に扱わなければならない。彼女等は、私よりも会社へ奉仕しているらしい。

所属の部署が私には与えられていなかったから、タイピストは私に、コッピーのよみあわせをしてくれと頼みに来るし、営業の人は、使い走りを命令し、会計は、銀行ゆきをしてくれという。毎日のいそがしさは、五時から六時までもつづく。労働基準法など、てん

で問題にされていないから、勿論残業手当など出る筈がない。

さして私は疲れを感じないでいた。ひっきりなしに行われる肉体の労働で、私自身の存在の価値や生き方を考えてみる余裕は、戦時中より更になかった。これは結構なことであった。人との挨拶の仕方や、電話の応答は二三日でのみこんでしまえたから、緊張して気遣いで疲れることはなかった。それに叱られても、他の女の子達のように、めそめそ泣くことは出来なかった。上役からも下っ端からも私はかわいがってもらえた。すれていなくて、ハイハイと云って何でもする。私は別に心から、彼等を敬愛し、昔気質の旦那への忠実をもって働いたわけではなかったが、私の内面を見事にカヴァーしてしまうこと位、その時はなんなくやれたのである。

会社がひけると、仲間の店員と、うどんやおでんを食べに行ったり、映画をみたりした。家へかえると、家族とあまり口ききもせずに寐てしまった。

毎日、非常にたのしいのではなかったが、とにかく月給をもらうための生活は、一つのはりがないでもなかった。千五百円の初給であった。私はそれで、煙草代も、コーヒ代も、絵の本をかったり、芝居をみたりすることも十分に出来た。煙草は、小使いのおばさんのところでよく喫んだ。彼女も大の愛煙家であったから。秘書の老嬢に発見されたら、勿論説諭かクビであったろうけれど、幸い、それ程多く喫まないでいられたから無事であった。丸坊主にした若い男の子達は、よく私に煙草をたかりに来た。彼等はガリ版の猥らな本を私に貸してくれたり、そんな話独特の冗談や陰語を教えてくれたりした。私の想像する恋愛と彼等の抱いている恋愛感情とのひらきに戸惑いすることもあった。そして、わずかな失望と、それでいて彼等に対する興味とを持った。しかし、私は、会社に拘束されており今までのように事件を起すことは不可能であった。最も窮屈な生活の中で、私は窮屈さに馴れ、麻痺され、諦めのようなものを得た。感情を押し殺すことを平気で行うことに、別だん、矛盾だとも思えなくなり、行動することもだんだん打算的になった。

三月になって、私達の学年は卒業した。その時、私の卒業証書も家に託送された。その事実を知ったのは、例の国語の女教師の口からであり、母は証書を私に披露しなかった。そのことで、級友達はすっかり私とはなれてしまった。他に、家庭の事情で退学した生徒がいたが、私より後のことであったのに免状はもらえなかったということが、余計に問題になったそうである。私は、紙切一枚が、それほど貴重なものだとその頃思っていなかったから、別段ほしいとねがっていたわけではない。かえって自分から退学したことに妙な誇に似たものを抱いていたから、自分の人格を無視された大人達の策略に腹立しくさえ思った。職員会議で問題になったそうである。しかし、私の父がかつて有名人であり、学校には寄附をしており、理事という席にいた関係上、校長の殆ど独断的な意見で私に証書が送られたのであった。このことは私を不愉快にした。しかし、すぐ忘れることが出来た。いそがしい毎日の仕事のおかげである。国語の教師は、私の居ない学校は張合いがないと云って辞職して故郷へかえってしまった。私は、学校や友達と全く絶縁された位置を、さみしいとも思わなかったし、後悔もしていなかった。

物価高で、毎月のように月給は昇った。私は小さな陶器の灰皿を買ったりしてたのしんだ。女でありながら、御化粧したりしないことを小使いのおばさんが不審がった。

「ちっと、口紅でもぬんなはれ」

私がよく働くのでとりわけ私をかばってくれる彼女はそう云った。私は、頭髪に電気をかけ、ぽおっと御化粧をはじめた。分家さんは、にたにたと私の顔をみながら笑った。彼はいつも口をななめにあけて大きな机にぼんやりすわっていた。彼は、私より以上に数学が出来なかった。てれくさそうに、ゆっくり算盤と指をつかって、昼飯のやき飯の代金を私に手渡したりした。彼は怒りっぽく、怒鳴りつけることが度々あった。どもりで、唾液をそこらにまき散らす癖があった。

「わしのパイプ、パパパイプは」

これは毎日必ずのように彼の口からとび出す用事であった。ライターもたばこもそうであった。私は、暇があると彼の様子を観察していた。パイプの置き場所を覚えていてそっと教えてあげた。教え方がはやすぎても気に入らなかった。彼の知合いの電話番号を暗記していて、――というのは、彼は決して自分で控えておくことをしなかった。――これは即座にこたえるようにしていた。女店員の中で一番彼の気質をしって彼の命令に動くことが出来たのは私一人であった。私は彼を大へん憎悪しながら彼の間抜けた表情に一種の愛着を感じていた。土曜日のひるなど、派手な着物をきて彼を訪ねてくる奥さんと食事に出かける姿を頬笑ましい気持で見ていた。彼のお叱りをうけるのは私が一番多かったけれどその暴君ぶりがかえって私には親しみやすく叱られながらも彼のためには何でもしてあげた。

秘書と私は仲良く出来た。彼女は社長室でよく、キャッキャッと社長とふざけていたがひとたび社長室より出ると、大した威厳でもって、会計課長にも営業の重要人物にもどんどん命令し、年寄った彼等は表面へいこらしていた。老嬢のヒステリーはしばしば起った。太ったお尻をふりまわしながら怒り散らした。彼女の雑用は私にまわされていたので度々社長室へはいることが出来た私は、彼女の社長前の、甘ったれた言葉が滑稽に思われた。ドア一つのへだたりで巧みに自分の表情の動きから、音声に至るまですっかり変えることの出来る彼女をみているのは興味の一つであった。嫉妬やそしりはたえずくりかえされていた。それにまた、誰と誰とが仲が良すぎるとか、誰がひがんでいるとやらそんな小さなことが仕事の上にも影響して秘書から社長へ筒抜けであることや、社長がそんなことまでに干渉するということが馬鹿げているとさえ思われながら、そんなことが出世に大きなひびきがあることを知った。私は一番年少者であったし誰とも事件をまき起さないでいたけれど、後からはいってくる女の子達よりいつも末席におかれていた。それは、事務能力がなかったからである。簿記も算盤も出来なかった。タイプライターも打てず、布地をいじることも知らなかった。私は別に、後から追い抜いてゆく同僚に嫉妬しなかった。末席は一番多忙でありながら、これ以上おちるところがない安定感があった。いつまでたっても玄関脇の机と受付けの角で立ったり坐ったりしていた。来客者には評判がよかった。言葉が流暢であったからであろう。学校で演説したり、又幼い頃から、言葉の躾が喧しかったせいで、苦労しなくても、敬語を使うことが出来た。

多忙の五カ月がすぎた。はじめてボーナスという大きな袋を社長から手渡され、両親や兄弟や、例の友達のお母さんに贈り物をした。お金をもらうことと、人に物を与えることの喜びが、このころの生活の張合いでもあったわけなのだ。

そのうち、丸坊主の大岡少年が私にとりわけ親切にしてくれるのに気がついた。度々、お使いの行きかえりに偶然会ったり、夕立がすぎるまで他所の軒先で並んで一こと二こと喋ったりすることがあった。大岡少年は顔中吹出物だらけの田舎者であった。ある日、倉庫の地下室を他の少年達もまじえて整理をしていた。五時をまわっており、埃と湿気と布地の中のかびくさい臭いとの中で、品物をまとめたり片附けたり、藁くずを一ぱいかぶりながら働いていた。大岡少年は梯子の上にのっかり、私は下から彼の手へ、小さな包みを手渡していた。彼の両脚に濃い毛がまいており、ぞうりをつっかけた素足の指の爪は真くろに垢がたまっていた。

よいしょ。よいしょ。と云いながら、その呼吸とかけ声が、私の頭上にいきおいよく感じるのを、半分うっとりしながらきいていた。彼のランニングシャツはうすねずみ色に汗と垢がしみついており、体を伸ばす度に、たくましい皮膚と脊柱がみえた。荷物の受け渡しに手先がふれ合った。ガサガサした固い指で、やはり爪垢が一ぱいたまっていた。

最後の小包を手渡す時、私はこれでおしまいであることを告げながら、しばらく、彼の手先と荷物と自分の手先が動かない位置にあることを知った。私は、いきなりぱっと面映い気持を押えられないで無邪気に舌を出して手をはなした。彼はそれを、巧みに放り上げると、そこから、私の上へ飛び降りようとした。私は体をさけようともせず、彼の躍動的な瞬間のポーズにみとれた。どかっと、自分の肩に重みを知った時、彼の唇と私の唇は反動的にわずかふれ合った。私は急にいらだたしい気がして五六歩小走りして他の少年達のところへ来た。

「もうわたしんとこ済んだの。手伝ったげる」

彼等の間にはいって、私は荷物の整理をはじめた。大岡少年は、首にぶらさげた手拭で顔をふきふきやって来て私と同様黙って仕事の手伝いを始めた。

そのことがあってから、何かしら彼と喋る時は意識してしまい、他の誰かが私達の動作を見守っていないかという懸念をたえず心の中に置いていた。私は彼のたくましい体にすくなからずひかれていた。時々、彼と退社後、闇市のうすぐらい電灯の下で、お好み焼を食べたり、油っこいうどんを汗かきながらすすったりした。田舎出の少年は、おそるべき健啖ぶりであった。彼は、冷いのみものや、氷菓子を好まなかった。鉄板にじいじい音をたてて焼かれる丸いかたまりを、卵起しのような四角いブリキで——こてというそうだが——大胆に切り目をつけて、ぱくつく彼の口もとを私ははしゃいだ気持で眺めていた。

大岡少年と私のことは噂にのぼらなかった。彼は人の注目の的になるはずがない位みにくい容貌であり滑稽なほど間抜けてもいた。皆がさわぎたてるのは、復員して帰店した二十七八の社員や、ふっくらした赤ら顔の少年達であったから。私は、彼が目上の人に叱られている時は、きいていないふりをしていた。彼は毎日何回となく、気がきかん、とあっちこっちから怒鳴られていた。私は出来るだけ彼をかばって、一度に三つ四つも仕事を頼まれている時は、自分の部署をはなれてまで手伝った。そのために、私も叱られてしまうこともあった。ポケットに手をつっこんで、ぽやっと事務所の隅々を眺めている分家氏は、時々私と大岡少年の口をきいているさまに、ゆがんだ口許をさらにひんまげて、おかしな笑いを洩らした。私は、分家氏と目が会うと、必ず、はじらいの微笑をつくり上げて、愛想よく首をかしげた。彼は私を気に入っていた。

街に、うすいウールや毛糸が出はじめる頃、突然、大岡少年は東京の支店へ転勤させられることになった。別に取立てて理由はなく、半年位たてば、交代に、三つの支店へ派遣されることになっていた。彼は、さみしそうでもなく、一人一人の社中の人に挨拶をした。私の前でも、真面目な顔でお辞儀をし、小さな包みを机の下の私の両手の上にのっけた。私が挨拶される一番しまいの者であったから彼はさっさと部屋を出ていった。小さな包みは、記念品とかいた新聞紙につつまれた外国製の口紅であった。外観と中身とが、とっ拍子もなくかけはなれているのに、私は微笑みをもらした。何か字をかいたものがないかとたんねんに新聞紙をひろげなおしてみたが、四角いペンの字で、記念品とかいただけしかみあたらなかった。折紙大の新聞紙の切れはしは、ありふれた証券日報のふるいのであり何の暗示めいた文字も見当らなかった。口紅は金色のケースにはいっていた。闇屋から買ったらしく高価なアメリカ製であったが、底を右にまわすと、びっくりするような牡丹色があらわれた。私は思わずふき出すと同時に、軽い失望を感じた。この色は、自分の好みと凡そはなれたものであった。然し、彼は、金色のケースと牡丹色とを好んでいるように思った。それは、あのお好み焼の重量感と似通っていた。彼はきっと多くの種類の中から特にこの色を選んだにちがいなかった。私は、彼の心根を嬉しく受け取ることが出来た。

帰宅の折、私はその色を口の上に丹念にぬった。私の唇は、ぎらぎらとどぎつく光った。そして小使い室で荷物をまとめている大岡少年のところへもう一度会いに行った。

「さっき、ありがとう。お元気でね。出張してかえって来ることが度々あるわよ。その時、又会いましょうね。私、何にもあげるものないし、月給日が明後日で、お財布もさみしいのよ。だけど、これ、あげるわ」

私は、ハンドバッグの中の小さな鏡を彼に手渡した。出張すると、髪の毛をのばしてよい命令が降りるのである。彼は、素直に受けとって、簡単に、サイナラと云った。私の顔をみながら、口紅の色に気がついたのやらつかないのやら、無感動無表情であった。帰り途。私は、ふっとかなしいものが胸の奥底から湧き上ってくるのを感じた。

翌日から、又いつもの通り、朝早く出勤して掃除をした。彼の贈り物の口紅は、どうしてもつける気がしなかった。日本製の安物の目立たない赤さの方を私は好んでいた。

会社の生活は毎日きまったようなことばかりであった。仕事にすっかり馴れてしまうとそのうちにやっぱり自分を強く意識しはじめるようになって来た。私は時々机に倚ったまま、ぼんやり考えることをはじめた。その都度叱られながら、だんだん来客や電話に怠慢になって来た。会計課の老人が、お札を三度も四度も数え直すことや、一銭でも神経を使って、ピリピリ叱言を言ったり、不用になった紙切れまできちんとピンでとめ、しまいこんでいることや、営業課の若い人達が、耳に鉛筆をはさんで、朝から晩まで算盤をがちゃがちゃ云わせたり、カーボン紙を四五枚はさんで、ガリガリ鳴らして積出しの書類に数字をかきこんだりすることや、輸出部ではサンプルのコストをタイプで幾部も打ちこんだり、又、秘書の老嬢は、要領よく社長の車を私用に使ったり、重役は、昔からの習慣で、もみ手とぺこぺこ腰をさげることを誰に対してもやってみせたり、若い女の子はお化粧の方法と俳優の好き嫌いを暇があれば喋り合っていることや、少年達は、一番いそがしく自転車使いや労働をしながらその合間に、ターザンや西部劇の真似をやったり、それに社長は、時々、昼間っから、妾宅へ出かけて行ったり——これは秘書がのこらず知っており、私は特別の恩沢をうけて拝聴させられるのである——名前をきいても黙っている女の人から電話がきたり……。

こんなことの毎日が、私にとって大へんな興味であったのに、だんだんそれは何でもないことになって来て、ただ一人だけ、分家氏の一挙手一投足が私の注意をひいていた。

ある夕方、彼が白痴のような口許に、火のついていない煙草をくわえてぶらぶら街を歩いているのに出遇った。ポケットにいつも手をつっこんでいた。両脚を外側へ出し、お腹をつき出して歩く癖があった。遠くからすぐに彼だと判明した。私は、会社から帰りであったので、一応髪の毛をときなおし、少し化粧をしていた。ややして彼は私に気がついた。

「かえりか、会社終ったんか」

横柄に問うた。私は笑ってうなずいた。

「ついてこい」

彼は命じた。私は二三歩後を女中のような気持になって大人しく従った。露地を二つ三つまがって奥まった格子戸の家の前へ来た。彼は、さっさと靴をぬいで——決して紐をとくことをしなかった。――座敷の方へあがった。私は躊躇して玄関でたっていた。

「ふみ、ふみ居るか……」

頭髪をきれいにアップにゆいあげた若い女中が、べたべたとお白粉をぬりたくった顔を廊下からひょいと出し、分家氏と私とに愛想のよい笑いを送った。

「酒、してくれ……あがれ」

私と彼女に一度に彼は命令した。私はうすぐろくなったサンダルを隅っこの方にならべると女中の招じる部屋、つまり彼がどっかりあぐらをかいている六畳の青畳の上へ近よった。

「はいってこんか」

私は真中の朱塗りの机の手前にちんまりすわった。

「煙草吸うんやろ、わかっとる」

彼は、白いセロファンの下に、くっきり赤い丸のある煙草の箱をポケットから放り出した。私は一本つまんで口にくわえた。

「ふん」

彼は、笑いとも溜息ともつかないものをはくと、わざわざ自分のライターを私の顔に近づけてくれた。夕飯にはまだ少しはやかったので、御客は他に誰もいなかった。バラック建の安ぶしんの天井から、白い障子ばりの電灯の笠が目立ってうつくしかった。とっくりと、小さな鉢とお箸がまもなく運ばれた。先刻の女中が、彼と私とにお酒をついだ。

「おいふみ。これに云うなよ」

彼は親指をみせた。社長のことだと感知した。

「おまえも黙っとれ」

私にむかって上目使いに命令した。私は私と彼が差向いで御酒をのんでいる様子がとてつもなくおかしいものに思われてにやにやしていた。彼は多くは喋らなかった。私も黙って後から運ばれて来たおすしを食べた。ほんのり酔いを感じた。

「分家さん、何で御馳走してくれはんの」

私は、わざと大阪弁を使って問うた。

「ふふん」

彼は満足げに笑っていた。彼のとろんとした目がだんだん鋭くすわって来た。外がうすぐらくなり電気が点いた。

「おおきにごちそうさん。私、かえらしてもらいます」

私は両手をついて会釈した。

「かえらさへんぞ」

彼は私をきっと睨めつけた。そうしていきなり私の手を机の上でひっぱった。おちょくとお箸がころがった。

それから、あの青や黄や赤のごてごてにぬられた表紙絵の大衆雑誌の小説と同じような情景が私の傍で、しかも私もふくみこんで行われようとした。私は抵抗した。朱塗の机はがたがたと隅の方へ押しやられていた。

「分家さん、はなして、はなしてよ」

私は小声でそう云った。木綿の洋服の脇のスナップが音をたててはずれた。

「いやらしいひと、やめて」

私は精一ぱいの力を出して彼の腕をつかみ彼の上体を押しのけた。そんなことが二三度くりかえされた。急に彼はおじけたように部屋の隅にあおむけにころがった。

「ふん、大岡とやりおったくせに、ちゃんと知っとるぞ」

私はいきなりむらむらと怒りがこみあげた。

「分家さん、冗談にもそんなこと、いやな」

気弱になった彼に私はがみがみと云った。

「ふん」

彼は例の口許から例の発音をした。

「分家さん、さ、かえりましょう。みっともない。まだうすあかるいしするのに。それに、ええ奥さんがおってやないの」

私は、彼を精神的変質者であろうと、もともと思っていた。私は彼の手をひっぱって起した。彼は私のするままにしていた。私は、ワイシャツの釦をかけ、ネクタイを結びなおしてあげた。彼の奥さんは気性の勝った人でひどいヒステリーであることを秘書からきいていた。彼が又、彼の奥さんの云うなりになっていることも知っていた。彼はいい年をして子供っぽい面を持っており、さみしがっている様子に私は同情していた。私は酔いしびれた彼の手をひっぱって玄関へ降りた。

「くく、くつべら」

彼は怒鳴った。私は、ほっとした思いで手早く彼の右のズボンのポケットから、くつべらを出して彼の足を靴の中へすべりこませた。

翌日、彼はおひる頃ふらふら出社した。私は熱いお茶を濃い目にいれて机の傍へ持って行った。彼は何も云わず、又私の顔をみもしなかった。私は今までより一層彼のために気を使って忠実に働いた。会社の人達から唯社長の弟であるというだけに思われ、全くの無能力者である軽蔑をたえずうけていることにあわれみを持っていたわる気持を行動にあらわした。

会社の生活は、私の一日の大部分を占領しており、家族と殆ど疎遠になっていた。いつの間にか、姉が恋愛をしており、それが結婚まで発展するようになって、私ははじめて自分の家での自分の位置に気がつくようになった。それは冬近い日曜と祭日のつづいた頃である。姉は華燭の典をあげた。相手は金持ちの青年紳士であった。

第八章

突然、私は自分がいろいろなことに抵抗して生きていることを苦痛に思った。ある日、雨がかなり降っている午後であった。雨の日は来客が比較的少なくて受付は閑散であった。不要になった書類を裏がえして、いたずら書をしていた時のことである。殆ど突発的に私は自分の力がなくなってしまったことに気付いた。空虚な日常のように思えた。ロボットのような自分であると考えた。今まで逆流の中に身をささえて力強く給仕をしているとみせかけていたことが滑稽になって来た。わざわざ抵抗しなくてもよいものを。そうすることは自分からわざわざ苦痛を受けようとしていることなのだ。

衝動的に、私は死への誘惑を感じた。分家氏への愛情も凡そ無駄なナンセンスなことである。姉への嫉妬――私は姉が自分の意志を通して、幸福（これはその時そう感じたにすぎないが）な結婚をしたことに対して無性に腹立しく思っていた。私には恋愛すら出来ない。人を愛しても私は愛されない。愛される資格のようなものは皆無である。姉は容姿も美しく、頭脳だってきびきびしている。それに、女らしさと女のする仕事を何でもやってのける。きちんと学校を卒業し、体だって丈夫になっている。それにどうだ。私ときたら学校も中途半端。給仕という職務にたずさわっており、しかも優しさだとか献身的な愛情をこれっぱかしも持っていない。——これすら馬鹿げ果てている。

私は会社がひけるとあの未亡人の家を訪れた。

「おばさん、私は又死にたくなっちゃった。もう何もかもいや。私、本当に何にも執着ないの、欲求もないの、自分がみじめすぎるわ、これ以上生きてくことは。それは無駄ね。私もう働くこともいやだし、じっと静かに考えることもいや。自然を眺めてることだって出来ないし、人と接触して、愛したりすることも私には大儀なのよ。死んじまう。さっぱりするわ」

彼女は、私の上っついた言葉をはくのに優しいまなざしでみまもっていてくれた。

「あなたのいいようになさいよ」

彼女は私に煙草をすすめ、自分も長い煙管でゆるやかな煙をはいた。私は、ピアノの蓋を乱暴にあけると、ショパンの別れの曲を弾き出した。感傷じみた自分の行為が喜劇的に思われた。私は同じモチーフのくりかえしを何度もつづけながら、

「全く複雑のようで簡単ね。死ぬ人の心理なんて。死ぬ動機だって一言で云いあらわせてよ。死にたいから死ぬの。何故って？ 理窟づけられないわ。生理的よ。衝動的よ。泣く、笑う、死ぬ、みんな同じだわ。他愛のない所作でしょうよ」

ピアノの音と自分のはき出す言葉とが、堪えられなくなると私はパタンと蓋をしめ、いそいで帰る支度をはじめた。

「おばさん、さよなら。きみちゃん、さよなら」

きみちゃんとは私の級友。彼女は始めから終りまで黙っていた。

オーヴァーの襟をたてて電車にのり、五分して電車を降り、薬屋へよった。「劇」とかいてある赤印の薬を四十錠買って家へ戻った。

私はほがらかに一人おくれて食事を済ませた。狭い一人の部屋にはいると机の中から便箋を取り出した。最後の芝居がしたかった。私は架空の愛人への手紙をかいた。私の死因が失恋であるように自分をしたて上げた。いろんな、ラヴ・ストーリーの中から、気のきいた言葉を抽出しそれを羅列した。架空の愛人はいろんな人になった。ひんまがった口許や、脂ぎった肩や脊や、道づれの大きな瞳の学生や、自分の知っておらない顔までが、そのイリュージョンの中にあった。

私は、さいころをふった。たった一つのさいころを、奇数が出たら、私は即座に薬をのもうと自分に云いきかせながらふってみた。一が出た。私はコップに水をくんで来て、薬全部をのんだ。私は、寝着にきかえる暇もなくふとんの上によこたわり、二枚のかけぶとんを首までかけた。その時、階下で電話の鈴がなった。まもなく、母が階下から声をかけた。

「ボビ。御電話よ」

「もう寝たと云って……」

私は辛うじてそう云った。頭ががんがん鳴り、動悸ははげしく打った。体中がしびれてぐるぐるまわっているような気がした。すぐに私はもう何も感じなくなっていた。自殺するということも、死んでしまうことが出来なかったということも、これは全く喜劇であると考えたのは数日後であった。

完全に五十時間の私を記憶していない。唯、人の話によると、七転八倒し、苦しみもがき、嘔吐し、自分の髪の毛をひっちぎり、よく云われる生きながらの地獄であったそうな。

気がついた時、私の耳にラジオがきこえた。

「へ短調ね」

私は口の中で呟いたようだったけれど、声には出なかった。脚も手も動かそうとしても動かない。傍に医者が私の表情をみまもっているのがぼんやりみえた。私は生きていることをうっすらと感じた。私は目を閉じてうす笑いを浮べた。その笑いは自嘲とも得心ともつかぬものであった。二三時間たったのであろうか。私は体全体のいたみを感じはじめた。片手をゆっくり動かし、もう一方の腕をさわった。皮膚の凸凹が注射の跡であることを知った。その手で肢体にもふれた。更に多くの凸凹にふれた。熱が相当たかかったし、頭痛や腰痛がかなり激しかった。目の上に、うすい膜がはられたように、みるものが全部灰色がかってみえた。ひっきりなしに、喉の渇きを感じ、水呑みの先に口をくわえたまま、冷い水をお腹まで通すことを続けた。

それは夕方から晩にかけてであった。

翌日、大分意識もはっきりして自分の存在が、ひどくあわれっぽく感じた。父母や兄弟の顔がみえた。私は字がみたかった。しかし枕下にもって来てもらった新聞は、二重にも三重にもなって六号活字でさえ判読出来なかった。上体を起して窓の外をみた。風が、ぴりぴり窓ガラスにあたっている様と、桜の木や楓の葉が殆ど落ちている様とが目新しく映った。

私の捏造した遺書は既によまれているとみえて、兄は私の恋愛を詮索しようとした。それに対して母は自分の唇を押え、そんな詮索はよせと兄に示した。私は、何故かくつくつと笑った。どうして、そんなことまで偽らねばならないのであったろうか。殊更周囲の誤解を招くようなことを自分から強いてみせつけるなどは、自分自身全く常識で判断しかねた。私は白い敷布と、枕下のガーベラ（これはあの未亡人の御見舞いだということを母からきいた）と自分の体とがまるで不調和のように感じた。

数日後思ったのである。あの日、私が未亡人の家へ行きさえしなければ、又、電話さえかからねば——未亡人からの電話であった。——家中の人が翌朝まで私のことに気付かなかったに違いない。そうすれば私は死んでいたかも知れない。別に慄然としたわけではない。唯、こういう運命的な出来事がひどく滑稽に思われた。自殺することは、今までのあらゆる抵抗の最もちぢめられたしかも最も大きなものである筈なのに、抵抗する力を失ってよくも生への抵抗を試みたものだと自分で苦笑した。筆と硯を持ってこさし、ちり紙の上にいたずら書を始めたのはその又翌日であった。私は無感動であった。おめおめ生きかえった自分に恥辱を感じなかったし、こんな事件を起して申訳ないという殊勝な気持も起らなかった。空虚は、その事件前よりかなり私の心を占めていた。でたら目な文章を大きな文字で天井をむいたまま筆をすべらした。

医者は毎日二回来て、私に注射した。年寄りの付添さんが午後にやって来て私の体をさすった。一週間もそうしてすぎた。私は杖をついて歩くことが出来るようになった。家族は私の死に対して何の口出しもしなかった。私の机の中は元のままで遺書だけ取り除いてあった。私はすぐに又死にたいという衝動は起らなかった。もうどうでもよく、生きることと同じように死ぬことさえ面倒に思われた。年があらたまってからも私はそんな気持を抱いたまま会社へ出ていた。分家氏にも既に毛頭の興味なく、他に新しく入社した若い子達に何ら心動かされなかった。私は唯、命ぜられたことをやるだけであった。以前程、給料袋をうれしいとも思わなかったし、人に物を与えて優越感も抱かなかった。給料をもらうことは当然のような気がし、人に与えることは自分をよくみせたいというへんな虚栄だと思ってやめてしまった。そのうちに、私の肉体が非常に疲れやすくなって来ていることに気付いた。朝の掃除が過度の労働に感じた。バケツを持って二三歩あるくと動悸がする。お盆の上に茶碗をのっけて客前へ運ぶことすら、腕に苦痛をおぼえた。私は階段からこけたり、薬罐をひっくりがえしたり、何度も粗相をくりかえした。頭痛が絶えずしており、微熱すら伴っていた。医師の診断をうけた私は、急性の軽い胸部疾患であることを知った。私は会社を辞することを命ぜられた。三カ月は療養せねばならなかった。別に病気をおそれる気持もなかった。唯、斯うしろと云われたままに動くことが出来るようになっており、自分の意志表示をすることは面倒であった。いや意志すらなかったに違いない。

三月の末、私は退職手当金のわずかと、その月の給料をもらい、社長以下にぺこぺこ別れの挨拶をして会社をやめた。分家氏は、又よくなったら来てほしい、と云ってくれた。秘書は私に人形をくれた。小使のおばさんは、よう働いてくれた、と何度もくりかえした。私が入社した時、皮肉を云った石岡さんは、

「やっぱりかよわいお嬢さんでしたね」

と云った。別段私はその言葉を何のひびきも持たないできくことが出来た。

私は自分の皮膚が青く艶を失っており、胸のへんがげっそりくぼみをつくっていることにたいして気を留めなかった。退職金で二カ月はぶらぶら出来ると考えた。別に絶対安静をしなければならないほどではなく、毎日、ビタミンの注射をする程度で、薬も服用していなかった。レントゲンにあらわれたかげの部分はさして広くもなく、神経を使わないでおればすぐに熱も降りた。私は退屈な時間をもてあましながら、読書も映画も強いてとっ

つきたくもなく、たわむれに絵をかいたりしてその間だけはわずかな慰みを見出していた。世間と急に没交渉になってしまったことは、別にさみしいとは思わなかった。人と人との愛情よりも、空気や自然の色彩の間を愛していることの方が私にはよいように思い始めた。

生き返ったことが不思議ではなく、一つの経験をしたというほか何の感慨もなく、体をこわしたことも、その原因をただす気さえ起らず、運命的なもののように思われた。流れに身を置いて、その流れてゆく方向に同じように流されてゆく自分を知った。いままでのたえずくりかえしていた事件に疲れたのかもしれない。身も心もアヴァンチュールを求めるほどの活潑さや自信を失ってしまっていた。情熱など更になかった。今まで着ていた衣をぬぎすてて、枯淡の世界へはいるのだと気付いた。いさぎよくはいってゆくのでもなく、そうかと云って若さに未練をもつこともなかった。唯なんとなく枯淡をあくがれたにすぎない。物慾も消えてゆく。強いてひたすらに思ってみたりすることも興味ない。まだ二十歳まで二三年あるというのに、私はひっつめ髪をし、黒っぽい服を着、化粧すらしないで家に引籠っていた。

家族は私の変貌に半信半疑の目をむけていた。しかし一種の落つきのようにみえる私の態度に安心もしている様子であった。

私はその頃、はじめてのように自分が女であることを意識しはじめた。いや、それまででも、会社に通っている頃、何となく化粧して手鏡にうつる自分の顔を観察してみたり、歩く時の姿勢に気を配ったりしたものだが、本質的に女性ということの内部へはふれていなかった。私は時折日本の女流作家の随筆など拾いよみした。けれど、そこに見出される女性は全く精神的にアブノーマルであるか、そうでないものは、あまりにも生活にむすびついた唯、身の周辺に刺戟された女性をしか、発見出来ないでいた。もっと奥底に流れるものを知りたかったのに、それ等は私を満足させなかった。

私は自分をみたり、母親や女の人達の考えることや行動に注意してゆくうちに、それが滑稽なほど、男性や或いは生活によって巧みに動かされ、丸くなったり四角くなったりすることに気付いた。特殊な場合があったとしても、それは世間的に通用しなく、弱さを無理にカヴァーして意地をはっているようにしか思えなかった。私は両者ともひどく軽蔑した。そして自分をもその中にふくみこんで自己嫌悪した。

女が鏡をみるのは、自分をみると同時に、自分がどんなにみえるのかを見るためだ、とある作家が云っていた。私には、それぞれの女性が、たえず自分がどんなにみえるかのために、あらゆるポーズを試みているように思われた。女が真の恋愛をしてみたところで、それは真の恋愛をしているその瞬間の快楽よりも、そうすることの得意さ、人の目に映じる自分の姿に対する自己満足にすぎないように思われた。（それが女性の快楽であるかもしれないが）今まで、涙ながして何度もみた恋愛映画に於いても、私は思いかえしてみて、そこにあらわれたいろいろの女性は悉くそう云った自己満足のように思われた。それがハッピーエンドにならなくとも、女は又、その悲劇であることを誇らしげに吹聴し、苦しみもだえることは、苦しみもだえてみせることであるにちがいなく、恋愛でない場合にしても、女流作家が小説をかいて発表するのも、女代議士が立候補するのも、同じように本当の自分をはきだすのではなく、自分を幾重にも誇張してみせるように思われた。私はそのことにがっかりした。そして、自分が礼讃したい女性は皆無であり、ついで自己嫌悪の状態が続いた。

宿命的な諦めをもって私は表面での女らしさを保持しようと何日か後に思い当った。私は、家庭の仕事にいそしんだ。体も次第に回復して来た。洗濯や料理のあけくれに、家族はますます私に安心した。

「矢張り女だね」

兄達はそう云った。私は唯笑っていた。早くあたり前の結婚をして、従順らしくし生活に追われて毎日を送る。そうなりたいと念った。いや、そうなるより他ないと思っていた。自分で自分を発揮するだけの自信を取り戻したにせよ、もう私はそうすることに興味をもたなかった。

それから一年。それは、今までの目まぐるしい生活にひきかえ、静かな淡々としたものであった。私は、お花を活けてみたり、陶器をならべて幾時間もその肌をみつめていたり、時には夕ぐれの山手街を散歩したりした。

諦めが私をそうさせた。激しい奔放な性格がけずりとられてゆくのと比例して、大きな喜びもなかった。原始的なものへの郷愁が私を慰めた。私は自分を技巧してみることもしなかったし、神経をいらだたせることもなかった。

孤独な生活であった。しかし孤独のさみしさが、私には苦しみでなくなっていた。かえってそのさみしさが一種のメランコリイの幸福感でもあった。若白髪が急にふえたのもその頃である。

はきすてたい自分、憎悪する自分。それがこうまで無反応になってしまえば、仕方がないで済ますことが出来るのだと苦笑もした。

その間、家の生活状態は次第に売るものもつきて来、全くの収入のない心細さと、昔の生活に対する執着などが交錯して、父は年よりも十も老いこけてしまい、毎夜の食事に交わす言葉も荒れて来た。父には父の虚栄があった。子供には子供の虚栄があった。それは全く逆の位置の虚栄であった。

何か為さねばならない。商売したっていい。

子供達はそう思う。お金を得れば自分達の小さな贅沢がみたされる。父は反対した。人にぺこぺこ頭をさげることはどうしても出来ない。それに困っている様子を世間にみせれば銀行の信用も失ってしまう。この提議は子供達に不可解である。そんな理由は父の独断的な解釈であり、やはり父なりの切りかえの出来ない古い頭の虚栄が何も出来させないのだと思う。衝突が度々起った。然し絶対的な権利は父にあった。焼けのこった倉庫にある品物はこっそり持出された。決して売ったのだとは云わない。運ばれて行ったのだ、と父は云う。そうこうするうちに、住んでいる家も売る状態になり、同じ市中の親類と同居するようになった。

「どうも戦後移った家は不便でしてね、それに同居の方が何かと都合いいし、ここは又、街へ出るにも歩いてゆけて……」

父の人への挨拶はきいていて苦笑せざるを得なかった。

売るものはつきた。もうこれも売ってしまったのだから。品数が減ってゆく度に、そう云いながら、三度の食事はあたり前にとれる状態を保持することは出来ていた。

戦時中と戦争後の数カ月を共にした父の妹の家族と、それに祖母をまじえた生活がはじまった。私の精神と同じように、終止符をうってしまった家族の生活であった。

もう一カ月後はわからない。本当にどうなっているかわからない。目の前の庭の部分も人手にわたっていたし、唯一の家宝であった掛軸も御出馬なさった。しかし、各自に各自の焦燥を抱いている筈であるのに、それは行動には現われないで表面は至極静かになっていた。父と子供達の意見のはき合いは駄弁にすぎないことに気付いたからである。

こうした日常。こうした自己。二つとも未来はなかった。自分がどうなるであろうか、それを考えることは強いてしなかった。

時代はどんどんかわってゆく。然し、私は停滞した感情と思考と日常をおくっている。これは私の懶惰であろうか。

エピローグ

気取ったポーズはしばらく動かないでいたのだが、そのポーズがいくら楽な姿勢であったとしてもいつのまにか又、そこに疲れと窮屈さを見出してしまうものだ。梅雨あけの日光のようにふたたび私は動き出していた。ぎらぎらひかる。早いテンポでまわり出す。二十歳まで。それから二十歳まで私は高くすっきり舞い上ったり、醜悪な寝ころびざまや、急カーヴに堕落したり、又はい上ったりをくりかえした。しかし私はそれを克明に記憶していない。いや記憶していたところで私の現在に近くなればなるほど逆にその私が逃げ出して行く気配をみせる。私はあわててそいつをつかまえようとして力一ぱい手をのばしてふれるのだが、それはくらげのようにつるりと私の手からぬけ出てしまう。

私の試みは失敗に終った。発作的に起った私のふりむきざまは後少しというところで今の私にぴったり結合することが出来なかった。

つまり私は死なないでいる。鮮明に今の私に過去の私が連絡したならば、私は容易に死ぬことが可能であるように解釈していたのだ。運命的な死期が近よって来て、いきなり又急回転して遠ざかってしまったのに違いない。勝手な解釈かもしれない。然し私は一つの失望と一つの安堵を感じた。

私は昨日の私をつかむことが出来ないでいる。昨日の私のポーズの裏付けるものを知ることが出来ないでいる。しかし、私が又何年か生をうけて、その時の自分が現在或いは現在に到達する少し前の自分からかなりの距離が生じた時に、ふたたび私は灰色の記憶をつづけることが出来るであろう。

結末のないお芝居の幕が降りようとした。その幕が降りきらないうちに観客はあくびをして立ち上った。幕は中途半端なところで中ぶらりんに垂れていた。

（昭和二五年作、「VIKING」26号・27号、昭和二六年二・三月）

幾度目かの最期

熊野の小母さんへ。

あなたには、四五年も昔から、よくお便りしてます。けれど、こんな殺風景な紙に、宿命的な味気ない字を書くことは、はじめてです。いつも、信州の紙とか、色のついたアート紙に、或いはかすれた筆文字で、或いは、もっと、面白くきれいな字——いやこれは、おこがましいかな。でも、あなたは、私の字を好んでくれました。——で、お便りしたものです。何故、この紙を選んだか、おわかりですか。実は、あなたにたよりしている気持で、私は、おそらく今度こそ本当の最後の仕事を、真剣になって綴ろうというのです。これは富士正晴氏の手に渡るでしょう。そして、彼の意志かあわれみで同人雑誌のＶＩＬＬＯＮか、ＶＩＫＩＮＧに印刷されるでしょう。その活字が、あなたの手許におくられるだろうと思います。ＶＩＫＩＮＧの同人、宇野氏が、あなたを御存知だから。私はこれを、二十二日、つい六日前に書いた、鋏と布と型、という舞台のものを、もう一度、あらためて、私の最後の仕事にするつもりです。これは、小母さんに関係のないことだけど、その芝居は、もし上演されるなら、私が暫くなりとも籍をおいて、既に愛着を抱いていた、現代演劇研究所で、上演してほしいものです。役は、マネキンを川本さんに、彼女は音楽的な感覚をもっているし、舞踊が出来るんだ。ついでに、私ののぞみもつけ度したら、おどけたアクションをつけてほしいこと。デザイナー諏訪子は、私のはじめての芝居、女達の、久良久をしてくれた、前田さんに、音楽は、徳永さんにしてほしい。それから、演出は、くるみ座の北村さんが、してくれるなら、ぜひしてほしいのだ。私がするつもりだった。彼は、おそらくやってくれるだろう。この原稿も（芝居の）、VILLONかVIKINGに、富士さんは、のっけてくれるだろう。

小母さん。この原稿全部、あなたの興味ないものかも知れないことだけど、とりあえずよんで下さい。

今、九時二十分頃でしょう。今日は十二月二十八日。御宅へ御邪魔して、神戸へ戻り、メコちゃんという、屋台の焼とり屋で、一本コップ酒、四本の、かわつきのとりを食べ、そこから、七十円で帰ったの。メコちゃんのところで、私は、こんな会話を、知らない客と致しました。その客は、三人居て、盃一ぱいの酒と、ピース二本くれたんです。

「どっか、近いところで、雪がうんとつもっているところ、知らない？」

「神鍋」

「スキーしにゆくんじゃないの、雪見にゆくの、人の居ないところ」

私は、そう云いながら、真白につもった雪の中を、ゴウ然とはしる汽車の音を、想像しました。

一人の男は、簡単な地図をかいてくれました。神鍋の近所なんです。だけど私は、その地方に魅力がなかったもんで、びわ湖の附近に、静かな雪のところがないかと云いました。別の一人が、

「タケオがいいよ」

タケオとは武生とかくんだそうで、米原の先、北陸線だそうです。私は其処へ行こうときめたんです。

風邪をひいていて、のどがからからします。叔父達がきて、八畳の間で、麻雀をしてます。私は、部屋で、いろりに火をたき、湯たんぽを足にいれて、今、書いてるんです。

小母さん、一月四日、再会を約束しましたね。ごめんなさい。今日はいい日でした。ちっちゃい御弟子さんが、ソナチネなどひいている間、私は昔を思い出しました。やっぱりソナチネをやったのですもの。みんな知ってる曲ばかり。でも私の方が、ちょいとばかりあの頃、うまかったようです。さて最期に、私は、アルベニスをひきました。つい先達日、大阪の笹屋で、楽譜をもとめたばかりなので、練習不足だし、弾きなれないピアノ

で、ソフトペダルが、とてもききすぎて、戸惑っちまい、不出来だったと思います。三曲とも、とても好きな曲です。タンゴには、少し思い出などあったりしてね。さてその後、御馳走をいただき、お遊びをして。でも、私は、まるで、他のことばかりを思いつめてました。

小母さん。この前にうかがった時、実は、もうお目に掛らないつもりだったのです。門のところで握手して下さいましたね。

うんと苦しんで、その苦しみが、あなたを生かすでしょう。小母さんの御言葉を、その時、二人でガスストーヴをはさみ、煙草をすってましたっけ。そのお言葉を記憶してます。私は、二十二日(その日の三日位後ですか)に、黒部へ行って自殺しようと決めてたのです。ああ、火がとてもよくおこってます。小母さん。小母さんの御言葉は、むごい程よ。苦しむのは、私もうまっぴらなんです。苦しむのは嫌よ。私云いましたね。三人の男の人のことを。三人のちがった愛情を、それぞれ感じながら、私、罪悪感に苦しむって。私、この三月、薬をのんで、失敗して生きかえりました。妻のある人を愛したんです。このこと、申し上げましたね。私は、生きかえって肺病になり、半年間、寝ている間、彼への愛情と憎悪に、ひどく自分をこまらせたもんです。そして、にくみました。ものすごく。彼のことを人々に云いました。云う度に、彼への愛情がうすらいでゆくんだと、自分で独りぎめしながらね。病気がよくなって、彼に会った時、つめたい表情で、彼は私に、嫌味のようなことばかりを云ったもんです。私はもう自分の気持に終止符をうちました。そして、十一月頃、そうだ、二十日なの、その日に、貸していた金額四千円をもらうために会いました。彼はだまって、そっと、四千円出し、はやくしまえ、って云ったわ。それ迄に、私は、随分出たらめを云いました。結婚するんだ。来年。そんなことを、衝動的に、たくさん云ったのです。じっと私の顔をみてました。そして、次の木曜日、再会を、彼の方から云い出したんです。映画館の前で別れる時。握手した時。私は、自分で、彼をさげすめ、さげすめと号令しながら、だんだん、愛情を自分でみとめてしまうようになっちまった。小母さん、私はその夜、京都へ行って、別の人の、愛撫をうけたんです。彼のことを少しのべます。今、私がとても愛している人なんだ。病気で寝ている時、れもんをもって幾度か見舞に来てくれているうちに、私は愛というより、ほのぼのとした、わけのわからない感情を持ちはじめたのです。過去の人とは、まるでちがう性格だし、風貌だし、動きでした。だから、私は、過去の人とのやぶれた夢を彼に再現させようとしたのではないのです。最初は勿論、インタレストだったかも知れません。でも、ものすごくひかれはじめました。彼の中には、清浄さだとか、純粋さは、見出せません。生活に淀んでいるみたい。おかしな表現かもしれませんが、谷川ではなしに、もう海に近い、そして、船の油や、流れて来た、汚いものが浮んでいる川の中に、どこへでも行け、といった気儘気随でいる流れ木のような感じの人なんです。私は、会う度に、どんどんひっぱられてゆきました。彼も、私に、最初、興味とか、いたずら気しかもたなかったでしょうが、とても愛してくれました。十月頃だったか、いえ、九月の末頃かしら、一度、私すっかり、嫌いになったことがあります。それは、作曲家のT氏夫妻とのんで、その後トーアロードで、知らぬ婦人にいたずらしたことです。大へんな侮辱を加えたんです。私は女だから、とてもそれを平気でみては居れませんでした。揚句の果、私のきらいな職業の巡査さんに、説教されたりして、いくら飲んでるからって、とてもその行為はゆるせなかったのです。その夜、泣き度いような気持でした。そして、やっぱり、私は過去の人を愛してるだろうと思ったりしたんです。だけどその後会う度に、そして手紙をもらう度に、私は自分の感情をおさえることが出来なくなりました。すっかりもう、その人のことが、心の大部分を占めはじめたのです。京都での夜、抱擁と、接吻をうけて、私は、とても嬉しかったのです。過去の人を忘れてしまえと思いました。忘れられそうだった。単純よ。私は。

小母さん。だけど、私は、駄目。一週間おいて、過去の人に会った。駅で小一時間、待った。もう冷くしよう。彼には、通り一ぺんの挨拶でわかれてしまえと思った。私は、だけど何てひどい女でしょう。あの夜程、自己嫌悪にみちたことはありません。私は、彼とのみながら、お喋りしながら、又、自分の彼への愛をみとめてしまったのです。彼の本当の愛情を感じることが出来たんです。彼を私は誤解してたんです。彼はやっぱり、私を、真実に愛してくれてました。現実とか、社会とか、そんなことをはなれて、愛し合うのだとお互に申し合せました。彼には子供が生れ、私は、その一人の、私にとって何かみえないつながりのあるその子供のことのために、彼の妻より一歩さがった、愛情をもちつづけはじめたんです。彼のことを悪く云い、そう思ってた私自身を、恥じました。大へんな罪悪感なんです。でも彼は私をとがめなかった。ゆるしてくれたのです。後悔しない。私は今幸せだ。私のその言葉に、彼は、喜んでくれたのです。二人で歩きました。小母さん。私達は、ある横道の、うすぐらい道のほとりにある、一部屋にはいりました。あなたの子供がほしい。私はさけんだのです。小母さん。私は真実それをねがった。だけど小母さん。私は、新しく愛した人の存在が、私のすぐ傍によこたわっていることに気づきました。別れるなんぞ云わない。又会う日までと云って、自動車から降りて行った過去のその人の後姿を見送って、一人になった時、私は、恐しさで一ぱいでした。私は、家へかえり、いそいでレター・ペーパーを、ペンをとり、新しく愛しているその人に、手紙をかきました。（いや、その翌日だったかも知れませんが）罪深い女だと。昔愛した人に会ったのだと。そして過去の彼を愛しているんだけど、その過去は、たちきられたものじゃない。現在につながる過去なんだ。手紙が彼のところへついた翌日だったか、その日か、彼は夜おそく、神戸へ来ました。そして、過去愛してたというのか、今なおかを私に問うたのです。私は、過去だと云ったんだ。過去はたしか。だけど、過去は現在につながっているのだ。やはり今も愛しているんだ、って云えなかった。別の感情で二人の人を愛しているなど、それは、実に卑劣な云いわけです。だけど、実際私は、そうだった。それは、夏の太陽みたいな、輝しい猛烈な愛情を求める気持と、静かないこいのような沈んだ青色のような愛情を求める気持と。だから私は、もう過去の人へ行動はしないつもりでした。

小母さん。私は頭の中が整理出来ない。いや心の中を整理することが出来ない。だから、ゆっくり、思い起して、事実をかいてゆきながら、ぬけているところもあるだろうと思います。だけど、私は小説書いてるのじゃない。正直な告白を、真実を綴っているのです。だから、ここにかかれたことは、すべて、まちがいなしに本当なんだ。本当の私の苦しみで本当の私の自責なんです。

小母さん。順序よくかくことが出来ないし、字も荒れて来た。だけど私、止めないで書いている。

小母さん。それから、未だ一人の男性が私の附近にいるのです。彼を、青白き大佐とよびましょう。そのいわくは後にして。彼とは、夏すぎに妙なお見合いをしたんです。病気がよくなり、だけど私にとって希望も何もなく、誰でもいいから結婚するわ、と洩した言葉を、青白き大佐の兄貴がきいて、私と大佐を私の部屋で、会わしめたんです。ところが、お互に好きになれなかったため、何のはじらいもなく、ずけずけ云い合ったもんです。彼が作曲をしてたんだということをきいて、音楽のことなど、まるで色気もなく喋ったもんです。その後、家にレコードをききに来たり、お茶をのみに行ったりしましたが、私は、彼の才能に、びっくりしながら、好感さえも抱いてませんでした。今、商売人の青白き大佐が、音楽の話などして、郷愁ではすまされぬ心の動きを、私はにやにや笑って面白半分にみてました。私がひきあわせた作曲家のクヮルテットの楽譜をみて、彼はおそらく、気持がおだやかじゃなかったことでしょう。喫茶店や何かで、いい音色に出くわすと、彼は堪まらなく落つきなく、耳にはいる音の流れを追っているのです。私は意地悪く、その表情を観察したりしてました。

小母さん。青白き大佐は、私を嫌いだ。嫌いだといってたのです。だけど、よく私を訪問しました。そのうち、私は青白き大佐と結婚したら、幸せになれそうな気がしたのです。彼は、とても大人だから、私が何を云おうと、何をしようと、眺めてくれるんです。私は、神経をつかわなくて済むし、気楽だろうと思ったのです。そして、私と青白き大佐は、遂に婚約しました。それがふるってるんです。契約書をとりかわしました。拇印を押しました。だけど、私は実際のところ、真剣に結婚を考えてはいなかったのです。だから、買主が大佐、売主が私。売物は売主と同一のもの、但し、新品同様、履行は、昭和二十九年。さらい年です。など二人でとりきめながら、至極かんたんに契約したわけなんです。彼の気持などは、私、ちっとも考えないし、想像もしなかった。それが、十一月十七八日のことです。人に若し喋ればこの契約は放棄になるなどという条件まで、すみでしたためたものです。ところが、私は、まるで冗談半分だったので、四五人の人に、結婚するんだと云いました。しかも、来年しますなどと。何故、大佐が結婚を昭和二十九年にしたかは、後ほどにまわします。だから、私の過去の人に会った時、結婚するんだ。その人はかつて作曲家で、など云ったのは、まんざら出たらめでもなかったわけです。大佐は、私が、新しく恋をしていることも過去の人をまだ愛し、そのために苦しんでいることも知っているんです。京都での一夜の時も、大佐は傍に居ました。だけど私は平気でした。何故なら、大佐とは、お互に惚れぬこと、などという条件があったのですから。それに、私は、恋愛を結婚までもって行くことに反対してたんです。私のような、過激な、情熱のかたまりみたいな女は、恋愛して、そのまま結婚することは、とても出来ない。恋愛を生活に結びつけられないいんですの。

小母さん。それに、私には、三代目の家族が傍にあるのです。三代目の家族の一人なんです。有名な親をもち、有名な祖父、曾祖父をもち、貴族出の母親をもっているんです。その悲劇は、どうせ、このつづきにかきますから、今ははぶきましょう。私を死にいたらせる一つの原因にでもなるんでしょうから。一番大きな原因と云えば、勿論、厭世《ニヒル》でもなく、愛情の破局ですけれど。

小母さん。今ちらと、小母さんと共にすごしたあのふんいきを思い出しました。いつもいつも花がありましたね。小母さんは花が好きな人。田中澄江さんという劇作家の人の作品には、必ずのように花が出てくるそうです。だけど、小母さんと花の方が、もっともっと近よったつながりがあるみたいだと思います。

　さて、もとへ戻して。

　小母さん。私は三人の人が私の心の中でメリーゴーランドのように、ぐるぐる私のまわりを舞い出しているのを、おだやかな気持で見てはいなかった。だけど、それは長くはなかった。私は新しく恋をした人に、すべて、私の心がひきずられてゆくようになったのです。青白き大佐とはよく会いました。だけど、まるで私はいつも他のことを考えてたようです。子供が生れたら、ピアニストにするんだなんて冗談を云いながら、私は、彼の子供なんか、生める筈はない。生み度いと思わない。と心の中で思ってました。だけど、気にかかることが一つあったのです。何故、彼が、すぐに結婚すると云わず、二十九年にしたかということです。ああ、その告白をきいた時、私は身ぶるいをした位です。このことは、世界中に私しきゃ、大佐と私しか知らないことなんだ。だから、やはり、ここに書けない。唯、一人の女性がからんでいる――私の知らない――ということだけをのべましょう。私はその話をきいて、彼が不幸だと思いました。そして、私のような罪深い女――その時すでに、私は、過去の人に対する罪悪感と、新しく恋をした人に対する罪悪感とで、苦しんだのですから、過去の人に一生あなたを愛すると思い、告白し、新しく恋をして彼の愛情にそむいたこと。それを、心の隅にのこされている過去の人へのやはりわずかな愛情を、新しい人へそむいてるみたいな気がして。――と一しょになって、慰め合うことが、いいのじゃないかとも思い直したりしたんです。そのちょっと前に、私が非常に愛しはじめた——その人のことを、鉄路のほとり、と呼びましょう。彼は高架の下の、しめった空気がすきなんだから——その人、鉄路のほとり、とのある心の事件があるんです。異人街の道をあるき、別れる時に、彼の過去をきいたのです。勿論、すでに私の過去を彼は知っているんです。誰ということも。鉄路のほとりと、私の過去の人——かれを緑の島と呼びましょう。沖なわ節をよくきかせてくれたから——とは知り合いなんです。それはさておいて、彼の告白は、痛く私の胸にささりました。というのは、どうして、キャタストロフがきたのかと尋ねたら、お互に嫌になったんだ、と彼、こたえたのです。そんなことあるでしょうか。そんな恋が存在するのだろうか。そして、その彼女、私はみたことがあるんですが、彼女と鉄路のほとりは、毎日のように顔をあわしているんです。平気でおそらく喋ることもするだろう。何てことでしょう。まるで不透明。まるで馴れ合いの恋なんだ。嫉妬心深い私、だけど、私は嫉妬したりはしなかった。唯、いやなことをきいてしまったと思ったんです。本当のところ、私はすこし彼への愛情がへっちまったようでした。翌日会った時、あなたがわからなくなった。と私、云いました。恋って、もっと真剣なものである筈。

そんな私の心の動きがあったため、青白き大佐に、ある感情——つまり一しょになっていいだろう——を持ったのです。

小母さん。退屈？　でも辛抱して下さい。私は書きつづけます。今、麻雀が終ったらしく、家族の人が、点棒のかん定を大きなこえで云い合ってます。

私の心は穏かではなかった。ざわついていて、神経がぴりぴりしてて、いつも空虚のようで、いや又反対に、一ぱいにつまりすぎている心。恋愛のことの他に、仕事が出来ない。書けない。家庭のこと。そんなことも余計に神経をぴりぴりさせた原因にもなるでしょうが、とにかく一刻として落つきがなく、日常には、義務的な仕事が多く。というのは、私の芝居が上演されることになったんです。間近にせまっている。その芝居の音楽を作曲し、弟にトランペットをふかすこと、太鼓のアレンジ。切符のこと、税務署に文句をつけられたり。朝から五六本も電話がかかる。新聞のコントたのまれる。この二月に描いた、唐津での陶器がおくられ、その代金を書留で送ったところ郵便局の手ちがいで、何度も、念を押しにいったり、私は、実にオーヴァーワーク。疲れてるから、ますます神経が鋭敏になり、いらいらする。

さて、舞台稽古の日になった。十二月の十二日。私は、太鼓をかりに、知人のところへ行き、太鼓をかりた。小母さんのところにも寄ったんだっけ。かすりの着物をきてた時よ。私のかいた帯しめて。御影の駅で、木綿の大きな風呂敷に太鼓をつつみ、それをもって、その時、私は、鉄路のほとりに会い度い気持で一ぱい、大事な仕事が山積のようにあるのにかかわらず、大阪へ行ったのです。よく行く喫茶店へゆきました。彼が居そうな気がしたんです。ドアを押しました。鉄路のほとりは、女の人と一しょに話をしてたんです。私は途端に、かあっとなった。今から考えると私は実にあわて者。だけど、すぐそうなるの。それがたとえ、彼の妹であろうとも。私は会釈をかろうじてした。知ってる喫茶店の女の子が、何、その風呂敷と私にきいた時、たいこ、とこたえる声が、自分でかすれてるのを知りました。はなれたコンパートメントにこしかけて、私は煙草に火をつけて、胸の中で、ガタガタ鳴っているものを落ちつかせようと努力しました。しばらくして、――その間、私は鉄路のほとりの方を、ちっともみなかった――鉄路のほとりは、私の傍へ来ました。五時に来るからまってて、と彼は云いました。私はうなずいた。だけど、待つ気はなかったのです。ドアのきしむ音、二人の足音がもつれ合って出て行く。私は、コーヒーをのみ、気持をおちつかせました。次の行為、私の、緑の島へ電話をしたのです。全く、衝動的に受話器をとりあげたのです。緑の島は居合せました。私はおいそがしいですかとききました。暇だと云うのです。そして、出かけて行くと云うんです。私は、居所を教えました。丁度、私の友人の作曲家――度々この人のことが出て来ますが――の仕事を頼む口実があったわけで、緑の島は、その仕事を一つ、持って来てくれたのです。私達は、自動車で別れた日以来、半月ぶりで会ったのです。穏かに語らいました。主なことは、音楽の話でした。それから、緑の島の仕事のこと。次から次から、話はつきません。だけど小母さん、私達は、静かに話合っているのですよ。お互に、お互の心をほしいとは思わないんです。それは、もうすでにすぎた恋だったわけ。小母さん。やはり終っちまった恋でした。それでよかったんだ。私は、ほっとしたんだ。だから、五時迄に彼が帰ることをねがった。やはり、私は、鉄路のほとりをまつ気になったのです。しかし。五時五分前。私は時間をきいた。喫茶店の女の子が、五時五分前をしらせてくれた。その時、緑の島が、のみに行こうと云ったのです。私は何てみにくい女でしょう。緑の島に対して、何らの感情をもたないままに、一しょに外へ出たのです。鉄路のほとりに名刺をかいて、勿論、緑の島には気づかれぬように。何てみにくい私の姿。帰りたくなったから帰るという、いやな言葉を名刺にかいて。濁ってきたない私。緑の島と私はのみにゆきました。そこでも、おだやかに喋ったもんです。ピアノがおいてあって、アルバイトの音楽学校出身だという女の人が、ショパンを弾いてるのをお互に苦笑してきいていた。まずいショパンだったから。そして、子供の話をしたんです。青白き大佐も私も子供をピアニストにするって云っているのですと。しらじらしく。まるで、自分の心に存在しない問題を。平気で。私は、もう自分をうんとみにくくして、自分で苦しんだらいいんだと思ったのです。自分の心、感情と、自分の行動との、ずれがひどくなる一方。不均衡な不安定な、いやあな気持に自分をおいて、自分に対して、唾をはきかけ、自分に対して、あしげりして、何というういじめ方。

小母さん。私はどうしてこれ程までに、自分を自分でみじめにしなきゃ済まされないのでしょう。私をみじめにしないで、と何度も鉄路のほとりに云いました。けれど、考えてみると、自分で自分をみじめにしているんです。

——お互に、おいらくの恋みたいね——

と緑の島と私は握手をして、駅の近所で別れました。

私は神戸へもどりました。着物を着替えに家へ帰り、さて、今夜徹夜の舞台稽古へ、十一時前に行くことにしたのです。行くほんの少し前、青白き大佐より電話がかかり、喫茶店で少し喋ってから一しょに会場へゆきました。青白き大佐には、何でも云うから、今日の出来事もつげました。だけど、彼さえも、私の自虐的な、みじめな、けがらわしい行為を、すっかりはわからなかったでしょう。彼は、よく私を理解しているようでしたけど、やっぱり、心の底までわかりはしなかったと思います。会場へ行った私は、演出する人から、鉄路のほとりが神戸へ来ていることを知りました。一刻も早く会いたい。そして一刻も早く、私のみにくさを告げて、ゆるされ度い、そう思ったのです。鉄路のほとりはのみに出かけたらしく、又帰って来るということを知りました。その間、仕事のことで多忙。だけど私の心は、仕事のことなど考える隙さえなかったのです。楽屋へはいり、気持のいらだちを、お薬をのんでごまかそうとし、太鼓の具合をしらべ——これは青白き大佐がたたくことになってたのです——さて、又、もう帰って来るだろうと、舞台の方へあがったのです。いました。彼は、仕事を、装置を手伝ってくれてました。私が傍へゆくと、ぽんと私の頭をたたき、すぐに仕事をつづけてました。それからいよいよ舞台稽古。鉄路のほとりと私は隣合せに腰かけました。彼はもう、芝居のことで一ぱいのようなんです。私はそのことでも私自身恥じました。さて、彼は、私に代って、随分、注意をしてくれたのです。それで、研究生達の間に、少しいざこざが出たのですが、そのことはさておいて、丁度、私のものの上演の稽古が終った頃、もう朝です、もう一本の稽古がはじまりました。彼は客席で横になって寝てました。私は、毛布をかけながら、もうとても自分のみにくさが、彼の私への愛情に値しないようないたましい気持だったのです。青白き大佐は、用事をしに出かけてゆきました。私と鉄路のほとり、二人になる機会がおとずれました。二人で、おひる頃、コーヒをのみに出たんです。ストーヴのある、会場の近くの喫茶店で、鉄路のほとりは、大へん不機嫌だった。だけど、私は、もう、たまらなくなって、昨日のことを云ったのです。緑の島と会ったことを。彼は、黙ってました。いつまでも黙ってました。私に会い度くて、神戸まで来たことを私はきいていたんです。——まあいい、芝居の手伝いしたことだけで、いいんだ——彼は私にぶっつけるように云ったのです。二人が会ったのは、久方ぶりでした。だから私は、その前日に、彼へ速達を出しているのです。とても不安な気持。出来るだけ早く会い度いということ。そして会ったその時、何とお互にもつれてしまったのです。彼は帰ると云いました。私は泣きじゃくりながらひきとめました。駅までゆき、猶もひきとめました。丁度、作曲家の友人に出会い、彼もひきとめてくれたのです。喫茶店へはいりました。私はもうすっかり精神が錯乱しちまって、何を云ったのかわからない。一人で喋ったのです。

もう、つながりがないのだ、と彼が云ったからです。私は、がく然としたのです。今こそ、本当に、緑の島とのことも解決されて、彼に何もかも奪ってほしい気持になってたのですから、その気持が強かったからこそ、私は彼の言葉におどろき、何とかして、愛情をよびもどそうとあせったのです。彼は、私の目に真実がないのだと云いました。そうだったかも知れない。私は、心のある部分で、緑の島を愛し、それから、安楽椅子をちゃんとつくったりしていたのだから、それは青白き大佐なんだ。痛ましかった。私のお喋りに、彼は、俺に説教するつもりかと云った。そしてせせら笑いもしたのです。芝居の公演の時間がもう後わずか、作曲家の友人は先に出てゆき、私と彼は、いがみ合っている。もう時間もない。私は彼を駅へ送りに行った。私は、結婚してほしい、とねがったんです。青白き大佐との契約書を持っていながら。勿論、その契約書は、返却するつもりでした。でも、返却してから云うべきだったろうと今思います。彼はむつかしい顔をして帰ってゆきました。私は、自動車で、あわてて、会場へ戻り、さて、公演。自分の芝居が公演されるということは、とても単純によろこべないことです。演技者にも、演出者にも私は本当に感謝してますけど、私自身とてもおちついてみることが出来ません。私は、一回目の公演が終り、夜になり、芝居のことよりも、鉄路のほとりのことで一ぱいでした。青白き大佐は、私に云いました。真剣に愛しているなら、二回目の公演が終れば、京都へ行くがいい。そして、もう仕事も何もほったらいいんだ。私は随分考えました。だけどやめたのです。芝居ほったらかしたら駄目だぞ、と鉄路のほとりにわかれる時云われたのです。私は行かぬことにしました。その日の公演の後、私は泣きじゃくりながら、酒を何杯ものみました。私は随分何か云いました。だけど本当の気持は、自己嫌悪で一ぱいだったのです。へたな台本、そして、きたない行為。そして、小説がかけないということ。そんなことが、私を無茶苦茶にしたのです。だけど、その中に、私の鉄路のほとりへの愛情は、どんどん深くなってゆくのを私はみとめました。朝が来るまで、私は、泣いて居りました。青白き大佐は、楽屋の寒いところで、私を慰めてくれました。私は、自分一人でどうすることも出来ないこの気持を、多少なりともわかってくれる青白き大佐に感謝すると共に、彼に頼る自分のみにくさに又責められるのでした。

翌朝、ごめんなさい、という電報を私は、鉄路のほとりに打ちました。若しや、私の芝居の公演を、みに来てくれまいかと、客席を探したりもしたのです。私は、のみつづけました。最期の公演は、何だか悲しい気持でみていました。神経のたかぶりはおさまってましたけれど、これが、ひょっとすると最期の仕事じゃないかとも思って、そして自分のつくったせりふを、自分自身こだまして戻ってくることを、奇妙だ、（これは劇作家の人、どんな気持なのかわからないけれど）とさえ冷静に、その奇妙さを分解したりもしました。芝居が終り、写真をうつしたりしました。私は、その時既に死を決していたのです。決して、単なるセンチメンタルではない。自分で自分の犯した罪を背負いきれなくなり、もうこれ以上苦しむのはいやだと思ったのです。その時。私は青白き大佐と、少しのみにゆきました。ふぐなどを食べ、その時はもう静かな気持で居たのです。あくる朝、芝居の後仕末でごたごたした日を送り、その翌日、私は夜おそく、作曲家の友人から電話をもらったのです。鉄路のほとりの手紙をうけとっているということです。私は、翌日届けてくれるようにつげました。でもその手紙に期待はしなかったのです。いろんな事情で、私はやはり当然自分を死なせるべきだという気持だったので。でも、それでも早く手紙がみたいのでした。机のあたりを整理して、金銭の（借金）勘定もし、焼却するものもまとめたりしました。私の友人のある令嬢が訪ねて来たのは、その日でした。私の表情から何かをとったのでしょう。いつもなら、笑顔でむかえるのに、むっつりしているし、彼女の話はうわの空だったのですから。彼女は、私が変った、とかそんなことを云ったようです。私は随分ひどいことを、ひどいというのは彼女の気持を察しないではないんです。でも本当のことをずけずけ云いました。彼女は泣いていたようです。その夜、研究所で、私は、鉄路のほとりの手紙をうけとりました。それはもう書けません。

小母様、私にとって全く悲しい手紙であったのです。しわくちゃにまるめました。けれど、その夜、又よみ返しました。私は、私の心の中に喜びも発見出来たのです。彼は私を愛してくれています。私はそのことを感じることが出来たからなんです。感じることが出来たのですよ。小母さん。

今、ファイアーエンジンが通りました。犬が鳴く、風の音、吸取紙はもうとてもよごれっちまっている。私の心は静かです。平安です。書いているうちに、静かになって来たんです。もう三時頃じゃないかしら。小母さんまだまだつづくのです。そうだ小母さん。その翌日。私は小母さんの家を訪問したのじゃないかしら。そして二十人目のことをきいたのだろうと思うわ。アルベニスを弾くって云ったわね。あの音譜、青白き大佐とかいにゆき、彼があの音譜の一頁目に、青白き大佐、と共に（Avec un pâle Colonel）と書いてくれたわけ。それは、ミローの歌曲のある一つの詩の一節に出て来るんです。ところが、この詩の曲は、レコードには省かれています。（このレコードのことは後に出てくるんです）

小母さん。小母さんと二人で、あの日、喋ったことは、さっきちらとかきました。私の苦しみ、せめ、それを、私は洩したのですね。それから家族のこと。生きてはゆけない気持のことを。あの日、あれから、大阪へゆきました。鉄路のほとりに会うために、彼に電話をしました。

——いや、小母さんの家へ行ったのは、その次の日だったかな。少しわからなくなりました。というのは、青白き大佐と富士正晴氏と一しょに居た記憶もあるようですが——とにかく、鉄路のほとりの居るところがわかり、彼は、八時頃まで仕事があるといいました。唯、会い度いから、会ってほしいと云ったのです。私は、いつもゆくその喫茶店——レコードを鳴らしてくれるところなの——で八時迄まつことにして、それよりおそくなれば、他のところということにしました。私は、紙と封筒とペンを用意してました。鉄路のほとりに手紙をかきました。——真実のことを、感じてほしい。だけど会っても、あなたは感じてくれない。だからもう会わない。本当だということをあきらかにするだろうところの一つの行動を私はとります。私は幸せ。あなたの愛を感じ、あなたを愛する自分の気持も誰にだってほこれるものだから、だけど、唯それを感じてもらえないことは、不幸せかも知れない——というような手紙です。ドビュッシーの海をやってました。私は、青白き大佐に、契約破棄の文章をかきました。それは糊づけしないで、自宅へ帰って、契約書をいれるべく、心得てました。それから、富士正晴氏にかきました。私の原稿二つ、彼の手許にあるのは、発表しないでほしい。ということ。それから、私の友人の令嬢へ、やさしい手紙を。それだけ書き終えた時、喫茶店の主人が、いたずらがき帳をもって来てくれました。何かかいて下さいと。私はホットウイスキーをのんでいたし、多少、私の死と結びつけて考えられたので、いたずら書きをしました。いつもの皿に絵をかく調子で、さらさらと、海の中のと、花鳥の群とを。八時十五分頃、そこを出て、青白き大佐が、九時にまっているという喫茶店へ自動車をとばし、今夜は会いませんという置手紙をして、鉄路のほとりと会うところへ行きました。そこは、緑の島の仕事場なのです。然も、私が依頼した作曲家の仕事の出来上りの日で、緑の島も、作曲家も居るのです。私は、緑の島と視線をあわせ、一言二言しゃべりました。いつものように、緑の島の、私への愛情をその瞳に感じました。だけど私は、私の目はもう何の誰に対する目と一しょだったでしょう。そして、廊下に、鉄路のほとりらしき声をきき、その時こそ、私の瞳は輝いたことと思います。会いました。打ちとけるように私は、もう片意地もすてて、ほほえみました。自然にほほえんだのです。緑の島が部屋を出て行ってから、鉄路のほとりはいって来ました。私は、彼に手紙を渡しました。丁度、作曲家の彼が、青白き大佐と面会しなきゃならぬ用があり、私は、青白き大佐との喫茶店へ又電話をかけ、大佐に居るように伝えてほしいと云いました。私と、鉄路のほとりとは口をききません。彼はすぐに私の手紙をよんでました。作曲家の友人と三人で、私達は道をよこぎり、青白き大佐の待つところへ行ったわけです。道で、私は、もう何も云わないで下さい。と鉄路のほとりに云いました。彼はうなずきました。それから小一時間もして、閉店でおん出され、少しのみに行ったのです。そして終電車まで居りました。省線の駅で、私と青白き大佐と作曲家は、鉄路のほとりをひきとめ、神戸へ行こうとさそいましたが、遂に彼は、ちがうプラットの方へあがってゆきました。今晩もう一度、この手紙をよくよんでみる。彼は小声で私に云いました。だけど、私は、もう二度と会えない気がしたのです。だから、彼の後を追ってプラットへあがりました。彼は、私に、京都へ来ないかと云いました。優しく彼は云ったのです。私はすぐにゆくと云いました。ところが、ものすごくとめたのが青白き大佐なんです。小母様。私は、鉄路のほとりと握手をしました。涙がこぼれそうでした。別のプラットへあがって、京都行の電車が出てゆくのをじっとみていました。若しや彼は、電車にのらなかったのじゃないか、などとも思いました。彼は帰ったのです。電車の後尾灯は、遠くみえなくなりました。こんなことは、まるで三文小説みたいに、陳腐なこと。でも、私、ほんとにもう会えないんだ。と自分の心で決めてしまっていたものですから、随分たまらなかったのよ。その夜、家へ帰って、寝床にはいった頃、鉄路のほとりから電話をもらいました。行動とは、今晩かというのです。私の母は目をさましてますし、電話は家の中央なのです。私は、いいえと云いました。そう、じゃおやすみ、彼はそう云いました。私もおやすみなさい。と云って、いやまだ何か二言三言しゃべったようですが、受話器をおろしたのです。私はもうすっかり心に決めておりました。二十二日に黒部へゆくことに。何故二十二日になんかしたかと云えば、仕事の残りの始末をしてしまいたかったのです。切符代の集金やら、それに芝居の批評会にも出なきゃならなかったので。

小母さま。その翌日に、私の心をますますかためたことがあるのです。作曲家の小さな坊やをつれて、公園行きを、前々から約束していたので、作曲家の彼に、大阪からの終電車の中で翌朝、坊やと約束をはたそうと云ったのです。

小母様、この日のことは、一度、眠ってからあしたかきましょう。何故って、腕がだるくなっちまったの。今日は、朝のうち、随分ピアノ練習したし、それに、煙草が残り少ないの、今晩中に書きあげることは、出来かねるので、――煙草なければ駄目なの――さむくなりました。じゃあ一まず、お休みなさい。小母さま。

五時間も眠ったかしら。朝、家の中でがたがた大きな音をたてるので目ざめてしまうのです。古い家屋なのでとてもひびくのよ。私は寝床の中で夢を思い出していました。レコードの針を一ぱい打ちつけたもの――そのものが何だったか忘れたけれど、それに布をかぶせておいて、暫くしてから布をとりはずし、唇を寄せて、すうっと空気をすうのです。そうすれば、子供が生れる。そんなことを、S新聞社のN女史が一生懸命に私に教えてくれている夢でした。おかしな夢だ、など苦笑しながら、うつらうつらしてました。と、電話の鈴。私は、鉄路のほとりだろうと思いました。ところが、それは、九時すぎ、会社へ行った兄からだったのです。小母さん。私は、昨夜、書きかけていた、公園での出来事を後まわしして、私の家庭のことを、ここで詳しく説明する必要があるようです。前にもちょっと書きましたが、家庭のこと、これは、私を死にいたらしめる、やはり重要な原因の一つなんです。

小母さん。私の家庭は、多くの人達から羨望された家庭なんです。ところが、そこに住んでいる私達兄妹は、どこを羨望されるのか、わからぬ位。いや、たしかに貧しくないと云うことは、羨望される一つの要素かも知れませんが、とにかく、もっと具体的に、話をつづけましょう。兄からの電話は、今夕、会社へ来てほしいと云うことでした。私は、行けたら行くという返事をしました。電話が終ってから、私は両親につかまってしまいました。たくさん、たくさん、書くことがあって、整理が出来ません。私はペンをおいて、太陽を暫くみて居りましょう。

駄目。書いてしまわなきゃ。つづけます。小母さん。私の兄は、もう二ヶ月位、とても不機嫌なのです。夜おそく帰って来て、物も云わずに寝てしまう。そんな生活がつづいておりました。兄は御存知のように、ルンゲをやられ、長い病院生活をしていた人ですから、母は非常に体のことを心配してました。兄の態度には、家中いらいらしてしまうのでした。何も云わずに怒り顔をしているのですから。その原因が何であるか、父も母もしきりに探索しようとしておりました。一つは、会社でのことで、父が関係していたところであり、家の番頭の息子などが先輩顔で上の席にいることなどが、気の弱い兄をまいらせたのです。皆がよってたかって、笑い者にするらしく、内向的な、そして正直で御人好しの兄は、たちまちインフェリオリティー・コンプレックスにかかったわけ。卑屈な人なら平気でしょうし、傲慢なんなら、父を盾にして、偉ばることも出来るのでしょうが、兄は皆から、いじめられるのに、又もってこいの性格の持主であり、又もって来いの立場にあったのです。父は、会社であまりよく云われないらしく、パージがとけて復帰したことも、多くの人から反感をかわれていました。そのことは、兄からきいて知ったのですが。ところが、兄にしてみれば、親の光は七光りを感じてそれを有難く思わねばならぬ理由もあるわけで――というのは、身体が弱いため、無試験で会社にはいったことや、その他、上役の人も兄に対しては、特別な見方で接しているということなど――その反面、親の七光りが迷惑に思われることもたくさんあるわけなんでした。兄は、会社での憂鬱な日常を、唯、帰りに酒をのむことでまぎらわし帰宅するのでした。だけど、兄をそんなに弱らせる原因は、会社のことだけではありません。母に云わせれば、ある酒場のマダムが、兄を誘惑し、人のいい兄はひきずられて、にっちもさっちもゆかなくなっているということを原因の一つにあげていました。それも、極、小さな原因にはちがいありませんが、それよりも、家庭のことが大きいのです。さて、これからが、私も関係し、私も直接感じている問題なのです。私達子供は、小さい時平和に育ちました。私一人、時たま家族に反逆的な行為をとったものですが、それは大したことじゃありません。何故平和だったかと云うと、これはもう私独りの意見なのですが、父を誤解していたためだと思うのです。小学校六年の時、私の作文、お父さんが入選したことがあります。私は父をとても愛していました。父も又私を人一倍かわいがっていたようです。というのは、父の趣味をうけついだのは、私ひとりだったからでしょう。絵や、陶器や、或いは文学に対する興味も、父の影響でした。私は父を非常に偉い人だと思っておりました。然し、年をとり、今迄の自分の、父に対する解釈は、大きな錯覚だったことに気づいたのです。私の父は、私を、自分の類型にしたてあげようとつとめたようです。そして、わが娘を、自分のこしらえた寸法通りに、はめこもうとしたのです。父は、学校で秀才だったらしく、そのことをいつも自慢たらしく、子供にきかせていましたが、子供の頃は、私の父に対する崇敬の念をまさしめることになりましたが、だんだんそうはゆかなくなって来ました。戦争が終り、私が会社の給仕などするようになってから、つまり、家庭をちょっとでもはなれたところから、父を眺めることがはじめて出来たのです。父は狭い世界を、おのれだけ正しければよいという気持で守りつづけている人でした。酒も煙草ものまない。常に本をよんでいる。父は父のあゆんで来た道をいつも誇らしく思っているのです。だから、自分の尺度でもって単純に人を判断し、自分とかけはなれた存在の人をいきなり軽蔑しておりました。父には、商売人の友達はいません。父が商売人を軽蔑しているからです。そして、学者や芸術家と交友しています。学者や芸術家は偉いときめているのです。私が小説をかくようになった頃、父は大へん反対しました。詩や随筆なら書いてよいのです。すすめるのです。ところが小説は、やくざなものだと思いこんでいるのです。勿論、父も小説もよみます。負けず嫌いの人ですから、新刊書でもどんどんかってよんでるんです。ところが、反訳のものでも、日本のものでも、過激な小説や露骨に人間の姿をえがいたものは、渋い顔で、くだらないと云い、自分の世界に近いものは、ほめちぎるのでした。父は露伴が好きです。そして、私を幸田文のように仕上げ度いのです。文のかいた本を私によめとすすめ、私は雑巾かけや障子はりの文章をつまらなくよまされました。父は、どうだったと云いました。立派な装釘だと私こたえたのです。父はおこっていました。父は、自分の子供達への教育に自信って居ったようです。だから、私が小説をかき、兄は会社でやっつけられ、弟はジャズを好むモダンボーイになったことは、とても腹だたしいにちがいありません。兄には、まけぬ気を、私には柔順を、弟には、勉強を、父は要求しているのです。狭い世界で自分を守りつづけ、子供達にも狭い世界を強いようとする父に対して、私は大へん憎しみを抱きます。私と父はよく議論しました。彼は一歩もゆずりません。皮肉な笑いを洩し、しまいには指先をおののかせながら、自分が正しいのだと常に主張するのです。もう半年も前から、私は、一切父と真実を語り合うことをよしてしまいました。馬鹿らしくなったのです。まるで中学生のような感覚でしかない父なんです。というのは、

　ここまで書いて玄関に呼声。出てゆきました。若しや、鉄路のほとりからの速達ではないかと、ちがいました。彼からは何にも。

　というのは、たとえば、新聞社からのアンケートでも、私に来ないで父に来た時の父の喜び方は大へんなものです。そんな面の父を私はにくまずに滑稽に思います。で、私は、もうすっかり、父を欺いてりゃいいのだと思うようになりました。だから、私は、いつの頃からか、家では笑顔しかみせなくなりました。父の子供じみた皮肉や嫌味も、笑ってき

き流し、冗談や街でみた事件を面白おかしく喋ったり、父の絵をほめたり、とにかく、玄関を一歩はいれば、私はすっかり自分をある仮面でつつんでしまうのです。その方が、父は喜ぶし、私にとっても楽に出来得ることなんですから、ことは簡単。父は、私の想像していた通りでした。お前には何を云ったって怒らないからいい。父は云いました。私は苦笑します。父をにくみながら、父をあわれに思うこともあります、さて、私の母はというと、これはお育ちがよくて、のんびりしていて、実に円満なんで、たくさんの人から愛されています。でも小母様私の母は、まるで、何も知らない人なんです。彼女にそれを求めるのは無理でしょうけど。この間も、兄に思いをかけている酒場のマダムを、あったこともないのに、ひどく悪くいうのです。私は少しお説教しましたけど。でも母にとってみれば、何にもわからないことでしょう。

小母様、私は母を愛しちゃいません。しかし、母をせめませんし、別の人をみてこんな母だったらいいのにとは決して思わないのです。私は、母に対する自分のつながりをみとめることが出来ないのです。父に対しては、つながりをみとめるのです。兄と同様、私も、親の光で、久坂葉子の今の状態までなれたのだと人に云われ、どこへ行っても、父の名前が、私につきまとっているのですから。宿命だといって、——甘んじることが出来たら私は父とのつながりを平気でたつことが出来るでしょうが、私の心の隅に反抗がある以上、父とのつながりはあるのです。たしかに。おそらく生きている間、それもわずか後三日位だろう。あるのです。順序よくかかねばなりません。さて、兄に先日私は久しぶりに会いました。二人きりでお茶をのみ、家庭に居る時は、芝居しなきゃ、キジを出しちゃまずいんだ、ということを懇々と云ったものです。そして、行動しなきゃ駄目だから。家にいる間は、自分をピエロにしたてて、十分計画してから、家を出なさい、と云ったのです。淀んだ三代目の血の中にいたら、きたなくなってしまいます。父は、自分で高潔な人間だと思っているようですが、それはとんでもないまちがい。稚劣と清潔はちがうのです。彼は、かえって不潔なんです。学問とかインテリジェンスを盾にして、本当の父個人はひんまがっているんです。私は、兄に家を出ることをすすめ、会社もやめたがいいと云いました。兄は、私の意見にびっくりしたようです。私も、その時家を出よう、来年は独りの生活をはじめようと思っていたのです。それは、一度、決心した、黒部行の後のことで、すこし、重複したり、日時がおかしくなりがちですけど。小母さん。辛抱してよんで下さい。

今、正午のサイレンが鳴りました。昨夜っから、十時間ちかく書いているのじゃないかしら。さて、話を、昨夜のところへかえしましょう。いや、まった。今朝、兄に電話をした処、父母に呼ばれたことかきましたね。その時、父は、私が兄の会社をやめることに賛成していることをひどくおこり、わけのわからぬことをしきりにくちばしりました。兄の劣等意識を、とてもなさけなく思っているのです。私は、何故、兄があんな性格になったのか。考えてみる必要があるのじゃないかと云いました。母は、丁度兄をみごもっている時、父が外国へ行っていたため、その怖しさが、兄に影響したのだ、とかおもしろいことを云いました。私は、父に反省してほしかったのです。一中、一高、東大以外は人間の屑だと思いこんでいる父が、父自身きづかないで、兄に対して、ひどくコンプレックスを起させる原因になっていたことを。たとえば、兄の友達で、秀才が居て東大を出たのです。父は、その人が来ると、兄に対するより、もっと、歓びをみせ、兄の知らない、東京の赤門の話を、教授の話を、たのしみながら、喋っているのです。私は、父に反省してほしかった。でも、父に対して、ずけずけ云うことは、又一もん着起すことで、私自身面倒くさくて止してしまったのです。父は又云いました。どうして家へ帰り、お父さんに、キジを出さないのだろうと。私は、つい云ってしまいました。

「キジを出すな、って私はお兄さんにすすめたのですよ。彼はキジを出している。心に嫌なことがあれば、怒った顔をしている。それがキジですよ。お父さん矛盾してる」

だけど、私は父の表情が、けわしくなるのをすぐに知り、又おどけたことをつけたし、父をごまかしてしまいました。

さて、いよいよ、公園でのことに戻ります。小母さん。辛抱してよんで下さいとは申しません。つまらなくなれば、とばしよみでも結構、途中でやめちまって下さってもいいの。唯、私があなたあてに書こうと思ったものですから。

　さて、公園へ作曲家のぼうやを連れてゆくのに同行したのが、青白き大佐です。私は、一しょにいることをひどくいやがる気持でもありました。彼に愛情を持っていなくとも、一しょにいることさえ、鉄路のほとりに済まないような気持になっていたのですから。ぼうやをはさんで、自動車で王子公園にむかう途上、私は、二十二日の黒部行を目の前にひかえて、その日は十九日です。神経が鋭利になっていました。その時、青白き大佐がある事件を教えてくれました。青白き大佐は、私の居ない時、昨夜の大阪駅での、鉄路のほとりとのいきさつを私に云ったのです。青白き大佐は、私の居ない時、鉄路のほとりに、例の芝居の舞台稽古の話をし、研究生から反感をかわれたことを告げ、君のために、俺は代べんしてあげたんだ、と云ったのだそうです。鉄路のほとりの答えは、

「それはさぞかし劇的であったでしょうね」

だったのだそうです。青白き大佐は大へん腹をたてていました。私は、そのことをきき、青白き大佐に腹をたてたのです。公園へはいり、ぼうやを、木馬にのせ、遊ばせてやりながら、

「私の一番嫌いなことは、あなたのために、こうこうした、って云うことです」

　と云いました。そして、青白き大佐の行為を、思わしくないように云ったのです。私、ほんとに、恩にきせるようなせりふは大嫌いなんです。彼は、自分のやったことは正しいと主張しました。私、だまってしまいました。とにかく、何もかも面倒になったのです。

それより、ぼうやとうんと遊んだりしました。メリーゴーランドにものりました。もう、青白き大佐には、嫌悪を抱いてました。でも、契約解消は申し出なかったのです。封筒にいれてあるんです。昨日かいた手紙と共に。でも理由や何かを説明するのが面倒だったので、どこかへあずけて置いて、それでおしまいの方が簡単だと思ったのです。その日はそれで終りました。

その翌日、私はいかにくらしたか記憶していません。とにかく、いそがしかったようです。あ、多分、おばさんと、喋ったのが、その日だったかも知れませんね。嫌、そうじゃなかったかな。私は、令嬢の友人のところへ行ったのだ。そしてたのしく話をし、丁度二十一日に、キングズアームスホテルのカクテルパーティーに私招待されていましたので、令嬢をさそったのです。外人の中で、のんだりすることは、大にが手ですけれど、彼女は好きなことなんです。そうだ、その日やっぱり、おばさんのところへ行ったんだ。その夜、研究所。私は、死を思いつめてました。私の芝居をやってくれた、とても優秀な私の好きな人や、同人の人と、いつものジャンジャン横丁へ行き、私は、随分歌をうたいました。そして、自宅へもどったのです。二十日の月曜日は、昼間、私は何をしたかすっかり忘れましたが、夜は、約束のカクテルパーティーに、令嬢を伴って、出かけたものです。さてその帰り、私は、どうしても、鉄路のほとりに会い度い気になったのです。私は京都へ行こうかと思いました。ところが、ハンドバッグの中には、百円札が二枚と十円札がわずか。今から京都へ行っても、市電はなし、かかとの高い靴をはき、シルクのいでたちだったので、まさか歩くわけにもゆきません。私は、鉄路のほとりに電報を打ちました。明日午後三時に大阪のいつもよくゆく喫茶店で会いたいと。私は、とにかく、もう一度どうしても会いたかったのです。単にそれだけ、そして会ってから、黒部へたつつもりでした。令嬢を、自動車で送り届け、私は、自宅へ。机の上などをかたづけ、お風呂にもはいり、まっさらの下着を身につけて寝ました。

小母様。二十二日が来るのです。来たのです。私は、いつもより以上に、家庭であいきょうをふりまき、ほほえみかけました。そして十時半頃、最近かったスピッツとじゃれたりしてから、外へ出ました。ズボン。それにスェーターを二三枚着て、ぼろぼろのトッパーをはおり、穴のあいた手袋をはめていました。ハンドバッグの中には、その日のため貯めておいた千円札と百円札。それに、千円の小為替。それから、真珠のネックレスと、ダイヤやルビーをちりばめた指輪。風呂敷づつみには、ペンと原稿用紙、というのは、その朝、急に書き度くなって十枚ばかりばりばり、芝居のものを書きかけたのです。いちばんはじめに書いた、鋏と布と型、の原稿です。それを途中で筆をおき、三時迄の余暇に、喫茶店で書きあげてしまおうと思っていたのです。さて、風呂敷の中は、青白き大佐から借りていた本二三冊、それは建築の本でした。彼が家をたてるというので、私は、そのデザインをまかされていたのです。いずれ、二人で住むかも知れない家だったかも知れません。それと封筒の中に、契約証と破約の短い文章。これは前にかきました。それ等がはいっておりました。私は、宝石屋へまず寄りました。最初の家で、両方とも三千五百円だと云われたのです。一万円は大丈夫だと思ってたのですから、がっかりしました。次の店で三千円。その次の店では、何と二千円。私は売る気がしなくなりました。品物に対する愛着はまったくないのです。しかし、引換の金額はあまりにも少い。黒部迄ゆく旅費と、若し汽車の都合で、待ったりして、その滞在費がいるわけです。私は、神戸新聞に、原稿料をもらっていないことに気附きました。で、いつもゆくレコード屋へ行って、電話をかけ、とりにゆくことをあらかじめ通知しました。さて、そのレコード屋で、その主人に会った時、彼は、私の昔の恋人です。それは、小母様、知ってらしたわね。ミローの歌曲をかわないかとすすめられました。度々そこできいていて、私、買うと云っていたものです。私は、青白き大佐にあげてもよいと思いました。そして、がんじょうに一枚のレコードをつつんでもらい、三百円とわずか、はらいました。ところへ、面白い酒場の主人がふらりとやって来て、一しょにコーヒーをのみにゆくことにしたのです。十分間ばかり絵の話など致しました。偶然そんななつかしい人と出くわすのは、たのしい気持でした。彼と別れてから、市電にのり、新聞社へゆく迄に、小さいふるぼけた宝石屋へ寄りました。今度こそ、手ばなしてしまえと思ったのです。私は四千円で、指輪をうるといいました。その店では、真珠は駄目だったのです。主人は、たん念にしらべます。私は、時間がないから早くとせかせました。主人は買うと云いました。十五分もかかってからでしょうか。私はほっとしました。ところが、私のいでたちがあんまりみすぼらしく、指輪は価値のあるものでしたから、主人は私に疑いを抱いたのです。御職業、御名前、身分証明書、通帳。もう私は、すっかり嫌になって、出ちまいました。無性に腹がたってなりません。そして、いそぎ足で、神戸新聞社へゆき、八百円をうけとり、少し雑談などして、次に、郵便局へゆきました。ところが、そこでも又、身分証明書と云われたのです。私の定期入れには、名刺は、久坂のが一枚あったきり。印鑑ももってませんし、小為替は、本名宛なのです。私はすごすご（いえ大分ねばったのですが、ほつれた髪の毛のおばはんに、高飛車にことわられ）出て、次の郵便局へゆきました。駅です。そこは、小為替受付けてくれず、もう一軒近くのところへゆきましたが駄目。その近所に、私の友人がいましたから、持参人払になってますので、彼に行ってもらおうと思い、彼をたずねましたら留守。最後に、中央郵便局へゆきました。そこで私は又何度も懇願し、いろいろ説明――つまりその千円は何かを――させられた揚句、やっと受取ることが出来たのです。その金は、この間の研究所の公演の切符代。先に私が立替えてたものでした。私は又市電にのって、阪急へ。そして、急行にのりました。別に景色をみるでなく、いつものごとく、ぼんやりとしてました。私は乗物にのるのが好きで、その間、休息出来るのです。さて、時間は一時すぎでしたっけ、毎日新聞へ富士氏を訪ね、いやその前に、私は緑の島を訪問しました。彼は不在でした。何故訪問したか。唯、私の友人の作曲家のことを依頼するだけでした。もはや、何の感情も彼になかったのです。そして、富士氏と喫茶店で話をしました。よく私は死ぬんだ、とくちばしります。だから、彼には、又、死ぬんだと笑顔で云いました。そうだ。その前に、私は大阪駅で黒部あたりの地図と時間表を買ってました。私は、富士氏と、冗談まじりに、その地図などみて喋り、彼は、又おいで、といって出て行きました。だけど、私はどうして先に切符を買っておかなかったのでしょう。それは、別に何の意志の働きもないことなのです。旅行する時、私はいつも、行きあたりばったりに切符を買う癖がついていたのです。東海道線で東京へゆくときも、山陽線で、西へ行く時も、先に切符をかっておくということはしたためしがなく、切符がなければ次の汽車で式でした。私は、喫茶店で一人になり、インキをかりて、原稿のつづきをかきはじめました。と、私に電話、鉄路のほとりからでした。三時にゆけぬ。六時にゆくというのです。私は待ってます。と答えて、仕事をつづけました。彼の声はとても優しい声でした。さて小一時間もたった時、ドアがあきはいって来た人、何と青白き大佐だったのです。私ははっとしました。その時の私の表情は、実にみにくかったと、彼は後で云ってましたが、彼は何か予感がしたためにやって来たのだと云いました。もう感じられています。私は、黒部へゆくといいました。そして、彼に契約証をかえしたのです。彼は、黒部へゆくのはよいけど、帰って来るようにといいました。私は、その時、何を喋ったのか記憶してません。へらへら冗談を云ったようです。でも、私の顔はひきつり、声はかすれていました。私は、罪深い女だと、そればかり、頭の中で右往左往していたようです。彼は、ゆくなら送るから、電話をしてくれ、と云いました。たしかにと私は約束し、彼は出て行きました。私の契約証を持って行ったのです。私はその時、何故か、ふっと、ひきもどしたい気持にもなり、そして又、ほっとしたようでもあるのです。私は又、原稿のつづきをかきました。鉄路のほとりから再び電話、また少し遅くなるからとのことでした。私は、六時から、レコード何を注文してもいいので、ブラームス四番を注文しました。このシンフォニーは、私が、一番好きなシンフォニーでした。さて、店の女の子が長時間をかけはじめようとし、私はペンをおき目をつぶりました。ところが最初の絃の八小節がかからなかったのです。針のおき具合がわるかったのでしょう。もう私は、気がいらいらして、全曲終る迄、殆どきいてませんでした。不愉快な曲だとさえ思った位です。ブラームスが終り、私の原稿も終りました。次はフィガロの結婚がかかりはじめました。その頃、鉄路のほとりがやって来たのです。私は、むかいの席にすわった彼を、静かなまなざしで見上げることが出来なかった。私の黒部行の気持と、彼への愛情いや愛着とが、ものすごいスピードで頭の中をまわります。黒部行の気持のはたらきは、彼に真実を訴えようとすることの他に、一切の日常事からはなれたかった理由があります。家庭のこと。そうです。私はもう、家庭でのジェスチュアをつづけることが不可能になって来ていたのです。疲れて来たのです。それに、よい仕事が出来ないことも、書けないことも原因だったのです。生きてることにしたら、又掩いかぶさってくる。それらのこと。それらの重さ。私は、彼に云いました。黒部へ一しょに行って下さいと。ああ小母様。私は何ということを云っちまったのでしょう。洩したのでしょう。彼の幸せに、彼の未来に、罪深いとるにたらない私が、遮断機をおろすことになるんです。私達は、喫茶店を出ました。私の荷物、つまり原稿と、ミローのレコードと、青白き大佐に渡すべく借りていた品々。それを預けて。重い足どりでした。私達は、屋台のめし屋へはいって、かす汁をのみました。それから駅の近所へ来ました。彼は、電報をうつと云うのです。私は、黒部へ行ってくれるのだと解釈したのです。ところが、彼は自宅あてには打ちませんでした。その夜何か会があるらしく、ゆけないという電報でした。それでも私は黒部へ一しょに行ってくれるものと信じました。十時半の汽車まで、まだ三時間あまりあります。

(小母様、私の愛用の万年筆のペン先が折れました。)私と彼は、無言のまま歩きはじめました。北の方へむかって。何も云いませんでした。そして、大きな橋まで来ました。下は汽車の線路です。煙があがって来、とても寒い風がふいて居りました。彼は口をきりました。ひどいことを云って、本当にすまなかった。と。私はその言葉を、まるで期待していなかったのです。私は驚きました。そして途端。死ねなくなるのじゃないかと思いました。私達は又歩きはじめました。何分位歩いたでしょうか。鉄路のほとりは、急に云ったのです。僕と結婚してくれますか、と。それは私にとって、期待していたことだけれど、少しも、その言葉をきけるものとは思っていなかったのです。私はもう、何もかも捨てて、彼だけで生きることが出来ると思いました。私は喜びしかありませんでした。不安も苦悩も、そうです、小母様、私はその時、罪悪感も何もかも、家庭のことも、仕事のこともすっかりなかったのです。私達は、長い間歩きました。小母様、この日、私は本当に幸せだと思いました。私は、何の疑いも何の迷いもなく、彼の愛情をそのまま感じ信じたのです。私はうれしいと云いました。本当に嬉しいでした。私達は時間がたつことを暫く忘れて居りました。私は、けれど、やがて、今日家へ戻る自分を、ほんとに情けない気持で想像したのです。私は、帰り度くないと申しました。でも、鉄路のほとりは、私に帰るようにと云いました。十時半前、大阪駅に戻りました。汽車には、まだ間に合うのです。でも私は、黒部へ行こうとは勿論思いませんでした。私は、鉄路のほとりと別れて、神戸へむかいました。そして知合いに出あい、彼にさそわれて、焼鳥屋へのみに行ったりして、帰ったのです。小母様。だけど一歩家の中へはいった私は、又、重い石を頭にのっけられたような、いやな気持になったのです。淀んだ川瀬から、救い出してほしい。誰か救い出してほしい。私は疲れ切っていました。小母様、鉄路のほとりに、私の今の立場を救い出してほしいとは云いかねるのです。彼は生活がゆたかではありませんし、今のようなお互の気持に、現実的な問題をどうして取上げられましょうか。その夜も、兄のことで、父母たは何かぽそぽそ云ってましたし、私はすぐに寝床へはいり、とても、苦しい気持になったのです。一刻も早く。私は、重石をとりのぞかせるような状態まで、自分を持ってゆき度いと。私はその夜あれこれと随分考えました。彼とのこと。それと家庭のこと。その日だって、さっさと帰ればいいものを、電車を神戸で降りると、もういやあな気持になる。十二時半までものんでいました。家から脱出したい。その方法、個人、私一人でどうしても生活すること。或いは結婚。しかし、鉄路のほとりとは、私が承諾をしただけで、それはいつになるかわからぬことなのです。彼が又、解消を云い出すかも知れません。彼には、年よった母が居ましたし、弟達も居るのですから、三番目は、やはり死。それしか、今の苦しさ、家での束縛から逃れることは出来ないのです。私は、いろいろと随分考えたものです。そして最後にうかんだのが、小母様、青白き大佐だったの。

随分冷えて来ました。多分二時すぎでしょう。一応これで今日は終ります。ひる間は、富士正晴氏が来、それから、一しょに外へ出ました。兄との約束を忘れず、兄のところへ行ったのですけど、兄は五時に仕事を終らせることが不可能だったので、私は一まず帰宅しました。夜、兄が帰り、私の友人共が集り、その中には、ここへ書かれた人の中二人が居ます。そして、冗談をしゃべり、のみくいしましたの、私の部屋で。皆がひきあげ、風呂を浴びてから、三十枚近くかいたわけです。だからもう三時かな。明日にします。今日兄はとても快活で、私も一安心だったのです。だけど、私は皆と喋っていても、原稿をかいても、鉄路のほとりのことで一ぱいなのです。小母様、その後の出来事がまだあるのですよ。二十二日まで書きましたね。後、二十八日迄。六日間のこと。小母様、私、どうしてこうも苦しまなければならないのでしょうか。では又、明日、おやすみなさい。

頭髪をあらって、すっかりさっぱりしましたわ。三十日の朝なんです。今日、鉄路のほとりから、何らかの連絡があると思うのです。速達を出して、今日の十時迄に、明日会うことへの返事が来るのです。このことは、又前後複雑になるのであとにしましょう。

昨夜のつづき。

小母様、年末も年始も小母様は静かなようですね。

さて、二十三日の朝、私は起き上るとすぐ、青白き大佐のところへ電話致しました。彼は不在でした。私はすぐ手紙を書きました。契約証を返してほしいという。小母様。何という私の行為。昨日、鉄路のほとりに求婚し、承諾したのですよ。だけど、ああ私はその行為に裏付けられるはっきりとした理由をもちません。その夜は、研究所の同人会でした。三軒ばかり飲み歩きました。そして、何もかも忘れてしまいたいと思い、わざと酔っぱらおうとしたのです。そうです。その日のひる間、私はパーマネントをかけました。青白き大佐が、すすめていたことなんです。その軽々しくなった頭髪の感じ。だけど、私は、心の中にいやなものが沈滞してました。ますます自分をみにくくし、ますます自分をきらい、ますます自分をみじめにする。その翌朝、それは二十四日、又、青白き大佐に電話をしました。彼は不在でした。私の心の中には、自分の行為に相反するもの、鉄路のほとりの存在が強くきざみこまれているのです。それなら、どうしてすぐにでも彼の許へ行かないのでしょう。私は、大阪へゆきました。そして、富士氏に会いました。だが、鉄路のほとりへ電話は致しません。青白き大佐をよんだのです。その夜、クリスマスイーヴ。富士氏と、青白き大佐と私は、大阪で少しのみました。そして、青白き大佐と共に帰神したのです。鉄路のほとりへの愛情と、自分の矛盾した行為を、冷淡に自分でみとめながら。でも、神戸へ帰って、すぐに家へ電話しました。鉄路のほとりからの連絡がないものかと。ありませんでした。丁度、その日は、研究所のおしまいの日なんです。だけど私は行きませんでした。そして青白き大佐と又のみました。彼はひどく私に説教をしました。黒部へゆくなら、本気で死ぬなら、どうして黙って行かないのかと。一体行く気持の原因はそんなに軽々しく取止めることの出来るものであったのかと。私は、ほとんど話をきいておりません。唯もう鉄路のほとりのことで一ぱいなのです。私は、青白き大佐に、別れる時、私が出した手紙はよまないで下さいと申しました。そして私自身ほっとしたのです。やっぱり私はもう何もかもすててしまうんだと。唯、ひたすらに鉄路のほとりだけを愛するのだと。私は知合いに、逆瀬川にある一室を借りる旨申出てました。私は家を出て独りになって生活しようと考えました。そうして、家庭のことの苦しみに終止符を打てば、仕事だって出来るだろうと思いました。青白き大佐は、手紙をよまぬこと約束してくれました。そしてその翌日、二十五日に会ったのです。彼は封をしてある私の手紙を私の前へ出しました。私は、ひったくって破り捨てたのです。何が書いてあるのか、青白き大佐は見事にあてました。契約証のこと。そうだと私はこたえました。大佐は、その理由を別に問わなかったのです。私は、三時半頃、青白き大佐と別れました。もう会うまいと思っていました。安楽な地帯を求めていた自分のくだらない、いやしい根性を捨てようと思いました。青白き大佐は大人だから、私は安心していることが出来るのです。それに、恋情も愛もないのですからおだやかでいれるのです。然しどんなに不安な気持があっても、どんなにつらい生活でも、鉄路のほとりと共に送り度いと思いました。さて小母様。私は、一軒ののみ屋に借金があったので、丁度父からおこづかいをもらいましたので、はらいに行ったのです。と小母様、そこのママさんが、云うのです。昨夜、鉄路のほとりが一人でのんで行ったと。私はびっくりしました。家では、彼から電話がかかったとは教えてくれませんでした。まさか昨夜来ているとは知りませんでした。私はすぐに駅へゆき、電報をうちました。二四ヒスマヌ　アスアサデ　ンタノム。私はそれから、研究所の忘年会へ出席しました。ものすごくのみました。鉄路のほとりは、私と青白き大佐が歩いていたのをみかけたのでしょうか。私は、偶然のいたずらに、ひどく気持をくらくして帰りました。どぶろくをたくさんのんだので頭ががんがんし、私はすぐに寝てしまいました。翌朝、二十六日、私はこちらから、京都へ電話しました。彼は出た後でした。もう電話がかかるか、もうかかるかと、その日一日、いらいらしてました。かかりませんでした。私は彼に、その朝、郵便も出していたのです。家で、あなたからの電話を教えてくれなかったため、会えなかったということを。そして私は、一刻も早く会いたいということ。一日中一しょにいたい。私は鉛筆ではしり書きしました。二十四日の日は神戸へかえって一人でのみあるき、そうも書いたのです。それは行為としてはいつわりだったでしょう。でも私は一人としか思えません。その一人は嘘でない筈です。二十六日一日中、鉄路のほとりからは何の連絡もありませんでした。彼がいそがしいことを知ってます。だから、電報も電話も手紙を書く時間さえないのだろうと解釈しようとしました。さて、その日、朝電話がないので大阪へゆこうと思いましたが、兄が、朝家を出る時、もうかえらない、とか死ぬんだとかくちばしって出て行った為、家の中は大騒ぎ。私が夕刻兄をたずねて、兄をひきもどす役をおおせつかっていたのです。仕方ありません。私は大阪行を断念していました。そうだ。その夜が、研究所の忘年会だったのだ。二十五日の夜は、家でアルベニスを三時間ひきつづけたんだ。さて、私は、兄を会社で呼出し、喫茶店へゆきました。そして兄に、会社をやめるか、家を出るかを、すすめました。私も来年は家を出るんだといいました。兄は、おふくろがかわいそうだなんて云ってましたが、とても沈鬱な顔。計画して行動しなきゃ駄目だと私はガミガミ云いました。そして行動する迄は、芝居するんだといいました。家へかえってぺらぺら笑顔で喋ってりゃ、それで親達は安心するんだと云いました。兄はそれが出来ないと云ったのです。出来なきゃ、即刻、家を出ろといいました。そして、家の中で、嫌な誤解をうけるのは、自分でも不快でしょうとたずねました。不快だとこたえるのです。私は、兄が歯がゆくなりました。でも、少し兄は私の云い分に賛成のようで、わかってくれたようでした。そのことは、私が両親から依頼された兄への慰めと飛んだ反対のものだったに違いありません。

それから、私は研究所の忘年会へ行ったのです。そのことは書きましたね。その夜は、洋服のままごろりと寝こんでしまったことも。二十七日。私は、鉄路のほとりに会うため、大阪へゆきました。青白き大佐から、電話があり、大阪へ一しょに行ったのです。もう、彼と一しょにいるのが嫌で嫌で。電車の中でも、私は故意に眠ったふりをしていました。そして、大阪のとある喫茶店から、鉄路のほとりの行ってそうなところへ電話をしました。不在でした。私は、青白き大佐にわかれて、もう一つの場所、鉄路のほとりが行ってそうなところへゆきました。そこにも居ませんでした。そこは、緑の島がいるところです。私は彼に会ってみようかと思いました。その心の動きは、私自身説明出来ぬものです。わりきれぬものです。然し、緑の島は居りませんでした。私は、いつもの喫茶店へゆき、もう一軒、鉄路のほとりの居そうなところへ電話をしました。居ました。彼の声はひどく冷淡なものでした。待っているように云われました。じきに来るような様子でした。ところが、一時間半、いや二時間も待ったでしょうか。彼はきません。私はおちつきませんでした。私の好きな、フランチェスカッテーのヴァイオリンを耳にしながら、パーガニーニとサンサーンス。心はざわめいておりました。やっと、彼は五時頃やって来ました。ひどくむっつりしてました。客が混んでましたから、二人はすぐに出て、歩きはじめました。二十四日のことを云いますと、彼は、電話なんかしなかったんだと云いました。唯、神戸へ行き度くて行ったんだ。そしてのみ歩いたんだと云ってました。彼は、忘年会の約束があるなどぶっきら棒に云いました。別の喫茶店へはいり、少し話をはじめましたが、私の云うことにいちいち嫌味や皮肉を云うのです。私はおこっているのか、と問いました。何もおこってやしない。そしてすこぶる不機嫌なんです。私はその原因が、仕事の疲れだろうと思いこもうとしたのです。何かのことで、私の女友達の話が出ました。彼は、彼女にたよりしたんだと云いました。私ははっとしたんです。私には長い間、手紙をくれない。書く暇があるなら、どうして私へ手紙をくれないんだろう。その女友達への彼の手紙の内容が、どんなものであるにしろ、簡単なものであったにしろ、書いたということが、私の心を動揺させました。でも私は黙って居りました。彼は暫くして、忘年会へ出席するのがおくれると誰かに電話をしていました。私は、今迄の心の動揺を忘れて、彼に感謝しました。そして、駅の近くへのみに行ったのです。小母様。私はその時からのことを、克明に記憶してます。でも克明に書くだけの心のゆとりをもっちゃいません。あまりにもその出来事は、今から近いところにあるんだし。でも、出来るだけ忠実にかきましょう。彼は、笑顔もみせないでのみ、私に話かけるよりも、店の女に喋っていました。私はでも、一しょにいるということで嬉しいでした。そのことだけでもよかったのです。ところが随分のみ出した彼は、私にむかって、又嫌味のようなことを云い出しました。

「俺が神戸で会った女の中で、お前は一番げのげのげだ」

その意味がききとれず、もう一度たしかめました。質の悪い女だそうです。そして、男の自虐は魅力だけど、女の自虐はみにくいと云いました。私は殆ど黙ってきいていました。彼は又、男にかしずかれて喜んでいる女性だとも私にむかって云うのです。それはおよそけんとうはずれな彼の解釈でした。小母様。私はそんな女かしら。まだかしずかれたことはないいんだけど。私はかしずかれようとさえ、思わない。私はいつも愛されるより愛す立場の女ですし、ほんとにどうして、彼がそんなことを云うのか、私わからない。でも私黙ってました。二十二日にくらべて。

ここで、午後十二時半、今日は、家で忘年会。まっ先に、作曲家の友人が来て、原稿は中絶。

今が午後十一時。

大勢来て、のんだ、くった、うたった。

小母様、又、前後しますが、今日、三十日の午後十時は、私、とても痛《いたま》しい十時だったのです。そのことは又、だからと云って、これを書きつづけるのに、気持が変ったということはありません。十時以後もペンを持てば、前と同じです。さあつづけましょう。

……二十二日にくらべて、何ということでしょう。鉄路のほとりは、すっかり変った態度なのです。私達は、のみ屋を出て、あるコーヒ店にはいりました。相変らずの調子で、私につっかかるのです。私は単純だから、むつかしいことを云われたってわからないんだと云いました。彼は鼻先で笑います。そして、黙って私の顔をみてました。何考えているのと私、問うたのです。彼は、何をかんがえているか、当ててみろといいます。私、わからないってこたえました。

――まんざらでもない顔してやがる――

彼は、私の顔みて、そう云ったのです。まんざらでもないって、どんなこと、私ききました。すると、彼は単純にとらないと云って又おこるのです。私は、とにかく、お酒のせいで荒れているのだと思うようにつとめました。其処を出て、ふらふら歩きはじめました。彼は十三まで自動車でおくるといいました。

――今日は帰らせたくないんだ――

そう云った後に。

十三近くまで、私達は抱擁しあっておりました。しかし、二十二日とちがって、彼はとても冷淡で、邪慳でした。私はこのまま帰るのはどうしても嫌だと申しました。そして、又、車を降りてから歩き出したのです。一言云えば、何かつっかかれるので、私は黙っていました。何かのはずみで、私が、どんな時でもあなたのことを考えていると云ったら、嘘をつけ、と高飛車に云われました。実際、私は一人で居る時も、大勢いる時も、彼のことを考えつづけてましたもの、それは本当なんです。彼は又、私の小説のことにこだわって、本当のことがどうして書けないのだ、など云います。踏切番のいない踏切をよこぎる時、私、このまま轢れてしまいたいと思った位です。彼は、わけのわからぬことを云いつづけました。十三の駅近くへ戻り、私はやっぱりこんな状態で別れ度くはないと云いました。そして、とあるのみ屋へ又はいったのです。小母様。そこで又、ある事件が起ったのです。

一人の若い男が非常にのんで居りました。スタンド式にたっているところです。さて、私と彼は、相変らずいがみあった感情のまま椅子にこしかけました。と、その男が、何かかんか云ってくるのです。最初はとても朗かに、話題を提供しはじめたので、私は別に不快じゃなかったのですが、私の肩に手をかけたりしはじめたのです。そうです。私は、その男の隣りに、だから、彼と男の真中にいたのです。私は、見知らぬ人に、体にふれられるの、とても嫌なんです。見知らぬ人でなくともそうなんです。だから、カーッとなりました。男は若輩の巡査かよた者のようでした。巡査であろうと思います。指に繃帯をして居りました。何かかんか云い出して来て、俺はこんな者だと披露し、私と彼の名前をきくのです。彼は、とても機嫌よくその男の話相手になりました。ところが私にとっては、その行為はさみしいことなんです。そのうち、又もや、男は私に肩組して来ました。そして、あなたは誰だというのです。その前に、彼にも誰だときき、彼は、本名と住所をかいて、彼に渡していました。私は、感情的に、皮膚的に男を嫌がっていました。ふと思いついたのです。私のハンドバッグの下に、封筒があったのを。その日、民芸品の店屋から、原稿を頼まれていて、二枚ばかり書いた後一二枚の白い原稿用紙が、その封筒にはいって手許にあったのです。私は、その封筒(じょうぶくろっての)を、裏がえして男の前につき出したのです。

兵庫県警察局長、とかいたはんが押してあったのです。男の血相がかわりました。その封筒は、あゆみという雑誌がはいって、毎月、私の家へおくられて来るものです。丈夫で便利なので、私はそれをよく原稿いれに利用していました。

さあそれからが大変、その男は狼狽し、みる間に卑屈になりました。私は男の態度を、最初冷淡にみていましたが、あまり気の毒なので、それに、うるさいので、ごめんなさいと云いました。警察局長と、どんな関係か、私は説明させられたり、とにかく大騒ぎになったのです。彼は男を大へんいたわっていました。一時間以上も、男はうろたえつづけました。私はうるさくなって、彼に出ようと云い、遂に、席をたちました。でも、柔い顔をみせていました。男は、隣りの果物屋で果物をかい、私にもたせました。私はとても不愉快でたまりませんでした。さて、彼と二人になった時、私はいきなり彼から叱責をうけたのです。残酷なことをしたもんだと。そして、彼にはおふくろもいるだろうし、生活も苦しいんだろうと。私は黙っていました。それより、私は自分のした行為やその事件よりも、彼とのことの方がはるか重大だったのです。自動車にのって、大阪まで結局もどることになったのですが、その車中で、こんな気持のまま帰れないと私は云いました。彼は帰れとか、帰るなとか、随分の酒量でしたから、何かかんかその時その時の言葉をはきつづけました。自動車を降りてからも、私達は、まるでいさかいをしているようだったのです。私が、家へ今夜かえらぬの電報を打つと云いますと、電報なんて打たないで、帰らないで居れと云うのです。そして、私が黙ってますと、俺があと責任もってやればいいんだろ。と云いました。私は、責任とかいうものを、お互に意識することを、とてもいやに思っておりました。恋愛に、義務や責任などないんですもの。小母様。私自身、事務的な対人関係や仕事のことでは、とても、責任感が強いのです。でも、恋愛で責任のとり合いなんか、私はしたことがない。責任だと感じるなど、それは恋愛だと思いません。私達はホテルのあるあたりを随分うろうろ云い合いをつづけたまま歩きました。結局、私に帰ることを彼はすすめました。私もうなずきました。駅に出て、私は切符を買いました。それから又、喫茶店へゆきました。彼は、ひどくよっぱらっています。そして、巡査との事件を持出しました。私はそんなことどころじゃなかったのです。冷酷なんだ。彼は私に云いました。ええそうよ。私自分自身嫌な思いを我慢するのは出来ない、ってこたえました。私は、実際、男に同情など持っていませんでした。今考えてもそうなんです。卑屈なのはとてもきらい。彼は、とても巡査に同情していました。そして世の中ってあんなものだ。俺達の世界でも、そうなのだと云うのです。ああ私は、卑屈に生きることを認めていることに対して、少し憤りました。でも黙っていたのです。彼は、話をかえて、帰り度くないなど、度々云うものじゃない。云うな、と怒号しました。喫茶店は満員です。大勢の人がこちらをみていました。でも私は別に彼の態度に干渉しませんでした。とにかく、やたらになさけなかったのです。くしゃんとなっていたのです。だからもう云いませんと申しました。彼は、私をひっぱるようにして、私の乗場のところ迄、ひきつれました。そして、改札口へ私がはいる時、又大きな声で云いました。

「今、俺とキスしよう。ようしないだろう」

そして、せせら笑いを残して帰ってゆきました。私は、その時ふと緑の島のことを思い浮べてしまいました。緑の島も、よくお酒をのむ人でした。よく二人でのみました。しかし、いつも笑って握手をしてさよならしたものでした。勿論、私がすねてお説教をくらったこともあります。私がいらいらして、怒ったこともあります。でも別れる時は、笑顔だったのです。私は、自分が緑の島を思い出したことに対して、ひどく又自分をいじめました。重い気持で電車にのったのです。もう、鉄路のほとりとは、まったくつながりがたたれたように思えました。でも、私はやはり彼を愛しているのです。その日帰宅してからも、電話がかからないかと待っておりました。そして、机にむかい、彼に速達をしたためました。

あなたの愛情が感じられなくなったと。

もうおしまいのようだと。そして、お返ししたいものがあるし、さし上げ度いものがあるから、三十日の午後十時迄に、連絡して下さい。三十一日は、一日あいているようにきいてましたからと。何時でも何処でもいいと。五分間でいいのだと。

小母様、私はどうにもならなくなって、又生きる元気を失ってしまったのです。幸せになれると思ったのは束の間でした。二十二日から二十五日迄でした。私は、鉄路のほとりを愛しています。でも、それが真実だということを証明する何ももっちゃいません。感じ合うことが出来なければおしまいです。私は、彼と共に生活はしてゆけまいと思いました。疑いや誤解の連続になるでしょうし。小母様、小母様は、孤独になって生きてごらんなさい。とおっしゃいましたね。私には出来ないのです。来年早々、家を出て、生活してゆくつもりでしたが、想像していた私のその生活には、たった一人ではなく、鉄路のほとりの存在があったのです。そして仕事が出来るだろうと思っていたのです。家庭のこと。仕事のこと。そして一番大きなことは、鉄路のほとりのことなのです。彼を失って、私は仕事をしてゆくだけの勇気も強い意志もありません。小母様。私は強がりにみえて、本当はとっても弱いのね。私は、彼を責める気はありません。自分を責める気はうんとあっても。どうしてこんなことになったのか。やっぱり私の罪だと思うのです。そうだ。その手紙、私の速達にしたためた。あげたいものは、平手打ちです。私の愛情の表現です。もう何も云うことも出来ない。彼の抱擁と接吻も期待出来ないのです。私は思う存分、彼の頬を打つつもり。それから、返したいものは、彼がくれた二枚の写真のうち一枚の方です。それには、彼の昔の恋人が一しょにうつっているのです。はじめのうちに、ちょっとそのことを書いた筈です。私は、写真をみてさえ、むらむらなるのですから。

小母様。その翌日、つまり二十八日、小母様のところへ行く前に、青いポスト、速達便の箱にいれたのです。彼への最後の手紙を。

小母様。その後のことは、もうかかなくていいわね。

小母様。今、一時頃かしら。三十日のよ。いや、三十一日の午前一時。

小母様、彼からは何の連絡もなかったのです。十時迄に、いやその後、今迄に。もうおしまい。はっきりおしまい。私は、何も行動する勇気なくなりました。だけど死のうとする心の働きはあるんです。今、行動をともなわせるべく努力しているのです。私はだけどどうやったらいいんでしょう。南の国が好きなのに。寒い雪のふるところへ行こうとする私。私は、いつ死ぬでしょう。行動をとることが出来るのでしょう。もう彼とのことは終ったのだと結論が出ているのに、私の心では、終らせ度くないという働きかけがあるのです。電報か電話が若しや少しおそくなっても来やしないかと。或いは、仕事の都合で、私の郵便を見ていないのではないかと。だけど、やっぱりもう駄目ね。小母様。明日は、いえ今日は大晦日。この年は終るのです。この年のはじめには、緑の島を熱愛していました。そして、彼を誤解したため、自ら命をたつ行動をし、その揚句、生きかえって、肺病になった。私は、何という女でしょう。今は、鉄路のほとりを愛しきっているのです。小母様、もう一度会いたいと思う。だけど不可能です。明日、私は武生へ旅立つべきでしょうか。武生へゆく旅費はあるのです。

小母様、私はこれをよみかえしはしません。よみかえす勇気はないのです。これは、私の最後の仕事。これは小説ではない。ぜんぶ本当。真実私の心の告白なんです。だから、これを小母様へよんで頂いたら、或いは、雑誌に発表されたら、私は生きてゆけないでしょう。鉄路のほとりは、虚構でなしに、本当のことだけを書けと私に云いました。これがそうです。私はこれを発表するべくして、死ぬでしょう。私の最期の仕事なんですから。そして、富士氏におくるよりも先に、鉄路のほとりへよんでもらいましょう。そして私は、彼の意志にまかせて、破るなり、或いは小母さんのところへ持って行ってもらうなり、雑誌にのせてもらうべく、富士氏の所へもって行ってもらうなり致しましょう。

小母様。私は静かな気持になれました。書いてしまった。すっかり。何という罪深い女。私は地獄行きですね。

小母様、お体をうんと大切にして下さい。花がいけてある御部屋。なつかしい御部屋です。

十二月三十一日　午前二時頃

（昭和二七年一二月三一日作、「ＶＩＫＩＮＧ47・ＶＩＬＬＯＮ４」共同刊行号、昭和二八年三月）

女

女は五通の手紙を書き、それぐ〜白い角封筒に丁寧におさめた。内容は悉く同じものであった。封をしてから、女は裏に自分の名前を書いた。それから五つの表書をしばらく思案していたが、やがて、ペンの音をさせて性急に五種類の名前を書きはじめた。

夕闇が女の部屋にある水仙の白さを浮きたたせた。女は黒革のハンドバッグに五通の手紙をしまいこんだ。

春の朝は、かんばしいかおりと明るい色彩をたずさえて女の寝床近くへ訪れた。

午前十時に女は家を出た。女は着物をきていた。黒地に寿ちらしのお召しであり、西陣の帯を結んでいた。

川のほとりの住宅街の垣根にばらが咲いていた。人通りはなかった。女は真紅の花びらを一枚盗んで白い指先でもみくしゃにした。女の指先はうすらあかくそまった。女はその仕草を子供のようにたのしんだ。

赤煉瓦の煙突とすりガラスの家がみえた。女は門にある呼鈴を押した。奥に人かげがみえた。女はいそいでハンドバッグを開け、五通の手紙の一番手まえのを取り出すと、郵便ポストに放りこんだ。

下駄の音がして女中らしい人が門をあけた。

女はにこやかに御辞儀をした。

「誰方さまで」

女中はいんぎんに女に問うた。

「阿難」

女は自分の名前を勝手にアナンと呼び、人に呼ばせてもいた。

「奥様唯今、御留守でございます」

女は黙ってふたたび頭をさげて立ち去った。

女中はその後姿をみえなくなる迄見送っていた。女は道をまがる時くすりと笑った。太陽がすこしまぶしかった。

女は貧民街を歩いていた。真白いたびに、ぬかるみの汚点《はね》が二三カ所ついた。女は別に気にしなかった。

　バラック建ての家の前へ来た。女は、ごめんくださいましと声をかけた。二階のガラス戸があき、やせた手が、そしてほつれ髪の女の瞳が見降ろされた。女は片手を膝まで届かせて長い御辞儀をした。

「阿難でございます」

　女は静かにうなじをあげて二階へ声をかけた。二階の女は無愛想に用件を尋ねた。女は例の角封筒を出した。

「御よみ下さいませ、阿難からでございます」

　女はそれを指先にはさみ、肘まで白い腕を出して軽く高いところでゆすった。二階の女が階下へ降りて来た時、格子戸にその白い角封筒がはさまれてあった。既に阿難といった女の姿はみえなかった。


　女は骨董商を訪れた。太った主人は愛想よく女をむかえいれ茶を出した。女は品物の二つ三つを棚から取り出して机の上で静かにめでた。磁州の皿を女は何度もなでた。支那の小刀の鞘をはらって、しばらくその刃に面をうつしていた。女は主人に云った。

「この小刀、よく此処へ御みえになる白髪の方に御渡し下さいませ、この手紙と」

　女は代価を支払った。主人はおかしな顔付で女をみていた。女は朗かに笑うと、角封筒を机の上にまっすぐに置いて出て行った。

女はにぎやかな小学校の校庭へあらわれた。遊び時間中であった。女は水呑場近くで、夢中になってボールをけっている男の子の一人をみつけて、その姿を目で追っていた。やがて男の子は女を発見して飛ぶように走って来た。女の袂をつかむと、子供ははちきれそうな頬をして、

「おばちゃん、僕、運動の選手になるんだ」

とせわしい息使いの中でいさましく云った。

女は子供の頭に手をおいて、その顔をじっとみた。

「運動の選手、い、わね、さあ、遊んでらっしゃい」

子供は無邪気にうなずいて又、子供達の群れの中へ戻っていった。女は教員室へむかった。そして、男の子供の担任の先生に会った。女は度々来ていた。女が子供の保証人であり学資を出していた。女は子供の成績をいつものようにきいた。眼鏡をかけた女教師は、いつものようにほめた。女は角封筒を出し、子供の母親へ渡してくれとたのんだ。

女は校門で始業のベルをきいた。女はアスファルトの道で、「おばちゃん」という声をきいた。三階の教室で、先刻の男の子が体をのり出して手をふっていた。女はそれにこたえた。手を振った。

——八年になる——

女はつぶやいた。

女は足早に階段をのぼりつめた。右手のガラスのはいったドアをあけると、薬と香水と女のにおいが押し流れて来た。美容院。

女は顔みしりの小さい女の子を呼んだ。

「この頃、男爵夫人おみえになる?」

「え丶、毎週一回は必ず」

「今度は何日」

「明後日」

「お渡し願います」

女はハンドバッグのとめがねをならして角封筒をとりだし、白い布で体全体を掩っているモルモットのような感じのその女の子にそれを手渡した。

街は暮れはじめた。女は歩みをはやめなかった。

黒い板塀。黒い門。女はくゞり戸を開けた。竹の影が石畳の玄関までの道にくっきりとうつっていた。女は黙ったまゝ木の押戸をあけて庭へはいった。

「阿難、帰って来てくれたのだね。昨夜一晩まっていた」

縁側にすわっていた人が少し取り乱してせわしげに云った。

「帰りましたわ、でもすぐに又行ってしまいます」

「何故、何故行ってしまうのだ」

「私、こわいのです」


女の夫であった。

「どうするつもりだ」

女はわらった。わらったのかわらわなかったのかわからぬ程に。

「何処へゆくのだ」

女は首をかしげた。そして、さあ、と小声で云いながら天《そら》を見上げた。

「明日は雨になりそうですわ」

女はゆっくりひとりごとを云うと、笹むらをひょいとまたいで庭を出て行った。

「阿難」

夫は後から呼んだ。女は戻らなかった。返事もしなかった。

春の宵はじき闇の中にとけこんでゆく。

女は朝出た家へ帰った。人が居た。一人居た。女が出る時も居たのだが、その人は今、障子をたてきった四畳半の中に居た。女の部屋であった。水仙のある。女は障子を開けようとした。

「お待ち」

中から声がした。女は障子越しに、話をはじめた。

「最初、まいりましたのは、川のほとりの家でございます。叔母君は御留守でございました。新しい女中が出て参りました。次は狐のような女に会いました。私の想像していた通りの人でございました。それから、例の独身の自称芸術愛好家には会わずじまいでしたが、彼に支那の刀を送りました。あの男のにくしみは女の嫉妬よりも復讐よりも強いきたないものでございます。それはもう、あの男、あのひとを愛しておりましたから。私は、子供と会いました。元気にしておりました。母が私であることを知らないのでございます。今の母と二人で暮しているのでございます。あの子の父は私に生ませた子を、私からとりあげて、子供の生めぬ妻にもらい子したのだと与えたのでございます。その後、その男は何処へか行ってしまったことになっております。妻は大へん悲しんだらしく、しかし、あの子を愛して生きているのでございます。見知らぬ女、私と、夫からの仕送りをうけて生きているのでございます。それから、男爵夫人へもことづけをいたしました。偶然とは妙なものでございます。夫人の正式の主人、つまり男爵は私と幼な友達でございました。善良な彼は、妻の恋人のことを知りません。

最後に私は夫をたずねました。愛する、私の一番愛する人でございます。けれども、私が一番にくんでいる人でございます。私は、にげてまいりました。私は自分のにくしみが行為に現われることをおそれました。私は、自分を傷つけてもあの人を傷つけることはできません。別れることはつろうございました。でも、はなれなければ、私の感情が、あの人を殺してしまうでしょう。

さあ、部屋へはいってよろしゅうございますか。もう決して出ません。出ないことを御ちかいします」

女は、語り終えた。

「おはいり」

女は静かに障子をあけた。中には誰もいなかった。

「ありがとうございます」

女はそれからまもなく、剃刀で命を絶った。

四人の女と一人の男が手紙をよんだ。

「わたくしは阿難と申す女でございます。あなたの最愛の人を奪ったのでございます。わたくしは、その人を夫と呼んで十年も同棲いたしておりました。今日まで。しかし、わたくしは、悪魔の招きにさそわれました。わたくしは、悪魔にかしずくことを約束いたしました。夫をおかえしいたします」

その男は誰のところへもゆかなかった。そして悪魔の招きに応じたのであった。

（昭和二七年作、「久坂葉子研究」1号、昭和五四年一一月）

鋏と布と型《かたち》

マネキン人形

谷川諏訪子

机、テーブル、椅子、など散在、中央より、上手に、ボディー、着尺、散在、奥まったところに、マネキン人形、布をまとって、ポーズしている。(註、マネキンは、メーキャップ及び、動作を非人間的に。言葉はそのまま) 中央に、大きな姿見一つ。

奇怪なる音楽。

幕

奇怪なる音楽つづく。マネキン、動きはじめる。奇怪なる音楽、静止と共に、マネキンも静止。左手より、諏訪子の声。

声　まあ、ボタンがかからないのですって、それは、あなたがおふとりになったからですわ。私の裁断に限って誤りはございませんもの、失礼いたしました。でも本当なんですもの、私の腕はたしかですわ。狂っちゃいません。決して、ええ、何事にでもですわ。誤算なんて飛んでもない。

諏訪子登場

諏訪子　望月様の奥様。あきれたお方だわ。御自分がおふとりになったのに。御自分が、御洋服にあわないようにおなりになったのに、一体、それがどうして私の責任なんでしょう。二十三インチのウエストが二十五インチにおなりになったのは、牛乳と卵を召上りすぎたせいなんだわ。

椅子に腰かけて、机の上の鋏をもてあそぶ。

諏訪子　考えてもごらんなさい。私が十年間、ただの一度だって、失敗をやって？　デザイナー谷川諏訪子が、寸法のはかりちがいを、冗談じゃない。仮縫だって、見事なもんだわ、あーあ、まちがいなんて、この私に、あろう筈はございませんよ。
マネキン　そう。
諏訪子　えっ。
マネキン　いいえ、本当にそうなの。
諏訪子　何ですって。
マネキン　本当にそうおっしゃれるわけなの。
諏訪子　何が、ああ、私の腕。
マネキン　あなたの腕。
諏訪子　ええ、腕。
マネキン　眼も。
諏訪子　そう、眼も。
マネキン　計算も、あなたの計算。
諏訪子　計算も、勿論ですわ。

マネキン　二十三インチは二十三インチね。
諏訪子　はかりは正確。
マネキン　はかられるものがかわらない限りね。
諏訪子　当然《あたりまえ》だわ、はかられるものがかわれば、これは、仕方がないことよ。望月さんのスーツのようにね。
マネキン　そう。じゃ望月さんは太らないと思ってたわけ。
諏訪子　ええ、何ですって。
マネキン　いえ、望月さんは、永久に二十三インチのウエストだというわけ。
諏訪子　誰がそんなこと云って。
マネキン　誰も云わない。云わないけど、誰かそう思いこんでいる。
諏訪子　誰がそんなこと思って？
マネキン　あなた自身がよ。
諏訪子　どうして？
マネキン　そうじゃないの、太ることを計算にはいれてなかった筈よ。
諏訪子　えっ、えー、そりゃそう。だって、仮縫から仕上げまで一週間よ。一週間で、太ったりちぢんだり、それは勝手すぎてよ。
マネキン　勝手すぎるって何が勝手すぎるの。

諏訪子　望月さんがよ。
マネキン　望月さんが。
諏訪子　いえ、望月さんのウエストが。
マネキン　望月さんのウエストは、一体、意志があって。
諏訪子　意志。
マネキン　意志よ。感情でもいいわ、つまり、そのウエストの寸法に、考えたり感じたりする場所があって。
諏訪子　わからないことを云うのね、一体何のことなの。
マネキン　わからない人ね。望月さんのウエストは決して勝手すぎやしないでしょう。
諏訪子　…………
マネキン　勝手だというのは、考えたり感じたりする場所があるとき云えるのよ。ウエストには、ございませんよ。
諏訪子　じゃあ、あなたは一体誰がわるいと云うの。
マネキン　誰が悪いとも云わないわ。唯、誤算があったのよ。
諏訪子　誰に誤算があったの。
マネキン　あなたによ。
諏訪子　え、私に。

マネキン　そうよ。あなたによ。
諏訪子　どうして、私にどうして、誤算なんか。
マネキン　太ることを考えなかったのが誤算でしょう。
諏訪子　何が誤算、そんなこといちいちかんじょうにいれてたひにゃ、デザイナーは洋服をつくることが出来ないわ。
マネキン　まあまあ、そんなにおこらないで。いえね。偶然に発見出来た誤算なのよ。
諏訪子　…………
マネキン　考えてもごらんなさいよ。人間って、たびたび、どこかで、至極まじめに、至極、真実な気持で、誤算をしでかしているのよ、それは、滑稽な位、たくさんあることで、滑稽な位、あわれなことよ。
諏訪子　あわれ……。人間があわれですって。
マネキン　ええ。
諏訪子　人形のあなたが、人間の私達をみて。
マネキン　ええ。
諏訪子　驚いちゃうわ、あなたこそあわれだわ、私にはそうみえるわ。
マネキン　あら、それはどうも。
諏訪子　澄ましかえっているのね、侮辱だわ。

マネキン　(笑)一体、私の何があわれ。
諏訪子　だってさ。一日中、部屋の中でつったって。
マネキン　それで。
諏訪子　誰からも愛されないで。
マネキン　それで。
諏訪子　愛することも出来ないで。
マネキン　それで。
諏訪子　あなたは私をからかうつもり。
マネキン　いいえ、決して、それで。
諏訪子　うるさいわね。
マネキン　じゃ、今度は私が云うわ。
諏訪子　どうぞ。
マネキン　人間があわれだっていうわけよ。
諏訪子　どうぞ。
マネキン　第一に。
諏訪子　第一に。
マネキン　太ったりやせたりするわ。

諏訪子　それがどうしてあわれ。
マネキン　あわれよ。そのために、誤算が生じる。
諏訪子　…………
マネキン　渋いお顔ね。
諏訪子　それから。
マネキン　第二に、そうね。年をとるじゃないの。
諏訪子　あたり前よ、いつまでも這《は》い這いしてはいやしませんよ。
マネキン　あわれだわ。
諏訪子　何故。
マネキン　十年たったら、あなたの額にみにくいしわ。あなたは毛が薄いから、はげになるかも知れません。
諏訪子　いやなこと。
マネキン　今は、まともなスタイルでも、腰がまがり、胸はぺしゃんこになるわ。
諏訪子　…………
マネキン　おまけに、老眼鏡もかけなきゃならない。一軒おいて隣りの産婆さんみたいに、あなたは低い鼻じゃないから、眼鏡がずれる心配はないでしょうけど。
諏訪子　あたり前よ、誰だって年をとりゃ、みにくくなりますよ。

マネキン　みにくくなるのはあわれよ。
諏訪子　仕方ないことじゃないの。
マネキン　かわいそうに。
諏訪子　それから、さ、早く云っちまって。
マネキン　まあまあ、いそがないで、だって数えきれない位たくさんあってよ。パーマネントはのびるし、くち紅ははげるし、それから……
諏訪子　そんなこと理由にならないわ。
マネキン　どう致しまして、大きなことよ。だって無駄な御金つかうでしょ。
諏訪子　安いことよ。お金をかけたってその分以上にたのしめるんですもの。
マネキン　じゃ、別のこと。それはね。愛したり愛されたりすること。そんなことは、やっぱりあわれの部類にはいってよ。
諏訪子　何故。
マネキン　そのたんびに、苦しんだり泣いたり。
諏訪子　たのしむことを忘れてるのね。
マネキン　たのしい時が瞬間だってこと忘れてるのね。
諏訪子　たのしい時を長びかせることが出来るってこと忘れてるのね。
マネキン　たのしい時がいつか破壊されやしないかという不安を忘れてるのね。

諏訪子　不安。不安なんて、考えられやしないわ。
マネキン　本当に？
諏訪子　本当によ。
マネキン　本当だと思いこませる努力がまたあわれよ。焦燥。苦痛。失望。絶望。人間には、いやな思いがたくさんあること。
諏訪子　そんなものを越えてこそ、真の喜び、真の幸福があるんだわ。
マネキン　真の喜び、成程ね。真の幸福、成程ね。その後にくるものがわかって？
諏訪子　何もないわ、絶頂よ。
マネキン　絶頂の後にあるもの、ある筈よ。
諏訪子　何よ。
マネキン　(笑)死。死よ。人間は死ぬんじゃないの。
諏訪子　…………
マネキン　死よ。救われないものよ。まぬがれないものよ。
諏訪子　死。死ね。ええ、死ぬんだわ。
マネキン　しかも、何時かわからない。
諏訪子　そうだわ。明日かも、いえ数分後かも。
マネキン　そうよ。今すぐかも。

諏訪子　だまって。
マネキン　ええ、黙るわ、もう何も言うことないの。
諏訪子　…………
　マネキン、今まで、おかしげに手足を動かしていたが、突然、ポーズしてとまる。
諏訪子　私、ちょっと、電話してくるわ。
　諏訪子、下手へ退場。
　奇怪なる音楽。マネキン歩きだす。
　下手より、諏訪子の声。
声　ええ、そう、私よ、諏訪子。
　奇怪な音楽、静止、マネキン、おかしなポーズにて静止。(このポーズ、そば耳を立てる姿)

声　何故だって？　わからないの、急に電話したくなっただけ。いえ、それが、あなた、生きてるわね。確かに。ええ、気はたしかよ。勿論。ええ、何事も起らなかったわ。とりたてて。いやあったわ、望月さんの奥様のスーツ、彼女ったら、太っちまってさ。ボタンがかからないのだって。それだけよ。それだけのことよ。ねえ、あなた、私に何の罪もないわね。奥様がおふとりになるもんだから、え、何を云ってるのかって、いそがしいの？　そんなにいそがしいの？　仕事しろって、ええ、しますわ、私もたくさん仕事あるんです。ひどいわ、せっかく電話したのに……

マネキン、二三歩あるいて、普通のポーズになる。諏訪子登場。

諏訪子　嫌になっちゃうわ。あの人ったら、いそがしいいそがしいって、電話を切っちまった。

諏訪子、椅子に腰かける。

諏訪子　だけど、おかしいわ、私、又何を思って電話なんかしたのかしら。さ、仕事だ仕事だ。

諏訪子、机の上にある雑誌をひろげる。紙と鉛筆をとり出し、線をやたらに書きはじめる。

諏訪子　雲の海。雲の海に、さあっと月光が輝いて。灰色のタフタに、ゴールドのラメ。靴も勿論ゴールドで。あれは何年前かしら、乗鞍の山小屋でみたんだわ。真夜中の雲の海。
マネキン　追憶?
諏訪子　ええ、追憶だわ。
マネキン　追憶って甘いもんですって。
諏訪子　そうよ。なつかしい。あの頃。
マネキン　若かった。
諏訪子　何。
マネキン　あの頃、若かった。
諏訪子　今だって……
マネキン　若いです。
諏訪子　どうしてそう、いちいち私をからかうの。
マネキン　からかっちゃいませんよ。

諏訪子　黙ってて頂戴。せっかくのイリュージョンがこわれてしまう。
マネキン　灰色のタフタとゴールドのラメ。
諏訪子　そうよ。
マネキン　つまらないイリュージョン。
諏訪子　どうして、つまらないの。
マネキン　雲の海と月の光。
諏訪子　そうよ。偉大で荘厳で。
マネキン　それは自然。
諏訪子　そうよ。自然よ。
マネキン　あなたの作るものは。
諏訪子　何だって云うの。
マネキン　自然じゃないわね。
諏訪子　当然だわ。芸術よ。
マネキン　芸術って、自然よりどうなの。
諏訪子　何て意味《わけ》。
マネキン　自然をまねた芸術の方が美しいの。
諏訪子　美しいって。

マネキン　あなたの作るものよ。
諏訪子　美しいわ、最も美しいものよ。
マネキン　自然よりもね。
諏訪子　…………
マネキン　どう、お返事。
諏訪子　美しいわ。美しい筈だわ。
マネキン　芸術だなんて、人間がうまい言葉をつくり出して、そのために、あくせく、命をかけて、馬鹿らしいったらありゃしない。自然をまねて、自然以上のものをつくろうってこと。出来る筈ないのに。
諏訪子　……、あなたの云うことわからなくなったわ。
マネキン　芸術に限ったことじゃない。それそれ、さっき、大事な御主人に電話かけたりして。
諏訪子　ええかけたわ、それが。
マネキン　何故かけたか、よく考えてみて。
諏訪子　…………
マネキン　不安になったからなんだわ。
諏訪子　…………

マネキン　人間って、ちっちゃなことで、ガタガタしちゃうのね。
諏訪子　ガタガタ？　私こわれちゃいないわ。
マネキン　こわれかけよ。
諏訪子　どこがこわれているの。
マネキン　どこもかも。こわれていないのは、あなたの肉体だけよ。
諏訪子　肉体以外のどこもかも？
マネキン　そうよ。デザイナーだったということからして、こわれかかった存在よ。
諏訪子　デザイナー。私はデザイナーよ。ものをつくり出す人よ。
マネキン　そんなにちがいないわ。だけど、およそ、つまらない一つの職業だわ。人間のうちでよ。
諏訪子　いいえ、神聖な職業よ、デザイナーは、芸術家よ。神聖ですとも。
マネキン　神聖？
諏訪子　そうよ。天分がなきゃ出来ないんですものね。
マネキン　天分。
諏訪子　そうよ。才能だと云ってもいいんだわ。
マネキン　才能。天分。それがあなたにくっついている部分なのね。
諏訪子　そうよ。だから、私は今の位置を築きあげることが出来たのよ。私の才能。十何人も弟子をもって、東京にも大阪にも、都会という都会から招かれて、ラジオでしゃべり、新聞に記事がのり、ジャパン、スワコ、タニガワは、アメリカでもフランスでも知れ渡っているのよ。

マネキン　それで。

諏訪子　それで何よ。

マネキン　あなたは偉いの。

諏訪子　（暫く黙っている）偉いのよ。才能があるのよ。偉いのよ。

マネキン　人間っておかしいね。

諏訪子　どうしておかしいの。

マネキン　錯覚を起すから、時たまなら、あいきょうよ。ところがしばしばですものよ。おろかだわ。

諏訪子　何が錯覚、どうしておろか。

マネキン　わかるようにしてあげましょうか。たち上って、そら、鏡があるでしょう。大きな姿見、その前にたてばわかることよ。

マネキン、諏訪子の片腕をひっぱって鏡の前にたたせる。二人並んで鏡の前に。

マネキン　よおく、自分をみて。
諏訪子　みてるわ。
マネキン　映っているのは、あなた。
諏訪子　ええ、私だわ。
マネキン　地位のある、有名なデザイナーね。谷川諏訪子女史なのね。
諏訪子　ええ、そう。
マネキン　偉大なる芸術家のね。
諏訪子　…………
マネキン　認めたわね。
諏訪子　そうよ。
マネキン　飛んだ才能をおもちになったわけね。
諏訪子　どうして。
マネキン　芸術家、私は偉いんです。そのために、無理な苦しみを自ら背負って、まっすぐにたっていなければならない。
諏訪子　…………
マネキン　夫を愛するあなたは、デザイナーの諏訪子女史。諏訪子女史の地位でのあなたが夫を愛している。

諏訪子　…………

マネキン　朝起きて、コーヒーとトーストパンを食べるのも、新聞をよむのも、デザイナー諏訪子女史。裁断する時は勿論、仮縫の時も、お客にあう時も、教壇にたった時も、インタビューの時も。

諏訪子　止して。で、それがどうだっていうの。

マネキン　どんな時にでも、芸術家らしく、デザイナーらしく、谷川諏訪子女史らしく、ふるまう生活。

諏訪子　よしてよ。

マネキン　窮屈な生活。その窮屈さは、自分からこしらえたもの。

諏訪子　…………

マネキン　馬鹿げたことでしょう。どんな場合にもポーズしている。ポーズしている。私のポーズは人形のポーズよ。あなたのポーズは人間のポーズよ。御苦労様なこと。わざわざもとめて、ポーズしなければならない。

諏訪子　名誉があるわ。名誉というものあなた知らないの。

マネキン　名誉。知っててよ。それは、人間がねつ造したお面よ。

諏訪子　お面って何。

マネキン　いつわりの顔よ。おすまし顔。やっぱりポーズの一つよ。誰からかに、銅像をたてもらいたいっていうポーズよ。
諏訪子　じゃあ一体、どうしろというの。
マネキン　よくごらんなさいよ。あなた自身を。
諏訪子　みてるわ、みてるじゃないの。
マネキン　自然にさからおうとする無駄な力。芸術家の力、そんなものが、どれ程に、あなた自身を価値づけるのよ。大きな錯覚、心得違いじゃないの。まるで価値などないわよ。零よ。むなしいことよ。
諏訪子　もういい。もう止して、それより、一体どうすればいいって云うの。
マネキン　私に、人形に指図をおうけになるつもり。
諏訪子　…………
マネキン　崩れてゆく。いや、あなたはすでにくずれてしまっている。
諏訪子　どうにもならないというの。
マネキン　あわれよ。どうにもならないというの、そのあなたは、あわれよ。
諏訪子　私、あわれ。
マネキン　あなたも（強く）なのよ。あなた以外の人もよ。人間がよ。あわれなのよ。
諏訪子　…………
マネキン　ほら、私の姿。あなたの姿。くらべてごらんなさい。

諏訪子　あなたの瞳は動かないわ。
マネキン　そうよ。
諏訪子　あなたの顔はいつも同じだわ。
マネキン　そうよ。で何故だかわかってて?
諏訪子　人形だからよ。
マネキン　心がないからじゃありませんか。心ってのも、人間のつくったおかしな場所だけど。つまり、危険地帯にもなるし安全地帯にもなるし。
諏訪子　…………
マネキン　都合のいい時にゃ、透明な液体をふん出させる。
諏訪子　涙ってわけね。
マネキン　そう。だけどさ。それが、都合の良い時ばかりじゃないのよ。心は便利なようにみえて、おそろしく不便利なのよ。すくなくとも二十世紀には無用の長物でさ。
諏訪子　私、鏡の中の自分をみつめていると、だんだんほんとうらしく思っていた自分がうそのようにみえて来るわ。
マネキン　もっとみてたら、まるでうそになっちまう筈よ。人間って、だからあわれよ。私なんか、いつまで鏡をみてたってさ。人形の私であることに何ら矛盾もないしさ。当然だし、それは変化しないものなのよ。

諏訪子　おそろしいわ。
マネキン　あわれな人間。おそろしいと感じるのね。
諏訪子　かなしいことだわ。
マネキン　あわれな人間。かなしいと感じるのは。
諏訪子　みていられない。私自身を。（顔を掩う）
マネキン　じだんだふんだっても、あなたは人間なのよ。それも人間の屑。たわけたこころがけをもっている芸術家なのよ。
諏訪子　おねがい、おねがいだから私を人形にしてほしい。
マネキン　それは不可能でございます。

諏訪子、鏡の前から逃げ出すように椅子のあるところまでゆく。マネキン、ことこと歩いて、諏訪子の前へたち、ポーズをする。

マネキン　さあさ、仕事がたくさん、たまっているのでしょう。仕事をおはじめになってはいかがです。諏訪子女史。
諏訪子　…………
マネキン　それとも、御主人様に御電話なすってはいかが。

諏訪子　…………

諏訪子、じっとしている。突然、奇怪なる音楽。それにつれてマネキンおかしく踊り出す。電話のベル。音楽とまり、マネキンも静止。

マネキン　そらそら御主人様かららしいことよ。

電話なりつづける。諏訪子たたない。電話なりやむ。

マネキン　おうおう人間の生活はいそがしいこと。複雑なこと。
諏訪子　もう何も云わないで、お願いだからだまってて、私は人形になれないんだから。
マネキン　え、そうよ。だからさあさ。鋏と布と、そしてかたちをつくって下さいましな。美しいかたちをね。

奇怪な音楽。マネキン、再び踊り出す。

――幕――

（昭和二七年一二月作、『久坂葉子作品集　女』人文書院、昭和二八年六月）

南窗記

一升枡には一升しかはいらない

一升枡には一升しか入らない。これは当然の事。しかし、今の日本は、一升枡に二升も三升も入れ様としている。

どう考えたって、入るはずはない。

現在この狭い日本の中で、人と云う人は皆――だろう？　――うめいているのだ。

生きると云う事ばかりに。

もともと日本は狭かったから、領土拡張も計り、移民も行った。人口は増加する、そうや、こぼれるものが絶対にある。

ところが、こぼれた米が、又枡の中へ入る様な時が来たのだ。戦争が起り、次いで敗戦し、生命の糧の朝鮮・台湾を失った。食うに困るのはどう云ったってあたり前、二三歩進めば前の家にひたいをぶっつけ、横を見れば、隣の塀なる日本、こんな生活を継続していたら、人の心も狭くなり余裕がないから、文化どころのさわぎじゃなくなる。血みどろな生存競争、今に落ち着く時が来るだろう。こなくてはならない。が、結論は一体どうすればい丶。本格的の病気になってしまう。そうしているうちに、現実のサイレンがなった（らしい）、これが夢でもサイレンがなり、空腹を感じ、たち起きたが、歩かれない。簞笥につかまって、又、寝てしまうと、暫くして家人がやって来て、大層心配し、「寝てろ寝てろ」と云う。そして、お午の御粥をもって来て食べさせてくれた。そこまで来た時に、目が覚めた。夢だったかと、苦笑して、階下へ降りると、すぐさま、雷が落ちた。「朝っぱらから、寝ている人があるか、働け〳〵」

大分、夢と様子が違う。我ながら浅ましいって云うか、虫のい丶夢を見たのに恥しくなった。

働かざる者は食うべからず。但し、病気は如何なりや。

（昭和21年8月11日）

たわごと

無神論者は無神論者でいゝ。

有神論者は有神論者でこれもいゝ。

その中間で迷っている人間もこれまたいゝ。迷っている者は死ぬ時解決がつくだろう、又その前に解決がつくだろう、又迷ったまゝ死んでも悪くない。無神論者に限って地獄へ行くとは決ってない、又、人が行くって云っても、天国も地獄も無いと自分が信じていたら、何の恐れもないわけだ。

神様があると思っている、なれば又安心と云うものを得るのでしょう――。

何れにしてもいゝわけだ。

迷いが多い人こそ、迷いよりぬけきれば、強いものになるのではないかしら。

斯く云う私は何であろうか。第一、なんだろう。しかし、神は在す、と信じてはいる。でも私はそれが遠く離れた一所にあるとは思わない。Paradise にあるんではない、自分の心にあるのだと私は思う。衆生も仏も神も心も皆一つである。(だろうと思う)

従って、死んだら、天国へ昇天するか極楽往生するかと云う問題はあんまり考えない。私はお墓もお供えもいらない。死んだら、犬でも食えばいゝ。拝んでもらうのは、気まりが悪い。強いて墓を作るならせいぐ〵、土まん頭位でいゝ。

ある人が斯く云った。

死んだら、焼く、骨を埋める、人は頭をさげる、即ちカルシュームを拝んでいる、と。

馬鹿らしい。

私が死んだら、皆こんな考えを持ってわざ〳〵拝んでくれなくともいゝが、私は、人に対しては、こんな考えは持ちたくない。妙は妙だ。こんな持論はない。

今まで、いろ〳〵の人の死を見た。然し、極楽へ行くとか、あの人は腹が黒いから地獄へ行くとは思った事はない。だから極楽へ行けます様にと祈った事は一度もない。唯、御恩を感じてのみ拝むのだ。死んでから拝んでくれなくったっていゝと云うかも知れないが、自分の心として済まされない。一種の御詫びの様な心で拝む。

これが現在の私、白髪の婆さんになった頃、又変ってくるかも知れないが。　(8月12日)

読書

書物には理性を持って読む本と感情を持って読む本とがある。

たとえば、藤村の詩などを理性的に読んでしまい、彼の社会的思想如何、なんか考えてたら、ちっとも好いとは思わないであろう。藤村の詩は感情をもって読まなくてはいゝと感じないであろう。その詩にある風景や、作者の心境などを想像し、その詩に陶酔し、夢を見る位だったら藤村の詩は素晴しいものだ。その反面に、イプセンの本などそのまゝ感情的によんでしまってはさっぱりわからない。入りこむ一歩手前で、客観的に、何を彼が云っているか、何を暗示しているか、考えながらよまなくてはならない。

読み方一つで、いろ〳〵にとれると私は思った。

（8月13日）

死に際

先日、堀口九万一の「世界の思ひ出」と云う本をよんだ。その中に、臨終の話として、仲々面白い事が書いてあった。

ある数理学者がもう言葉も発しないで死の一歩手前を彷徨している時、友人が「十二の二乗は何か」と耳もとで云ったら、「百四十四」と答えて死んだ。

ある文法学者の死ぬ時、ちょっと看護婦の云った言葉に、テニヲハが間違っていたとて、それをなおして死んだと云う。

音楽家は、僧侶の読経の声が悪いと云って死に、その他いろ〳〵あった。

それで、私が現在、死ぬとしたらどんな事を云うかと兄弟で考えた。

誰もが云った、「ゲラ〳〵」哄笑して死ぬだろうと。

それ程私は滑稽者なのだ。

でもゲラ〳〵笑って死ねたら私は本望だが、きっと、私は、何も云わずに死ぬだろう、臆病だから。

生に執着がないことはない。（8月15日）

（昭和二一年八月一五日作、『新編　久坂葉子作品集』構想社、昭和五五年四月）

久坂葉子の光芒

解説
久坂部　羊

久坂葉子を追いかけてかれこれ二十二年になる。

私がその名前をはじめて知ったのは、さらにその七年前である。学生のころ、大阪の堂島にあったムジカという喫茶店で、偶然、壁に貼られた即興画のような花鳥図を見たのである。黄ばんだ紙に黒いインクで、ペンのかすれも意に介さずに鳥や果実が描いてあった。あまりに闊達な線だったので、私は思わずだれの絵ですかと店の人に訊ねた。

「久坂葉子という神戸の女流作家で、戦後に芥川賞候補になり、二十一歳で阪急六甲駅で飛び込み自殺をした人です」

そのときはさほど興味を持たず、漠然とその名を記憶に止めただけだった。

それから七年後、新聞の夕刊に「芥川賞候補作家の自画像」という記事が出た。右手で右目を隠した自画像で、ムジカで見たのと同じ独特の勢いのある線で描かれていた。記事を読むと、果たして久坂葉子の作品とある。神戸に久坂葉子研究会があり、研究誌も発刊されていると書いてあった。私はすぐに研究会に連絡を取り、その年（一九八三年）の秋に開かれた「久坂葉子の世界展」を手伝いに行き、久坂葉子の師である作家、富士正晴に葉書を書いて、茨木の竹林にその老作家を訪ねた。さらに同氏が主宰し、かつては久坂葉子も属した同人雑誌VIKINGに参加し、久坂葉子の身内や知人を訪ね、証言を集めたり、手紙や写真をコピーした。

なぜ、久坂葉子はそれほど私を惹きつけたのか。

当時、私は神戸の病院で外科医をしており、多くの患者の死を体験していた。死はだれにとっても恐ろしく、忌まわしいものだと思っていた。ところが、実際に死を迎える患者の中には、あまり苦しまず、静かに最期を迎える人がいる。死を拒絶しない人々。そんな患者に不思議な印象を抱いていたとき、久坂葉子は極端な死への傾きを持つ人間として、私の前に現れたのである。

男爵家の令嬢で、絵画、音楽、文学に才能を発揮し、芥川賞候補になり、将来を嘱望されていたのに、なぜ二十一歳の若さで自死を選ばなければならなかったのか。その素朴な疑問は、彼女の自殺未遂の遍歴を知ったとき、衝撃へと変わった。

久坂葉子が最初に自殺未遂をしたのは、十六歳の夏である。友人からもらった「青酸カリ」（実は無害の薬物）をのんだ。二回目は十六歳の冬で、睡眠薬を服用。三回目は十七歳の秋で、姉の結婚式の直前にやはり睡眠薬を服用。このときは胃洗浄で辛うじて命を取り留めた。四回目は二十一歳の春で、富士正晴宛の手紙によれば、「腕をメッタ切りにし、ボロ《(ママ)》バリンを二百錠ものんで」とある。そして、最後が二十一歳の冬。阪急六甲駅から特急電車に飛び込んだ。

この自殺の当日に完成されたのが、本書収録の『幾度目かの最期』である。この作品を読んだときの衝撃は、今も忘れられない。自分の死と文学をこれほど一致させた作品がほかにあるだろうか。自らの死を一編の小説に結晶させ、その作品の予告通りに死ぬ。それは芥川にも太宰にも三島にもなし得なかったことである。

『幾度目かの最期』は自殺の三日前から猛烈な勢いで書きはじめられ、一九五二年の大晦日に書き終えられた。私はこの作品の生原稿を、茨木市の富士正晴記念館で見たが、ブルーブラックのインクは今も鮮やかで、何かに憑かれたようなペン文字には鬼気迫るものがあった。「(小母様、私の愛用の万年筆のペン先が折れました。)」(二二八ページ)という記述の直前には、実際にペン先が折れて字のかすれた部分があり、その生々しさに胸が痛んだ。

この作品を書き上げたあと、久坂葉子は京都に住む「鉄路のほとり」に原稿を渡しに行き、ふたたび神戸にもどって知人と忘年会をしたあと、「サロンみなと」というバーへ行った。このとき、自殺の気配に気づいていた友人が見張りをしていたが、彼女はわずかの

「VIKING47・VILLON4」
共同刊行追悼号　扉　(昭28・3)

『久坂葉子作品集 女』　表紙
(昭28・6　人文書院)

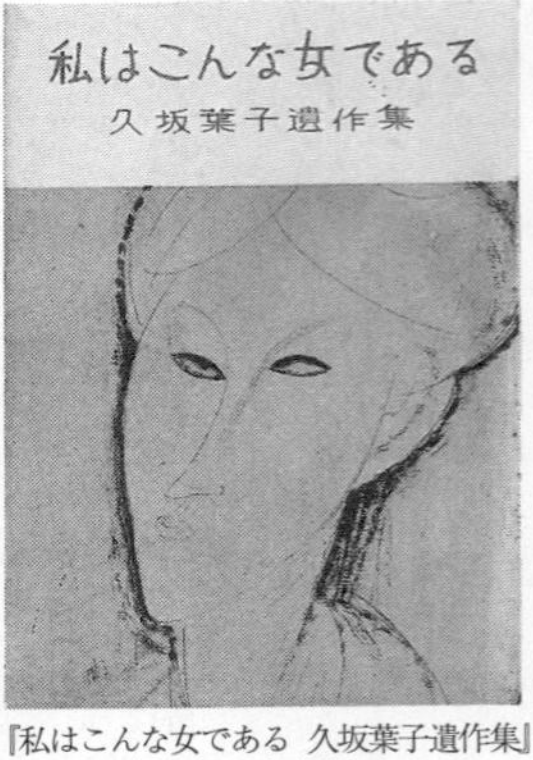

『私はこんな女である 久坂葉子遺作集』
カバー　(昭30・9　和光社)

『新編 久坂葉子作品集』　カバー
(昭55・4　構想社)

久坂葉子　1951年10月　人文書院版『久坂葉子作品集 女』より

隙をついて店を飛び出し、行方をくらませたのである。

当夜、久坂葉子を接客した「サロンみなと」のマスターO氏は今も健在で、三年前に私が話を聞きにいったとき、こう語ってくれた。

「もう五十年も前のことですが、あの夜のことは今もよく覚えています。彼女はひどく酔っていて、まともに座ることさえできない状態でした。今夜は目を離すと危ないと友人たちが言うので、私はカウンターでダイス（サイコロ遊び）をして彼女の気を引こうとしました。しかし、彼女は思い詰めたように目をぎらつかせるばかりで、一向に乗ってこない。そのうち、突然、ハンドバッグから小銭入れを取り出すと、ラララーと歌いながら、踊るように店の外へ飛び出していきました。一瞬のできごとで、友人たちが追いかけたときには、もうその姿はどこにもありませんでした」

彼女が六甲を最期の地に選んだのは、「熊野の小母様」こと熊野節子氏の家があったからだと想像される。実際、熊野氏は、当夜、窓の外に久坂葉子らしき気配を感じたと証言している。

久坂葉子、本名川崎澄子は、一九三一年に神戸市神戸区（現中央区）に生まれた。曾祖父は川崎重工の創始者で、伯父は男爵という名門の出である。幼いころからピアノ、詩、俳句、南画等に優れ、家庭内での句会では、登水という号（澄子の「澄」をへんとつくりに分けたもの）を父から与えられた。早熟で、女学校の教師と対立したり、羅紗問屋の店員になったりしたのは、『灰色の記憶』の内容とほぼ重なる。

一九四九年、久坂葉子は友人の紹介で、当時神戸に住んでいた作家の島尾敏雄を訪ね、その口利きで同人雑誌ＶＩＫＩＮＧに作品を発表しはじめる。本書収録の『四年のあいだのこと』は二作目、『落ちてゆく世界』は六作目の小説である。『落ちてゆく世界』は東京の編集者の目に留まり、『ドミノのお告げ』と改題されて、文芸誌「作品」に発表された。それが第二十三回芥川賞候補に選ばれるのである。

『ドミノのお告げ』は、富士正晴によれば「編集者の編集者的指導により、数回書き直しをさせられ、変にあくどくなっている」（「久坂葉子作品集　女」あとがき　六興出版　一九七八年）もので、候補には選ばれたものの、選考会ではほとんど話題にならなかった。選評にも丹羽文雄が「チャーチル会の女優の静物画の程度である」と短く触れただけである。

とはいえ、久坂葉子の運命はこの一作によって大きく変わることになる。それまで地方のガリ版刷り同人雑誌内だけの存在だったのが、十九歳の芥川賞候補作家として、一躍世間の注目を浴びたからである。彼女はそれを重荷に感じつつも、内心では喜び、ますます創作に打ち込む。そして書かれたのが、自伝的な色彩の濃い『灰色の記憶』である。

この作品には、久坂葉子を理解する上で重要なヒントが多く隠されている。たとえば、マネキン事件にはことさら状況を悲劇的に捉える潔癖性が感じられるし、好きな少年の持ち物を盗んだり、空襲のときに点呼を投げ出してひとり崖下へ逃げたりしたのは、自ら状況を危機的にせずにおれない衝動がうかがえる。「大岡少年」や「分家はん」など醜男への嗜好は、ある種の自虐性といえるだろう。もっとも重要なのは生の苦痛と死の衝動で、これは繰り返し描かれる。「空気が自分の身体に痛みを与える」「死にたいという衝動的な欲望が連続して頭の中をからまわりした」「唯、私は苦しみから逃避したかった」などの叫びは、ある読者には痛切に響くだろうし、また別の読者には唐突にしか思えないだろう。その分かれ目は、死の衝動に対するリトマス試験紙になるかもしれない。

『灰色の記憶』はたいへんな意気込みで書かれたが、VIKINGの合評会では不評で、「綴り方教室」とこき下ろされた。死への衝動を書きながら、未だに生きながらえている二十歳の令嬢に、年長の同人たちは甘えと嘘を感じたのかもしれない。彼女は失望し、VIKINGを離れて、ラジオ放送局の嘱託などをしながら、『幾度目かの最期』に「緑の島」として書かれる既婚男性との恋愛にのめり込んでいく。それもうまくいかず、九州への傷心旅行のあと、四度目の自殺未遂。心配した母親は、たまたま発症した肋膜炎を肺結核だと言いくるめ、自宅療養を命じるが、彼女の創作と恋愛と死への衝動はおさまらない。新たに小説を発表し、劇団の創立などに関わりながら、多忙と心身の疲労の中で、魅入られたように〝幾度目かの最期〟に突き進むのである。

『幾度目かの最期』については多くを語る必要はないだろう。背景となる事実関係だけ簡単に述べておく。語りかけの相手「熊野の小母様」は、山手高女の同級生、熊野允子《ちかこ》氏の母親で、『灰色の記憶』にも出てくる「白雲のように生きて来た」未亡人（二四五ページ）と同じ人物である。作中で語られる演劇は、久坂葉子原作の『女たち』で、彼女も創立同人だった現代演劇研究所により、一九五二年十二月十三、十四日に、三宮の繊維会館で上演された。これを手伝っていた「鉄路のほとり」はくるみ座の声優で、「青白き大佐」はVIKING同人である大学教師の弟の香水商、「緑の島」は久坂葉子が嘱託で勤めていた新日本放送（NJB）の文芸課長だった人物である。作中後半に引用される「鉄路のほとり」宛の手紙は、すべて実際に書かれたものであり、字句もほとんど正確に写されている（それらは「久坂葉子の手紙」〔六興出版　一九七九年〕に収録されており、小説とつき合わせて読むと、刻々と死に向かう状況に手に汗握る迫力がある）。

この作品には『灰色の記憶』以上に強い死への衝動が描かれているが、自殺のほんとうの理由は何だったのか。罪深いという意識、自らの汚れた行為、仕事ができないこと、家庭の重圧、恋愛の破局。いろいろ並べられているが、それは納得のいくものだろうか。

私にはどれも理由のための理由のように思えて仕方がない。死にたいという欲求が先にあって、それを正当化するために無理やりこしらえたようにしか思えないのである。もちろん久坂葉子自身は、本気で死ななければと思っていただろう。しかし、その欲求の根本は、これら表面的な理由とは別のところにあったのではないか。

たとえばそれは、死の九日前に一日で書き上げた戯曲『鋏と布と型』にも表れている。ペシミスティックなマネキンが指摘する人間の哀れさ。あたかも命のないマネキンのほうが人間より上等であるかのような考えは、死の美化に通じるようにも見える。死の年に書かれた幻想的なエスキス『女』では、主人公がわけもなく「悪魔の招きにさそわれ」てカミソリで命を絶つ。『四年のあいだのこと』にも、唐突に電車に轢かれて内臓が引き裂かれる幻影が現れる。十五歳の夏に書かれた自家装幀のエッセイ集『南窓記《なんそうき》』（川崎澄子名義）も、誘蛾灯に集まる虫のように死の周辺をさまよう。

昆虫が光に集まる性質を、走光性というのはよく知られている。それにならえば、久坂葉子には「走死性」があったのではと思われるほど、その生涯を通して死に惹かれつづけた。自殺未遂の理由は毎回ちがうが、死にたいという衝動だけは共通していた。

人間はだれでも死を恐れ、長生きを望む気持を持っている。生の本能である。しかしそれだけではない。フロイトによれば、生物は自分の特別な死を死ぬために、それ以外の死を避けようとして、結果的に命を長らえさせるのだという。特別な死への本能、それがタナトスである。恐ろしいけれど、蠱惑的でもある。

久坂葉子はだれもが持つタナトスを、比類ない極端さで表現し、実践した作家である。その鮮烈さにおいて、彼女の遺した光芒は今も輝きを失わない。

年譜

久坂葉子

一九三一年（昭和六年）

三月二七日、神戸市神戸区（現中央区）中山手通六-七〇に父・川崎芳熊（川崎造船創立者・神戸新聞社主の川崎正蔵の孫）、母・久子の次女として生まれる。本名・澄子。大正一五年生まれの兄・芳久、昭和三年生まれの姉・敏子がおり、二年後の昭和八年に弟・芳孝が生まれる。同八年、父が川崎造船（後の川崎重工業）専務取締役に就任（昭和二一年一〇月まで）。昭和九年頃、生まれつきひ弱であった兄・芳久のために借りた紀州の海岸の別荘で兄姉弟たちと生活する。

一九三六年（昭和一一年）　五歳

頌栄幼稚園に入園するが「幼稚園が、あまりひどい折檻をするので」（「灰色の記憶」）中退。この頃、姉とともに日本舞踊（小寺流）とピアノを習い始める。このピアノが、後に、作曲という仕事につながっていくことになる。愛称を「ボビ」という。自他ともにそう呼ぶことになる。

一九三七年（昭和一二年）　六歳

四月、神戸市立諏訪山尋常小学校に入学。兄や姉の勉強する算術を傍らで見ていて自然に覚えてしまっていたので、何も勉強せずにいい点が取れたため、優越感を持つ餓鬼大将であった。そして学校という集団生活をする場の規則というものが窮屈で、ますます我儘に振る舞うようになる。しかし、掛算や割算を習い始める二、三年生になると、何故こういう答えが出るのか皆目解らず、数字に恐怖を覚えるようになる。しかし、綴方（作文）や図画は好きであった。話をつくったり人に聞かせたりするのがまた好きだった。

一九三九年（昭和一四年）八歳

父は杜芳と号して俳句を嗜んでいたが、その影響で家族中で句会を催す。澄子の澄の字を偏と旁に分解して「登水《とうすい》」という俳号を使用するが、母が師事していた水越松南を師として南画を習い、その雅号にも用いる。

一九四〇年（昭和一五年）九歳

四年生になって男女別組となる。学校で暗誦させられる勅語を覚えられない。人と同じことをするのが苦手。しかし、短歌や俳句の上達には著しいものがあった。この年は紀元二千六百年ということで記念式典があったが、「唯棒をふる。紀元八二千六百年」と後ろに書き込んだ写真を撮る。また、死について考える、というより、悲しさや淋しさを感じる。

一九四一年（昭和一六年）一〇歳

八月、父が神戸新聞社長に就任、翌年夏、退任。秋、六年生の男子に恋心を抱く。「少しずつ恋愛小説をよみ出」（「灰色の記憶」）す。

一九四二年（昭和一七年）一一歳

四月、前年国民学校と改称された小学校六年となる。担任の浄土真宗信者の教師の影響を強く受け、南無阿弥陀仏に惹かれるようになり、数珠をひそかに手にする。「山家集」を読み始める。この年、「伊勢旅行紀」（九月）などの作文を書く。

一九四三年（昭和一八年）一二歳

三月、諏訪山国民学校修了。四月、神戸山手高等女学校入学。戦争が激しくなり、防空壕を掘ったり、畑仕事をしたりといった作業が、教室での授業より多い学校生活となる。姉と弟は疎開し、父、兄と澄子の三人は神戸に残る。

一九四四年（昭和一九年）　一三歳

戦争は激しさを増し、空襲に見舞われ、その下で死への衝動にかられるようになる。小説のような軟弱なものを読むことは学校で禁じられたが、二、三の友人と秘かに読みつづける。「碧巌録」「歎異抄」などにも手をのばす。この頃撮った〝第一運動場防空ごうの前で〟と記した写真に書き込んだ「我と我自ら敵　はかなくも空しい涙　歎息　いとはしい嵐を出て　好ましい静寂の中へ」は、その死に対する意識のあらわれか。

一九四五年（昭和二〇年）　一四歳

毎日のように空襲。焼夷弾の落ちてくる中で、尾崎紅葉を読む。主任教師の怒りを買い、罵倒される。六月五日、空襲により自宅全焼。郊外の本家の邸に移転し、多くの親戚と雑居生活を余儀なくされる。しかし八月六日、その家も空襲で全焼。兄が徴兵により入隊。一四日、父が家族に敗戦を伝える。空家に叔母一家と移り、会社の寮に引っ越し、ようやく一軒家に落ちつく。

一九四六年（昭和二一年）　一五歳

GHQ指令により父芳熊、公職追放処分となる。以後、土地、家財道具などを手ばなす筍生活となる。この経験が、後の作品にリアルに描かれることとなる。この頃の好みの小説の主人公に「狭き門」のアリサ、「罪と罰」のソーニャ、「幸福者」（武者小路実篤著）の師、「出家とその弟子」の親鸞などを挙げている。また、この頃、布引にある川崎家の菩提寺大圓山徳光禅院に通って、住職の土岐湖山を足繁く訪ねている。三月、詩「鳥と私」「紅白の折り鶴」「黒砂糖」他、八月、わら半紙を糸綴じして表紙をつけた随筆「南窓記」他を執筆。

一九四七年（昭和二二年）一六歳

自らの心琴に触れない授業は欠席する。映画を観たり、京都の寺を訪ねることが多い。八月末、一回目の自殺未遂。「自暴自棄、ぎみだ。（略）七月より八月にだんだん執着（注・生に対する）が死への憧憬に変じ、生死の間を彷徨した。苦しんだ。そして、死に決するや否や心は平静になりそして快活さを取りもどしたのだ」（随筆「私」）。一一月、相愛女専音楽部ピアノ科に入学。一ヵ月程で退学。萩原朔太郎に心酔する。詩「りんご」に「あたらしいとしがもうやってくるといふのに、あすさへもおそろしい」と書いて、二回目の自殺未遂。この年、常に手にしていた数珠を捨て、仏教書を古書店に売る。「これから、聖書を毎日よまうと思ひます。読みたいと云ふ欲望を抑へてをりました。しかし、私の心は私に、聖書ならい、とゆるしました」（一〇月八日付書簡）

一九四八年（昭和二三年）一七歳

一月末、知人の松山とし子の父の紹介で羅紗問屋に給仕として就職する。三月、出席日数不足のため四年時卒業扱いで山手高等女学校を卒業する。太宰治の心中に衝撃を受け、「逝った人に」「月と桃の実」「雨の日に」の詩を、その死を題材に書く。一〇月初め、アドルムを飲んで自殺を計るが未遂に終わる（三回目）。この年、小説「彩子とお日様」「とも子」、詩「Marlene Dietrichをたゝふ」「心の根底」「はかなき青春」「ゆめ」「回想」「罪深い女」「かへりみち」「都会の憂愁」「酒場にうたへる　その一、その二、その三」「拘置所」「うつろなるまなこにうつる」「むなしきうた」他を執筆。

一九四九年（昭和二四年）一八歳

一月一六日、神戸市生田区山本通三丁目三三番地に転居。三月末、羅紗問屋退社。八月、同級生の友好安子の紹介で六甲在住の島尾敏

雄を訪ね、小説「港街風景」を手渡す。この作品は「私が、はじめて、久坂葉子なる名前を附した」(「久坂葉子の誕生と死亡」)もの。一週間ほどして第二作の「入梅」を持参、この作品が同人だった島尾の紹介で、富士正晴らの主宰する同人雑誌「VIKING」に掲載される。これを機に「VIKING」同人となり富士正晴の指導を受けるようになる。以後、毎月のように「VIKING」に作品を発表する。この年、小説「四年のあひだのこと」「島に住む人」「猫」「晩照」「終熄」他、詩「祖国」「予言」「感傷のうた」「死んだ人」「こんな世界に私は住み度い」「雨のまち」「むしばまれた……」「ゆめのおみな」「父と娘」他を執筆。

一九五〇年(昭和二五年)　一九歳

「VIKING」(一七号)に掲載された「落ちてゆく世界」が作品社の八木岡英治の目にとまり、改稿の上「作品」(六月号)に「ドミノのお告げ」と改題されて転載。それが、八月、芥川賞候補(第二三回)にあげられる。七月末、従兄たちと上高地乗鞍に旅行、「帰宅して数日、前田純敬氏より、芥川賞候補作に、ドミノのお告げが選ばれたという速達が来た。びっくりした。『入梅』以来一年たつかた、ぬかである」(「久坂葉子の誕生と死亡」)。「落ちてゆく世界」掲載の「VIKING」一七号の例会(合評会)に出席した島京子はこう記す。「ただ一人の女同人久坂葉子は、濃いグレーのおろしたてのようなスーツを着て坐っていた。真中により加減のへんな目つきと、眉間でつながりそうな眉とが、いつも見ていた彼女の父親川崎芳熊によく似ていた。(略)小さな身体を横坐りに、片手を後について煙草をふかし、焼酎を飲み、ただ一人おもしろくもないわ、という白けた顔であった。海賊船(注・VIKING)の紅一点、船内ではクイン・エリザベスと呼ばれていた彼女は、何も喋らなかった。ときおり顔を動かすと、うしろで束ねた毛が、箒草のようにこわばったままつられて動き、毛質の強《こわ》さをうかがわせた」（「竹林童子失せにけり」）。九月中旬、益子へ旅行。詩人の斎田昭吉とつきあう。一二月、コント「贈物」を「神戸新聞」に発表、初めて原稿料をもらう。以後、昭和二七年末まで、コント、随筆等を発表する。この年、小説「晶子抄」「愛撫」「宿雨の呟き」「鏡」「ゆき子の話」「灰色の記憶」他、戯曲「神様は喧嘩する」等を執筆。

一九五一年（昭和二六年）二〇歳

二月、「ＶＩＫＩＮＧ」例会で、渾身の思いで書いた「灰色の記憶」が、「富士（正晴）氏からは、よい作品だと云われたが、Ｖ会では、綴り方教室だとやっつけられ」（「久坂葉子の誕生と死亡」）て「ＶＩＫＩＮＧ」を脱会。八月、詩人竹中郁の紹介によって中山太陽堂（化粧品会社）の広告部に月給六〇〇〇円、つづいて作家京都伸夫の紹介で新日本放送（ＮＪＢ）に月給七〇〇〇円で、それぞれ嘱託として就職、かけもちで働く。秋、東京と箱根に旅する。「神戸又新日報」より依頼の連載小説の原稿二〇回分を渡す。この年、小説「一夜」「かはいい恋人」「まち子」他を執筆。過去二年間の溢れるような創作意欲は、一休みといった体。

一九五二年（昭和二七年）二一歳

一月、「神戸又新日報」に小説「坂道」を連載（奥村隼人挿画、六日～二月二一日、四五回）。二月、中山太陽堂、新日本放送退社。山手高等女学校時代の教師を広島に訪ね、その後、九州一円を、二〇日間の一人旅（六日～二五日）。「この新聞（注・又新日報）は、四十五回の私の小説が終った途端、廃刊になり、稿料は二万円もらわずじまいになってしまった。もっとどんどんさいそくしたらよかったのに、恋愛の破局と共に、私は、九州の果てへ旅立ったのであった」(「久坂葉子の誕生と死亡」)。帰宅後三月、四回目の自殺未遂。その後、肋膜炎と診断される。しかし、一ヵ月の安静中も、小説「華々しき瞬間」を猛烈な勢いで書き続ける。ボーボワールを読んだ、その強い影響による。五月、現代演劇研究所創立に参加。六月、「ＶＩＫＩＮＧ」に詩「古蘭よ」で復帰。七月、富士正晴中心の大阪の同人雑誌「ＶＩＬＬＯＮ」創立に参加、富士は否定的だったが、「華々しき瞬間」を創刊号(一一月刊)に掲載。一〇月、現代演劇研究所第一回発表会としての詩の朗読会で久坂葉子作曲の音楽をＢＧＭとして「古蘭よ」が朗読される。一二月、現代演劇研究所第二回発表会に、五月執筆の戯曲「女たち」上演。三一日午前二時頃、遺稿となる「幾度目かの最期」を脱稿。午後九時四五分、阪急六甲駅で三宮発梅田行特急電車に飛び込む。五回目にして、ようやく自らの命を絶つ。享年二一。この年、小説「女」「計画は空し」「二年草」「孕む」「淀んだ血」他、随筆「たより」「やりたいこと」「私はこんな女でござる」「柳河の人」他、戯曲「かひがらのうた」「衣裳」他、詩「春の短詩—春日狂乱」「どこもかも十二月」他を執筆。年明けの一月、菩提寺の大圓山徳光禅院にて葬儀、法名「清照院殿芳玉妙葉大姉」。

人文書院版『久坂葉子作品集 女』より

一九五三年（昭和二八年）
四月、神戸放送で戯曲「鋏と布と型」が放送される。同月、前田純敬は「群像」に「自殺者」、島尾敏雄は「新潮」に「死人の訪れ」と題して、久坂葉子の死を題材とした小説を発表。昭和三一年に富士正晴は『贋・久坂葉子伝』を上梓する。

久坂葉子研究会編の年譜を大いに参考にさせて頂いた。これがなければ、この年譜は成らなかったろう。そして、久坂葉子に半年程遅れて「ＶＩＫＩＮＧ」に乗船した島京子氏、同じく古い同人である福田紀一氏に多くの教えを受けた。また、久坂部羊氏に多くの誤りを指摘して頂いた。お礼申し上げる。

（久米　勲・編）

著書目録

久坂葉子

【単行本】

久坂葉子作品集　女　昭28・6　人文書院
私はこんな女である　昭30・9　和光社
久坂葉子遺作集
久坂葉子詩集　昭31・12　萌木
久坂葉子作品集　女　昭53・12　六興出版
久坂葉子詩集　昭54・4　六興出版
久坂葉子の手紙　昭54・9　六興出版
新編 久坂葉子作品集　昭55・4　構想社
久坂葉子詩集　平14・12　北宋社
ドミノのお告げ　平15・2　勉誠出版
（べんせいライブラリ
ー青春文芸セレクション）

【全集】

久坂葉子全集　平15・12　鼎書房
（全三巻）

【アンソロジー】

全集・現代文学の発見15　昭43　学芸書林
青春の記録7　昭43　三一書房
戦後詩大系2　昭45　三一書房
新編人生の本1　昭46　文芸春秋
埋没した青春　昭51　現代教養文庫

青春の記録3
VIKING選集2　平9　風来舎
兵庫県地下文脈大系2
短編女性文学　近代続　平14　おうふう

（作成・久米　勲）

本書では、「落ちてゆく世界」「灰色の記憶」「幾度目かの最期」の三作品は『久坂葉子作品集 女』（六興出版、一九七八年一二月刊）を、「四年のあいだのこと」「女」「南窓記」の三作品は『新編 久坂葉子作品集』（構想社、一九八〇年四月刊）を、「鋏と布と型」は『久坂葉子作品集 女』（人文書院、一九五三年六月刊）を底本とし、「鋏と布と型」は新かな遣いに改めました。本文中、明らかな誤植と思われる箇所は正しましたが、原則として底本に従いました。「幾度目かの最期」の底本における削除部分については、初出誌「VIKING 47・VILLON 4」共同刊行追悼号（一九五三年三月）を参照し復元しましたが、その際の表記は底本の表記法を踏襲しました。また、必要に応じて『私はこんな女である 久坂葉子遺作集』（和光社、一九五五年九月刊）を参照しました。底本にある表現で、今日からみれば不適切と思われる表現がありますが、作品の時代背景および著者が故人であることなどを考慮し、底本のままとしました。よろしくご理解のほどお願い申し上げます。

幾度目《いくどめ》かの最期《さいご》　久坂葉子《くさかようこ》作品集《さくひんしゅう》
久坂葉子《くさかようこ》
二〇〇五年一二月一〇日第一刷発行
二〇二三年 八 月二二日第九刷発行
発行者――髙橋明男
発行所――株式会社 講談社
東京都文京区音羽2・12・21 〒112-8001
電話 編集（03）5395・3513
販売（03）5395・5817
業務（03）5395・3615
デザイン――菊地信義
印刷――株式会社KPSプロダクツ
製本――株式会社国宝社
本文データ制作――講談社デジタル製作
Printed in Japan
定価はカバーに表示してあります。

講談社
文芸文庫
ISBN4-06-198425-X

講談社文芸文庫

▶解=解説 案=作家案内 人=人と作品 年=年譜を示す。 2023年7月現在

講談社文芸文庫

井上靖	本覚坊遺文	高橋英夫——解／曾根博義——年
井上靖	崑崙の玉|漂流 井上靖歴史小説傑作選	島内景二——解／曾根博義——年
井伏鱒二	還暦の鯉	庄野潤三——人／松本武夫——年
井伏鱒二	厄除け詩集	河盛好蔵——人／松本武夫——年
井伏鱒二	夜ふけと梅の花|山椒魚	秋山 駿——解／松本武夫——年
井伏鱒二	鞆ノ津茶会記	加藤典洋——解／寺横武夫——年
井伏鱒二	釣師・釣場	夢枕 獏——解／寺横武夫——年
色川武大	生家へ	平岡篤頼——解／著者——年
色川武大	狂人日記	佐伯一麦——解／著者——年
色川武大	小さな部屋|明日泣く	内藤 誠——解／著者——年
岩阪恵子	木山さん、捷平さん	蜂飼 耳——解／著者——年
内田百閒	百閒随筆 Ⅱ 池内紀編	池内 紀——解／佐藤 聖——年
内田百閒	[ワイド版]百閒随筆 Ⅰ 池内紀編	池内 紀——解
宇野浩二	思い川|枯木のある風景|蔵の中	水上 勉——解／柳沢孝子——案
梅崎春生	桜島|日の果て|幻化	川村 湊——解／古林 尚——案
梅崎春生	ボロ家の春秋	菅野昭正——解／編集部——年
梅崎春生	狂い凧	戸塚麻子——解／編集部——年
梅崎春生	悪酒の時代 猫のことなど —梅崎春生随筆集—	外岡秀俊——解／編集部——年
江藤淳	成熟と喪失 —"母"の崩壊—	上野千鶴子-解／平岡敏夫——案
江藤淳	考えるよろこび	田中和生——解／武藤康史——年
江藤淳	旅の話・犬の夢	富岡幸一郎-解／武藤康史——年
江藤淳	海舟余波 わが読史余滴	武藤康史——解／武藤康史——年
江藤淳 蓮實重彥	オールド・ファッション 普通の会話	高橋源一郎-解
遠藤周作	青い小さな葡萄	上総英郎——解／古屋健三——案
遠藤周作	白い人|黄色い人	若林 真——解／広石廉二——年
遠藤周作	遠藤周作短篇名作選	加藤宗哉——解／加藤宗哉——年
遠藤周作	『深い河』創作日記	加藤宗哉——解／加藤宗哉——年
遠藤周作	[ワイド版]哀歌	上総英郎——解／高山鉄男——案
大江健三郎	万延元年のフットボール	加藤典洋——解／古林 尚——案
大江健三郎	叫び声	新井敏記——解／井口時男——案
大江健三郎	みずから我が涙をぬぐいたまう日	渡辺広士——解／高田知波——案
大江健三郎	懐かしい年への手紙	小森陽一——解／黒古一夫——案
大江健三郎	静かな生活	伊丹十三——解／栗坪良樹——案

大江健三郎	僕が本当に若かった頃	井口時男──解／中島国彦──案
大江健三郎	新しい人よ眼ざめよ	リービ英雄-解／編集部──年
大岡昇平	中原中也	粟津則雄──解／佐々木幹郎-案
大岡昇平	花影	小谷野 敦──解／吉田凞生──年
大岡 信	私の万葉集一	東 直子──解
大岡 信	私の万葉集二	丸谷才一──解
大岡 信	私の万葉集三	嵐山光三郎-解
大岡 信	私の万葉集四	正岡子規──附
大岡 信	私の万葉集五	高橋順子──解
大岡 信	現代詩試論｜詩人の設計図	三浦雅士──解
大澤真幸	〈自由〉の条件	
大澤真幸	〈世界史〉の哲学 1　古代篇	山本貴光──解
大澤真幸	〈世界史〉の哲学 2　中世篇	熊野純彦──解
大西巨人	春秋の花	城戸朱理──解／齋藤秀昭──年
大原富枝	婉という女｜正妻	高橋英夫──解／福江泰太──年
岡田 睦	明日なき身	富岡幸一郎-解／編集部──年
岡本かの子	食魔 岡本かの子食文学傑作選 大久保喬樹編	大久保喬樹-解／小松邦宏──年
岡本太郎	原色の呪文 現代の芸術精神	安藤礼二──解／岡本太郎記念館-年
小川国夫	アポロンの島	森川達也──解／山本恵一郎-年
小川国夫	試みの岸	長谷川郁夫-解／山本恵一郎-年
奥泉 光	石の来歴｜浪漫的な行軍の記録	前田 塁──解／著者──年
奥泉 光 群像編集部 編	戦後文学を読む	
大佛次郎	旅の誘い 大佛次郎随筆集	福島行一──解／福島行一──年
織田作之助	夫婦善哉	種村季弘──解／矢島道弘──年
織田作之助	世相｜競馬	稲垣眞美──解／矢島道弘──年
小田 実	オモニ太平記	金 石範──解／編集部──年
小沼 丹	懐中時計	秋山 駿──解／中村 明──案
小沼 丹	小さな手袋	中村 明──人／中村 明──年
小沼 丹	村のエトランジェ	長谷川郁夫-解／中村 明──年
小沼 丹	珈琲挽き	清水良典──解／中村 明──年
小沼 丹	木菟燈籠	堀江敏幸──解／中村 明──年
小沼 丹	藁屋根	佐々木 敦──解／中村 明──年
折口信夫	折口信夫文芸論集 安藤礼二編	安藤礼二──解／著者──年

講談社文芸文庫

折口信夫 ― 折口信夫天皇論集 安藤礼二編	安藤礼二―解
折口信夫 ― 折口信夫芸能論集 安藤礼二編	安藤礼二―解
折口信夫 ― 折口信夫対話集 安藤礼二編	安藤礼二―解／著者―年
加賀乙彦 ― 帰らざる夏	リービ英雄―解／金子昌夫―案
葛西善蔵 ― 哀しき父｜椎の若葉	水上 勉―解／鎌田 慧―案
葛西善蔵 ― 贋物｜父の葬式	鎌田 慧―解
加藤典洋 ― アメリカの影	田中和生―解／著者―年
加藤典洋 ― 戦後的思考	東 浩紀―解／著者―年
加藤典洋 ― 完本 太宰と井伏 ふたつの戦後	與那覇 潤―解／著者―年
加藤典洋 ― テクストから遠く離れて	高橋源一郎―解／著者・編集部―年
加藤典洋 ― 村上春樹の世界	マイケル・エメリック―解
加藤典洋 ― 小説の未来	竹田青嗣―解／著者・編集部―年
金井美恵子 ― 愛の生活｜森のメリュジーヌ	芳川泰久―解／武藤康史―年
金井美恵子 ― ピクニック、その他の短篇	堀江敏幸―解／武藤康史―年
金井美恵子 ― 砂の粒｜孤独な場所で 金井美恵子自選短篇集	磯﨑憲一郎―解／前田晃―年
金井美恵子 ― 恋人たち｜降誕祭の夜 金井美恵子自選短篇集	中原昌也―解／前田晃―年
金井美恵子 ― エオンタ｜自然の子供 金井美恵子自選短篇集	野田康文―解／前田晃―年
金子光晴 ― 絶望の精神史	伊藤信吉―人／中島可一郎―年
金子光晴 ― 詩集「三人」	原 満三寿―解／編集部―年
鏑木清方 ― 紫陽花舎随筆 山田肇選	鏑木清方記念美術館―年
嘉村礒多 ― 業苦｜崖の下	秋山 駿―解／太田静一―年
柄谷行人 ― 意味という病	絓 秀実―解／曾根博義―案
柄谷行人 ― 畏怖する人間	井口時男―解／三浦雅士―案
柄谷行人編 ― 近代日本の批評 I 昭和篇上	
柄谷行人編 ― 近代日本の批評 II 昭和篇下	
柄谷行人編 ― 近代日本の批評 III 明治・大正篇	
柄谷行人 ― 坂口安吾と中上健次	井口時男―解／関井光男―年
柄谷行人 ― 日本近代文学の起源 原本	関井光男―年
柄谷行人 中上健次 ― 柄谷行人中上健次全対話	高澤秀次―解
柄谷行人 ― 反文学論	池田雄一―解／関井光男―年
柄谷行人 蓮實重彥 ― 柄谷行人蓮實重彥全対話	
柄谷行人 ― 柄谷行人インタヴューズ1977-2001	

講談社文芸文庫

柄谷行人	柄谷行人インタヴューズ2002-2013	丸川哲史——解／関井光男——年
柄谷行人	[ワイド版]意味という病	絓 秀実——解／曾根博義——案
柄谷行人	内省と遡行	
柄谷行人 浅田彰	柄谷行人浅田彰全対話	
柄谷行人	柄谷行人対話篇Ⅰ 1970-83	
柄谷行人	柄谷行人対話篇Ⅱ 1984-88	
柄谷行人	柄谷行人対話篇Ⅲ 1989-2008	
河井寛次郎	火の誓い	河井須也子-人／鷺 珠江——年
河井寛次郎	蝶が飛ぶ 葉っぱが飛ぶ	河井須也子-解／鷺 珠江——年
川喜田半泥子	随筆 泥仏堂日録	森 孝——解／森 孝——年
川崎長太郎	抹香町|路傍	秋山 駿——解／保昌正夫——年
川崎長太郎	鳳仙花	川村二郎——解／保昌正夫——年
川崎長太郎	老残|死に近く 川崎長太郎老境小説集	いしいしんじ-解／齋藤秀昭——年
川崎長太郎	泡|裸木 川崎長太郎花街小説集	齋藤秀昭——解／齋藤秀昭——年
川崎長太郎	ひかげの宿|山桜 川崎長太郎「抹香町」小説集	齋藤秀昭——解／齋藤秀昭——年
川端康成	一草一花	勝又 浩——人／川端香男里-年
川端康成	水晶幻想|禽獣	高橋英夫——解／羽鳥徹哉——案
川端康成	反橋|しぐれ|たまゆら	竹西寛子——解／原 善——案
川端康成	たんぽぽ	秋山 駿——解／近藤裕子——案
川端康成	浅草紅団|浅草祭	増田みず子-解／栗坪良樹——案
川端康成	文芸時評	羽鳥徹哉——解／川端香男里-年
川端康成	非常|寒風|雪国抄 川端康成傑作短篇再発見	富岡幸一郎-解／川端香男里-年
上林暁	聖ヨハネ病院にて|大懺悔	富岡幸一郎-解／津久井 隆——年
菊地信義	装幀百花 菊地信義のデザイン 水戸部功編	水戸部 功——解／水戸部 功——年
木下杢太郎	木下杢太郎随筆集	岩阪恵子——解／柿谷浩一——年
木山捷平	氏神さま|春雨|耳学問	岩阪恵子——解／保昌正夫——案
木山捷平	鳴るは風鈴 木山捷平ユーモア小説選	坪内祐三——解／編集部——年
木山捷平	落葉|回転窓 木山捷平純情小説選	岩阪恵子——解／編集部——年
木山捷平	新編 日本の旅あちこち	岡崎武志——解
木山捷平	酔いざめ日記	
木山捷平	[ワイド版]長春五馬路	蜂飼 耳——解／編集部——年
清岡卓行	アカシヤの大連	宇佐美 斉——解／馬渡憲三郎-案
久坂葉子	幾度目かの最期 久坂葉子作品集	久坂部 羊——解／久米 勲——年

窪川鶴次郎-東京の散歩道　勝又 浩——解
倉橋由美子-蛇|愛の陰画　小池真理子-解／古屋美登里-年
黒井千次—たまらん坂 武蔵野短篇集　辻井 喬——解／篠崎美生子-年
黒井千次選-「内向の世代」初期作品アンソロジー
黒島伝治—橇|豚群　勝又 浩——人／戎居士郎—年
群像編集部編-群像短篇名作選 1946〜1969
群像編集部編-群像短篇名作選 1970〜1999
群像編集部編-群像短篇名作選 2000〜2014
幸田 文——ちぎれ雲　中沢けい—人／藤本寿彦—年
幸田 文——番茶菓子　勝又 浩——人／藤本寿彦—年
幸田 文——包む　荒川洋治—人／藤本寿彦—年
幸田 文——草の花　池内 紀——人／藤本寿彦—年
幸田 文——猿のこしかけ　小林裕子—解／藤本寿彦—年
幸田 文——回転どあ|東京と大阪と　藤本寿彦—解／藤本寿彦—年
幸田 文——さざなみの日記　村松友視—解／藤本寿彦—年
幸田 文——黒い裾　出久根達郎-解／藤本寿彦—年
幸田 文——北愁　群 ようこ—解／藤本寿彦—年
幸田 文——男　山本ふみこ-解／藤本寿彦—年
幸田露伴—運命|幽情記　川村二郎—解／登尾 豊——案
幸田露伴—芭蕉入門　小澤 實——解
幸田露伴—蒲生氏郷|武田信玄|今川義元　西川貴子—解／藤本寿彦—年
幸田露伴—珍饌会 露伴の食　南條竹則—解／藤本寿彦—年
講談社編——東京オリンピック 文学者の見た世紀の祭典　高橋源一郎-解
講談社文芸文庫編-第三の新人名作選　富岡幸一郎-解
講談社文芸文庫編-大東京繁昌記 下町篇　川本三郎—解
講談社文芸文庫編-大東京繁昌記 山手篇　森 まゆみ—解
講談社文芸文庫編-戦争小説短篇名作選　若松英輔—解
講談社文芸文庫編-明治深刻悲惨小説集 齋藤秀昭選　齋藤秀昭—解
講談社文芸文庫編-個人全集月報集 武田百合子全作品・森茉莉全集
小島信夫—抱擁家族　大橋健三郎-解／保昌正夫—案
小島信夫—うるわしき日々　千石英世—解／岡田 啓——年
小島信夫—月光|暮坂 小島信夫後期作品集　山崎 勉——解／編集部——年
小島信夫—美濃　保坂和志—解／柿谷浩——年
小島信夫—公園|卒業式 小島信夫初期作品集　佐々木 敦—解／柿谷浩——年